»Der Bogen von einem Kind, das Kühe hütet im Tal, bis hierher ins Stadthaus von Stockholm ist bizarr. Ich stehe (wie so oft) auch hier neben mir selbst.« – So begann Herta Müller ihre Rede nach der Auszeichnung mit dem Literaturnobelpreis.
Nun, mit diesem Buch, folgt Herta Müller diesem Bogen noch einmal. Im Gespräch mit Angelika Klammer erzählt sie ausführlich von dem, was sie zum Schreiben gebracht hat und was ihr Leben als Schriftstellerin bestimmt: von der Dorfkindheit im diktatorisch regierten Rumänien bis zu den Verfolgungen durch den Geheimdienst, von der Ausreise nach Westdeutschland im Jahr 1987 und ihrer Freundschaft mit dem Dichter Oskar Pastior, von den frühen Begegnungen mit der Literatur bis zu ihren aktuellen Schreibprojekten. Eine Lebensgeschichte in der Literatur.

Herta Müller wurde 1953 in einem deutschsprachigen Dorf im Banat/Rumänien geboren. Nach einem Publikationsverbot und Repressionen durch den Geheimdienst Securitate konnte sie 1987 nach Berlin ausreisen, wo sie auch heute lebt. Zu ihren bekanntesten Werken gehören die Romane ›Atemschaukel‹ und ›Der Fuchs war damals schon der Jäger‹, die Prosabände ›Niederungen‹ und ›Der Mensch ist ein großer Fasan auf der Welt‹ sowie der Essayband ›Der König verneigt sich und tötet‹. Für ihren Roman ›Herztier‹ wurde sie 1998 mit dem Impac Dublin Literary Award ausgezeichnet, dem weltweit höchstdotierten Literaturpreis für ein einzelnes Werk. Nach zahlreichen weiteren Ehrungen erhielt sie 2009 den Nobelpreis für Literatur.

Weitere Informationen finden Sie auf www.fischerverlage.de

HERTA MÜLLER

Mein Vaterland war ein Apfelkern

Ein Gespräch
mit Angelika Klammer

FISCHER Taschenbuch

MIX
Papier aus verantwortungsvollen Quellen
FSC® C083411

Erschienen bei FISCHER Taschenbuch
Frankfurt am Main, Juni 2016

Lizenzausgabe mit freundlicher Genehmigung
des Carl Hanser Verlags, München

Druck und Bindung: CPI books GmbH, Leck
Printed in Germany
ISBN 978-3-596-03365-2

Mein Vaterland war ein Apfelkern

Eulen auf dem Dach

»Die Landschaft der Kindheit«, heißt es in einem Ihrer Essays, »legt Spuren für den Landschaftsblick aller weiteren Jahre. Die Kindheitslandschaft sozialisiert ohne Hinweis. Sie schleicht sich in uns hinein.« In Ihrer Kindheit liefen die Maisfelder um die ganze Welt.

Diese riesigen sozialistischen Maisfelder. Wenn man mittendrin im Feld zwischen den dichten Maisstengeln stand, war das Feld ein Wald. Es reichte einem über den Kopf, man sah nicht hinaus. Aber es fehlten oben die Kronen, es gab keinen Schatten, die Sonne glühte einem den ganzen Tag auf dem Kopf, den ganzen Sommer. Und dann im Spätherbst gab es die vielen vergessenen Felder. Sie blieben dürr und zerzaust stehen, sie wurden nicht geerntet. Man sah sie von weitem. Der Schnee kam und sie zogen über die Ebene. Und so von weitem und von außen gesehen waren sie wie hungrige Herden, die senkrecht um die ganze Welt ziehen. Senkrecht, ja.

In dieser überdimensionierten Landschaft fühlt sich das Kind verloren, es spürt seine erste große Einsamkeit.

Das ist auch so geblieben. Ich glaube, es gibt zwei Menschentypen, und die unterscheiden sich in der Art, wie sie Landschaft spüren. Die einen steigen gerne auf einen Berg, stehen mit den Füßen dicht unter den Wolken und beherrschen das Tal, mit dem Kopf, mit dem Blick. Die kriegen oben einen freien Atem, da wird ganz groß geschnauft und die Brust weitet sich. Und die anderen fühlen sich, wenn sie oben stehen und hinunterschauen, erst richtig verloren. Ich gehör zu den Verlorenen, mir schnürt sich der Hals zu. Je größer der Ausblick ist, desto beengter und bedrängter bin ich. Als könnte ich gleich hopsgehen, mein Vorhandensein wird völlig infrage gestellt. Ich glaub, das passiert wegen der Unendlichkeit, in die ich mich sofort hineinversetze, und vor der bin ich im Grunde nichts. Ich schaue in eine weite Landschaft und spüre mich in einer großen Ausweglosigkeit.

Früher habe ich die Natur als körperliche Drangsalierung erlebt, sie ist ja gnadenlos, sie friert, brennt und du brennst oder frierst mit. Die sengenden, heißen Sommer, der Durst im Hals, der Staub der Erde, du kannst dich nicht wehren. Der Körper ist dafür nicht gemacht, er tut weh und ist müde. Man ist eben kein Stein oder kein Baum. Das Material, aus dem du bist, hält der Natur nicht stand, es ist lächerlich, vergänglich. Es entstand bei jeder Feldarbeit eine Trauer, die ich nicht haben wollte, weil sie noch zusätzlich Kraft kostet. Aber sie kam, sie war gegen mich und ließ mich nicht in Ruhe. So eine grundlose, blöde Trauer war da, als hätte sie jedesmal da auf dem Feld oder im Flusstal auf mich gewartet: Wie lange gehört dir dieser Körper, wie lange bist du am Leben? Du kannst noch so oft in der Landschaft sein, du gehörst nicht dazu. Ich fand die Natur feindselig. Auch im Winter. Später erfuhr ich dann, dass Naturphänomene eingesetzt werden, um Menschen zu quälen, in Gefängnissen, in Lagern. Polarkreis und Wüste, Frost und Hitze können töten und lassen sich wie Folterwerkzeug benutzen, um Leute zu vernichten. Mir fiel das immer ein und ich konnte auch später in der Stadt nicht verstehen, dass andere sich erhaben fühlen, sie stellen sich auf einen Berg und schauen mit den Augen und Zehen ins Tal und sind glücklich. Wie geht das bei denen?

Die Natur erscheint feindselig, weil man ihr ausgeliefert ist und sich in ihr und gegen sie behaupten muss? Natur kommt in Ihrem Werk ja nie als Ort des Spiels oder der Kontemplation vor, sondern nur als einer der härtesten Arbeit.

Für die Dorfleute war die Landschaft weder hässlich noch schön, sondern ein Arbeitsplatz, eine Nutzfläche. Die Bauern brauchen die Landschaft, um zu überleben, das Wetter entscheidet, ob die Ernte was wird oder nicht. Und der ständige Boykott der Natur, mal überschwemmt sie, mal verdorrt sie alles, mal kommt ein Hagel oder ein Sturm und schlägt alles kaputt. Ich habe die Landschaft nie gemocht. Trotzdem hatte ich eine sehr enge Beziehung zu Pflanzen. Ich war oft allein in der Landschaft, das Beobachten hat geholfen. Ich musste dort im Tal sein, den ganzen Tag, und der Tag war endlos lang. Was sollte ich denn tun? Dann habe ich mich eben mit den Pflanzen beschäftigt. Das hat sich so ergeben. Es war mir nicht bewusst, aber ich suchte einen Halt.

Ich habe alle Pflanzen gekostet, jeden Tag von allen gegessen. Alles schmeckte herb, sauer, scharf oder bitter. Offenbar bin ich nie auf etwas Giftiges gestoßen. Vielleicht gab mir die tägliche lange Einsamkeit so einen Instinkt wie bei einem Tier. Warum habe ich zum Beispiel nie eine Tollkirsche oder Maiglöckchen gegessen? Das Tal grenzte an den Waldrand, dort gab es viele Maiglöckchen.

Sie beschreiben es als Wunsch, den Pflanzen mit der Zeit zu ähneln, sich vielleicht sogar zu verwandeln, denn die Pflanzen kommen mit dieser Landschaft zurecht, das Kind nicht.

Ich habe immer gedacht, die Pflanzen sind im Tal zu Hause, sie sind mit sich und der Welt zufrieden, und ich muss dort rumtapsen und weiß nicht, was ich mit mir machen soll. Und ich glaubte auch, wenn ich genug von den Pflanzen gegessen hab, dann gehör ich vielleicht dazu, weil der Körper, mit dem ich herumlaufe, sich den Pflanzen anpasst. Ich hoffte, dass die gegessenen Pflanzen meine Haut, mein Fleisch so verändern, dass ich besser zum Tal passe. Es war schon der Versuch, mich pflanzennah zu machen, zu verwandeln. Verwandeln, das Wort wäre mir nicht eingefallen, ich hätte es auch gar nicht gehabt. Es war nur der Wunsch, einen Platz für mich zu finden, mich zu schonen, mir die Zeit so zu machen, dass ich sie aushalte. Du siehst deine ganze Endlichkeit, für die du auch kein Wort hast, aber es beschäftigt einen ja nicht nur das, wofür man Wörter hat. Um etwas auszuhalten, brauchte ich keine Wörter, jedenfalls keine so abstrakten Begriffe. Und wenn ich sie gebraucht hätte, war es gut, dass ich das nicht wusste. Es gibt Gefühle, gerade bei Kindern, die sind so konkret wie der Körper selbst – nicht mehr und nicht weniger. Die sind einfach da und das reicht. Das ist mehr als genug. Bei mir war es das Fremdsein, ich bin ständig mit diesen Pflanzen allein und gehöre noch immer nicht dazu. Ich bleibe fremd und bin für sie schwer zu ertragen, sie werden meiner überdrüssig, und eines Tages, wahrscheinlich bald, frisst mich die Erde.

Das Feld ernährt die Menschen nur, damit es sie später fressen kann. Dieser Zyklus ist aggressiv gedacht, nicht sanft oder natürlich, und der Mensch ist darin nichts weiter als ein »Kandidat fürs Panoptikum des Sterbens«.

Die Leute pflanzen etwas, es wächst, dann ernten sie und essen es. Ich dachte, man isst in seinem Leben das Mehl von vielleicht dreißig Sack Weizenkörnern oder fünfzig oder hundert, der Weizen ernährt dich so lange, bis die Erde dich frisst. Der Tod hat für mich immer bedeutet, dass die Erde einen frisst. Und ich habe mir gedacht, die Erde ist so dick, weil so viele Menschen und Tiere schon gestorben sind.

Ich habe immer für alles ein richtiges Maß gesucht. Wenn ich so viel Klee gegessen habe, wie viele Kilo ich selber wiege, dann mag mich der Klee, dachte ich. Aber ich wusste nicht, ob das gut oder schlecht wäre, wenn er mich mag. Oder einen ganzen Flecken Spitzwegerich essen, so groß wie ein Bett, dann könnte ich, wenn sich die Kühe faul ins Gras legen, auch eine Weile schlafen. Ich dachte auch, dass alle Atemzüge, die man tut, gezählt werden. Dass sie sich wie Glaskügelchen auf einer Schnur auffädeln und eine Kette bilden. Und wenn die Atemkette eine Länge hat, die vom Mund bis zum Friedhof reicht, dann stirbt man. Weil der Atem unsichtbar ist, kennt kein Mensch die Länge seiner Atemkette. Und darum weiß kein Mensch, weder von sich selbst noch vom anderen, wann er stirbt. Und genauso dachte ich, wenn bei einem Mann die geschorenen Haare ein vollgestopfter Sack sind und der Sack so schwer ist wie der Mann, dann stirbt der Mann. Es ging immer um die Frage, wie lange jemand lebt. Ich wollte der Zeit ein Maß anhängen, damit sie ein Gegenstand wird, den man sieht, mit dem man hantieren kann. Aber das richtige Maß kannte ich nie, so schob ich die gelangweilte oder gehetzte Zeit nicht nur als Rätsel herum – diese ganzen unsinnigen, ergebnislosen Rechnungen machten auch noch mehr Angst.

Und weil ich den Pflanzen ähneln wollte, habe ich selbstverständlich laut mit ihnen gesprochen. Und ich habe stundenlang verschiedene Blüten nebeneinandergelegt, ihre Gesichter miteinander verglichen und gepaart und sie miteinander verheiratet.

Ihre Aufgabe im Tal war es, die Kühe zu hüten. Als Tiere nehmen sie eine Zwischenstellung ein: Sie gehören nicht so eng zur Landschaft wie die Pflanzen, sie sind nicht verwurzelt, ihr aber doch näher als der Mensch.

Ich war mir sicher, dass die Pflanzen nur am Tag bewegungslos sind, dass sie nachts, wenn alle schlafen, wie die Tiere hin und her laufen und einander besuchen oder sich nur eine andere Gegend anschauen. Dass ihre Wurzeln in der Erde bleiben und auf sie warten, dass sie gegen Morgen, wenn es hell wird, wieder zurückkehren und darum auch jeden Tag an derselben Stelle wachsen.

Natürlich habe ich auch jeden Tag gedankenlos oder interessiert diese Kühe beobachtet, die mit sich selbst genug hatten. Kaum angekommen im Gras, bückten sie sich und fraßen, bis man sie abends nach Hause trieb. Die brauchten sonst nichts, schauten keinen Himmel an. Auch mich schauten sie kaum an, Gott sei Dank. Sie schlenkerten die Köpfe, weil ihnen die Fliegen zudringlich in die Augen krochen. Das einzig Schöne an ihnen waren die großen Augen. Manchmal tat es mir um ihre Augen leid, die glänzten wie das Wasser im tiefen Brunnen und mich spiegelten, als würde ich schief aus der Erde wachsen. Und dann wusste ich gar nicht, ob es mir um die traurigen Augen leid tat oder um mich selbst. Doch es gab auch Tage, an denen die Kühe statt zu fressen auf der Weide herumrannten. Und ich hinter ihnen her, denn da musste ich aufpassen, dass sie nicht auf die Staatsfelder rennen, dass sie dort keinen Schaden anrichten und man keine Strafe zahlen muss. Das war nicht auszuhalten, ich wurde todmüde und hasste die Kühe.

Wie viele Kühe hatten Sie denn zu hüten?

Die meiste Zeit hatten wir drei Kühe und ein paar Monate kamen dann noch zwei, drei Kälber dazu. Und wenn die Kälber das nötige Gewicht hatten, mussten wir sie dem Staat abliefern. Drei Kühe, aber jede Kuh ist ein Riesending und nicht so gutmütig, wie sie aussieht, sondern wild und kräftig wie ein Traktor, sehr stur und jähzornig. An diesen wilden Tagen war ich verzweifelt, ich lernte im Laufen weinen und im Weinen laufen.

Gegliedert wurden die Tage nur durch die Züge, die vorbeifuhren. Darin saßen Städter mit schönen Sommerkleidern, das Kind geht so nah wie möglich an die Schienen heran, sieht Schmuck glitzern, ein anderes Leben aufblitzen und winkt.

Ja, das Tal war still, man hörte die Züge von weitem, ich konnte rechtzeitig bis nah an die Schienen gehen. Der Zug war wie ein Besuch. Als wären Gäste ins Tal gekommen, Menschen und sogar solche, die nie ins Dorf kamen. Ich zog schon, wenn der Zug von weitem rauschte, meine Schürze aus, um mit ihr zu winken. Ich überlegte schon morgens beim Anziehen, heute die glatte blaue Schürze zu tragen, falls ich am Vortag die geblümte oder getupfte angehabt hatte. Ich wollte mit einer anderen Schürze winken, falls im Zug dieselben Leute von gestern waren. Der Zug war leider sehr kurz, drei, vier Wagen, mehr nicht. Wenn die vorbei waren, war ich verlassen, als hätte die Luft mir vor der Nase ihre schrecklich große, weiße Tür zugeschlagen. Ich ging langsam von den Schienen weg und zog im Gehen die Schürze wieder an. Im Zug saßen Städter oder schön gekleidete Dörfler, die aus der Stadt wiederkamen. Wenn Dörfler in die Stadt fuhren, zogen sie die Sonntagskleider an, um nicht hässlich aufzufallen. Ich war ein paar Mal in der Stadt mit meiner Mutter, beim Arzt oder Schuhe kaufen. Die Leute in der Stadt wurden nicht so dreckig, die waren nicht den ganzen Tag in der Sonne, nicht im Staub der Maisfelder, sondern im Schatten großer Häuser, auf den Gehsteigen. Die Männer trugen schon in aller Frühe kurzärmlige Hemden, die Frauen Stöckelschuhe und Lacktaschen. Auch im fahrenden Zug sah ich sie, sie standen auf dem Gang am offenen Fenster, waren geschminkt, hatten Broschen, Halsketten, rote Nägel. Und ich winkte mit meiner alten roten oder blauen Schürze, ich in meiner Misere, in meinem dreckigen Alleinsein. Wenn ich woanders geboren wäre oder andere Eltern hätte, das habe ich hin und her gewälzt im Kopf, wär ich dann ein anderes Kind? Oder wär ich dasselbe Kind, egal, wer meine Eltern sind und wo ich geboren bin? Oder bin ich und bleibe an meine Haut angewachsen immer dasselbe Kind, egal, was ich sein will und wie viele Pflanzen ich esse? Bleiben alle immer an sich selber angewachsen? Und parallel dazu spürte ich immer, was ich denke, das ist nicht erlaubt. Niemand darf wissen, dass ich mich mit so was herumschlage. Es darf mir auch niemand ansehen, dass ich Blumen esse und verheirate. Es wär das Schlimmste gewesen, wenn man mich erwischt hätte, denn man hätte geglaubt, ich sei nicht normal.

Aber man hat Sie nicht erwischt. War es die Wortkargheit Ihrer Familie, das stumme Arbeiten oder Sitzen nebeneinander, was Sie geschützt hat?

Nein, man hat mich nicht erwischt. Man sah mir überhaupt nichts an. Niemandem sah man etwas an. Wenn es draußen Nacht wurde, kamen alle zum Nachtessen an den Esstisch. Wir aßen und niemand fragte den anderen, wie der Tag für ihn war. An jedem hingen die Geheimnisse. Ich war mir sicher, jeder ist von der Stirn bis zu den Zehen traurig, jeder hat Krallen im Herzen und wehrt sich, aber nur von innen, damit man es nicht sieht. Ich glaubte, diese Dorftrauer hat jeden im Griff, sie ist gleichmäßig über alles verteilt. Man kann ihr nicht entkommen.

Gerade weil man ihr nicht entkommen kann, schreiben Sie, muss man »Trauer ertragen und einordnen lernen«. Und gleich darauf: »Kindheit ist wahrscheinlich der verworrenste Teil des Lebens. Es wird … so viel gleichzeitig aufgebaut und abgerissen wie später nie wieder.«

Ich war sehr oft traurig als Kind, weil ich zu viel allein war, weil ich auch im Haus viel arbeiten musste, Fenster putzen zum Beispiel. Es waren vielleicht hundert Fensterscheiben, dreiflügelige Doppelfenster, bis die fertig waren, war der ganze Tag vorbei. Okay, ein bisschen kannst du schlampen oder dich beeilen. Aber das fraß die ganze Zeit. So war diese Erziehung, ich sollte das Putzen von Fensterscheiben fürs ganze Leben lernen. Seither habe ich nie wieder Scheiben geputzt. Ich kenne das Gehorchen im Überdruss, du sollst präpariert werden für etwas, du sollst es im Leben für unbedingt notwendig halten. Aber im Kopf entsteht genau das Gegenteil, du sagst dir, nie wieder Fenster putzen. Du machst dich frei, mindestens diese umgekehrte Freiheit geht einfach.

> *Das Leben der Mutter geht ganz und gar in diesen Arbeiten auf, sie putzt und kehrt und hat eine Menge Besen: einen Küchenbesen, einen Kuhstallbesen, einen Schweine- und einen Hühnerstallbesen, einen Holzkammerbesen, einen Selchkammerbesen und zwei Gassenbesen, einen für das Pflaster und einen für das Gras.*

Das ist natürlich übertrieben, aber als literarisches Mittel hab ich die Wiederholung des Wortes »Besen« gebraucht, um den Putzwahn darzustellen. Wahrscheinlich war die Putzsucht nicht in allen Häusern gleich stark ausgeprägt, aber für meine Mutter war das der eigentliche Lebensinhalt. Wenn sie nicht auf dem Feld war, hat sie im Haus geputzt. Sie gehört zu den Leuten, die den Kopf nicht allein arbeiten lassen können, es wird immer der Körper gebraucht. Saubermachen war die pure Gewohnheit, das hatte nichts mehr mit Schmutz zu tun. Und so wie ich mich hüte, körperlich zu arbeiten, haben diese Leute die innere Notwendigkeit gehabt, den Körper anzustrengen. Sie waren versessen auf Arbeit, der Körper musste sich total verausgaben. Bei meiner Mutter hat das vielleicht auch mit ihren fünf Jahren Arbeitslager zu tun, dieses Schuften, um einen Halt zu haben, um sich selber nicht zu spüren. Und wir müssen, um uns nicht zu spüren, mit dem Kopf irgendwas machen. Wir sind ja nicht anders, aber wir tun halt was anderes dagegen. Das Arbeiten war bei meiner Mutter mechanisch, es war ihr Naturell. Sie wurde nicht müde, sie war beim Arbeiten sowohl völlig abwesend als auch ganz dabei. Weil sie abwesend war von sich selbst, wurde sie zu dem, was sie mit den Händen tat. Sie verschwand als Person und wurde motorisch, ein Vorgang mit Kleid und

Schürze. So erkläre ich mir heute, dass die Müdigkeit sie nie bremste, dass ihr Fleiß keine Grenzen hatte. Ihre Hände arbeiteten immer, außer im Schlaf. Woran sie bei der Arbeit dachte, keine Ahnung. Ob sie vielleicht im Arbeitslager gelernt hatte, an nichts zu denken? Ob es ein Glück ist, den Kopf zu vergessen und sich der schwersten Arbeit selbstlos zur Verfügung zu stellen, wer weiß.

Das Schweigen am Esstisch, das Aufgehen in der Arbeit, bis man zum reinen Vorgang wird – so entsteht eine Atmosphäre, in der sich Zusammengehörigkeit primär über gemeinsame Töpfe und Gewohnheiten herstellt.

Das ist der Blick einer Erwachsenen. Als Kind war es für mich ein Stück Normalität, ob ich mich gut gefühlt habe dabei, ist etwas anderes. Die Leute, bei denen der Körper den ganzen Tag funktioniert, reden ja nicht über sich. Geredet wird nur über die Handgriffe der Arbeit. Wenn aber jemand kein Wort über sich sagt, wodurch existiert dann das Zusammengehören? Vielleicht ist es nur eine Tatsache, die so stark ist, dass man gar kein Gefühl braucht. Oder das Gefühl ist da, aber von der Tatsache nicht getrennt. Vielleicht war die Tatsache des Zusammengehörens so stark, dass man das Gefühl nicht spürte. Es war für alle normal, dass wir zusammengehören, das wurde nicht mit Worten oder Gesten ausgedrückt. Es hat doch etwas Klares und Gültiges, wenn man zusammen am Tisch sitzt, wenn man die gleiche Tür benutzt, das gleiche Besteck und den gleichen Kochtopf, wenn die Kleider nebeneinander auf der Wäscheleine hängen, dann gehört man zusammen, das haben die äußeren Dinge garantiert. Ich weiß nicht, ob die anderen sich einsam fühlten, ob sie sich jemals gewünscht haben, dass man mehr aufeinander eingeht. Ich glaube es gar nicht, an meiner Dorftrauer sollte damals niemand herumbohren. Dass man über sich selber spricht, bei mir kam das auch erst im Nachhinein in der Stadt.

Wenn man Kindheit aufschreibt, wird sie schlimmer, als sie war. In der Kinderperspektive der Literatur steckt ein literarischer Trick. Es ist schon viel Reales drin, aber alles Wörter voreinander, hintereinander, nacheinander gesetzt – aber im Erlebten war es durcheinander, übereinander, gleichzeitig und gestapelt.

Als Kind habe ich mir gewünscht, dass ich nicht so viel arbeiten müsste, nicht immer ins Tal gehen müsste, dass ich mehr spielen könnte, dass ich vielleicht mehr mit anderen Kindern zusammen wäre, aber das waren keine großmaschigen Wünsche, keine ausholenden. Das war unterschwellig. Dieses Schwarz-auf-weiß der Sätze, das die Wörter so mit sich bringen, ist eine andere Art Phantasie als die Gedanken der Kindheit. Es ist eine künstlich nachgebaute Wortwelt, und zwar dreißig Jahre später.

Gilt das auch dafür, dass das Kind in »Niederungen« keinen Verbündeten hat, keinen Freund, keine Freundin in der Schule, keinen Menschen, dem es vertraut? In allen anderen Büchern gibt es ja jemandem, mit dem die Ich-Erzählerin, egal ob im Glück oder Unglück, ihre Erfahrungen teilt.

Vielleicht habe ich die Verbündeten verhindert, weil ich wusste, dass das, was ich im Kopf hatte, verboten ist, weil ich mich für nicht imstande gehalten habe, normal zu sein. Ich wusste nämlich, es ist nicht normal, wenn ich denke, dass die Pflanzen nachts herumlaufen, dass das Leben unsere Atemzüge auf eine Kette fädelt und abmisst, dass uns die Erde frisst. Das war surreal. Aber genauso surreal ist doch auch die Religion, die kam noch dazu: Gott ist überall, er sieht alles. Die Toten kommen in den Himmel. Ich suchte sie in der Form der Wolken und fand sie dort auch, die toten Nachbarn und die toten Tiere. Ich wusste, dass ich mit Gott Probleme kriegen werde. Wenn er alles sieht, weiß er auch, was ich im Kopf denke. Okay, er macht im Moment noch nichts, aber irgendwann einmal wird er mich bestrafen.

Das Grundproblem war doch, dass alles, was ich getan und gedacht habe, nicht im Rahmen des Erlaubten war, wie sollte ich das jemandem erzählen? Ich ging davon aus, dass es allen so geht wie mir und alle vollgestopft sind mit Geheimnissen, mit der Dorftrauer, für die sie nichts können, die das Dorf mit allen seinen Dingen im Kopf der Leute produziert. Alle haben ihre Krallen im Herzen, behalten aber alles für sich. So musste es sein, jeder musste alles für sich behalten.

Ganz selten hat es Ausrutscher gegeben. Als ich nach der Messe auf dem Heimweg zu meiner Großmutter gesagt habe, das Herz der heiligen Maria ist eine durchgeschnittene Wassermelone, hat sie geantwortet: »Das kann sein, aber das darfst du nie jemandem sagen.« Damit war das Thema abgehakt. Auf solche Ausrutscher hat meine Großmutter manchmal auch gesagt: »Denk nicht dorthin, wo du nicht sollst.« DORTHIN hat sie gesagt, als gehe man mit dem Denken an einen ganz konkreten Ort, in eine zu lange Straße oder in einen fremden Saal.

Sie hat vom Denken so gesprochen, als hätte es Füße. Sie war schüchtern, sehr einsilbig, sprach noch weniger als alle anderen, nicht nur mit mir. Und wenn sie dann doch was sagte, war es kurz und flach, der Ton ganz trocken. Aber das Gesagte flatterte in mir. Es hat mich aufgewühlt und ist mir lange nachgegangen. Und es fiel mir immer wieder ein. Heute weiß ich, solche Sätze waren mit dem Schweigen mehr verwandt als mit dem Reden, waren vielleicht gar nicht gesprochen, nur laut gedacht. Die Satzlänge hat sich beim Reden ständig selbst gekürzt. Dieses Reden ohne zu wollen prägt sich einem so kryptisch, wie es ist, ohne zu wollen wortwörtlich ein. Ich glaube, es sind unschuldige Aphorismen, die brauchen nichts Gesuchtes, nicht einmal sich selbst.

Gott erscheint dem Mädchen als richtende, strafende Instanz, Maria hingegen als strahlende Himmelskönigin; es besucht sie immer wieder, bringt ihr kleine Geschenke wie Bonbons, ein Streichholz, eine Drahtspange fürs Haar.

Sie war so schön, eine riesige Gipspuppe mit einem hellblauen Kleid und das Herz war außen draufgemalt. Sie war für mich keine Skulptur, es war die eigentliche Maria, die aus dem Himmel. Ich habe mich nie gefragt, wieso sie hier in der Kirche steht und nicht im Himmel oben. Es war normal, dass sie sich zeigt, sie stand da und ich war bei ihr. Ihr langes himmelblaues Kleid, wer hatte denn schon so was im Dorf? Und dass ich ihr verschiedene Sachen schenkte, war ja auch nicht erlaubt, das durfte auch niemand wissen. Ja, kompliziert, komplizierte Welt. Ich hatte schon ziemliche Probleme, das alles hin und her zu schieben und damit klarzukommen. Kann sein, dass ich mich bei ihr einschmeicheln wollte, damit sie dem Herrgott sagt, er soll mich nicht so hart bestrafen. Wenn man gebeichtet hatte, musste man den Satz sagen: »Ich werd mich ernstlich bessern und die Gelegenheit zur Sünde meiden.« Als hätte ich die Sünde gesucht und nicht sie mich. Ich wusste nach jeder Beichte, dass ich dieses Versprechen nie halten kann, dass es gelogen war. So endete jede Beichte mit einer ganz großen neuen Lüge. Und das blieb dem Herrgott doch nicht verborgen.

In der Religion setzen sich einerseits Angst, Überwachung und Kontrolle fort – im Haus hing der Himmelschlüssel, der sah auch alles –, andererseits liefert sie Stoff für Bilder. Gott, der mit dem langen, weißen Bart, hockt oben in den Bäumen, und die Toten werden als Wolken über den Himmel getrieben wie Rekruten beim Militär.

Die Religion war nie ein Trost, sie hat immer nur gedroht und Schuld verteilt.

Kinder denken erstens surreal und zweitens sehr konkret, aber Surreales ist ja konkret. Ich hab nur angewendet, was mir die Erwachsenen gesagt haben: Gott ist überall. Und: Alle Toten sind im Himmel. Also habe ich sie gesucht und in den Wolken Gesichter gesehen, die dann auch jemandem ähnelten, den ich kannte. Wenn die Wolken so im Wind getrieben sind, war mir klar, Gott treibt die Toten herum wie beim Militär, er weiß, was sie angestellt haben, und wer weiß, wie er mich mal rumtreiben wird. Vorläufig schaut er mir noch zu, aber da sammelt sich was an.

Angst, besonders ungreifbare, ist auch stark mit der Nacht verbunden, sie rückt ganz nah an die Häuser, lehnt ihren Rücken an die Zäune, und es wird sackdunkel und totenstill.

Die Dunkelheit ist unheimlich, weil sie einen einschließt und man ertrinkt, die Umgebung verschwindet, man sieht sich selber nicht. Die Nacht ist eine ungewisse Zeit. Im Schlaf ist man sich selber weggenommen. Aber man hat Glück, dass man im Schlaf die Ungewissheit der Nacht nicht spürt. Wenn man aufwacht, ist sie vorbei, und man hat sich wieder, man ist wie neu, wenn man geschlafen hat. Und wenn man nicht mehr aufwacht, ist man tot. Ich habe mich immer im Dunkeln gefürchtet, die Luft war schwarze Tinte oder schwarze

Wolle, dicker Schlamm oder ein riesiges Tierfell. Dunkelheit zeigte einem, wie der Tod später aussehen wird. Der Tod war immer im Dorf, er war ja der andere, spätere Teil des Lebens. Und er hatte wie das Leben seine Wege, seine Pläne und Ziele. Er kannte uns alle und nahm sich mit jeder Person im Dorf etwas anderes vor. Die Nachtangst hatte auch viel mit Glas zu tun. Aus schwarzem Glas wurde alles zerbrechlich. Die Nachtbäume, der Wind in den Dachrinnen, der Regen, die kalten geschliffenen Sterne und der Mond aus Milchglas. Und ich habe im Dunkeln so lang mit den Augen gezuckt, bis die Sterne wackelten und die Umrisse der Gebäude und Zäune. Ich war überzeugt, dass die Gegenstände, genauso wie die Pflanzen, in der Nacht hin und her gehen und erst wenn es hell wird, immer im letzten Moment, kurz bevor man sie erwischt, an ihre Plätze zurückkehren. Ich knipste in der Veranda schnell das Licht an, um den Tisch und die Stühle in ihrer letzten Bewegung noch zu erwischen. Doch es gelang mir nie, immer war ich um einen Hauch zu spät dran. Die Möbel waren schlau und besonders die Spiegel, die kannten das Innere der Leute. Sie sahen in einen hinein. Man sagte, im Spiegel sitzt der Teufel. Wenn jemand gestorben war, musste man im Haus alle Spiegel zuhängen, damit sie dem Toten nicht die Seele nehmen. Ich fürchtete mich nachts auch vor dem sehr großen Mann, der am Dorfende wohnte. Es hieß, er muss nichts arbeiten, er bekommt monatlich Geld aus der Stadt, denn er hat sein Skelett dem Museum verkauft. Das Wort »Skelett« war gruselig, ich hatte es außer im Zusammenhang mit diesem Mann noch nie gehört. Durch dieses Wort »Skelett« ähnelte der große Mann mehr dem Holzgestell der Bäume und den hohen Leitern. Er war mit dem Holz mehr verwandt als mit uns Menschen, und Holz musste nicht schlafen, also lief er wie das Holz nachts herum.

Dass man die Spiegel zuhängen muss, damit der Teufel dem Toten nicht die Seele raubt, gehört zu der Art Aberglauben, die Sie poetisch nennen.

Es gab auch noch den Aberglauben mit den Eulen, dass sie sich ein bestimmtes Dach aussuchen und dort schreien, dass dann im Haus jemand stirbt. Es gab viele Dächer und viele Eulen. Man horchte, ob das Schreien weit weg oder schon sehr nah ist.

Der Aberglaube mit dem Teufel im Spiegel, mit den Eulen auf dem Dach ist ergreifend. Er hat was Magisches, im Grunde ist er Poesie, die Poesie der Nichtschreibenden. Es sind Verbindungen, die über sich hinausgehen und beängstigend schön sind – sprachlich und bildlich von heute aus gesehen. Aber wenn man den Aberglauben praktiziert, hat er nichts Poetisches mehr, dann ist er eine Realität wie alle anderen auch. Wenn die Tür quietscht, muss ich das Gewinde ölen, und wenn jemand gestorben ist, muss ich den Spiegel zuhängen, dann geht die Seele nicht mehr mit dem Teufel davon, sondern gelangt in den Himmel. Für beides gibt es Abhilfe durch praktisches Handeln. Doch es bleibt zwischen beidem ein großer Unterschied: Die Tür quietscht nicht mehr, wenn sie geölt ist, doch wenn der Spiegel zugehängt ist, ist die Angst vor dem Teufel nicht weg. Man tut, was der Aberglaube befiehlt, weiß aber nicht, ob es rechtzeitig war oder lang genug – man kann den Aberglauben nicht wie ein Gewinde bedienen. Man tut, was er sagt, doch die Ungewissheit bleibt, weil sie aus seiner poetischen Dimension kommt, die sich nicht kontrollieren lässt.

Angst, dunkler Aberglaube, Einsamkeit, all das prägt die Dorfwelt. Direkte Zuneigung hingegen oder Zärtlichkeit kommen – wenn überhaupt – nur verdeckt vor, man muss sie aufspüren, zum Beispiel in der Frage: »Hast du ein Taschentuch?«

Die Frage nach dem Taschentuch zeigte mir, dass sich meine Mutter ein bisschen Sorgen um mich macht, wenigstens um mein äußeres Erscheinungsbild. Als Kind aus einem ordentlichen Haus musste man für alle Fälle ein sauberes, glatt gebügeltes Taschentuch haben, zum Naseputzen, Weinen, Hände-Abwischen, Wunde-Verbinden, Sich-zum-Tragen-einen-Griff-Machen oder einen Geldbeutel, eine Kopfbedeckung gegen Sonne und Regen. Ich habe auch immer wieder verlorene Taschentücher gefunden und selbst welche verloren. Die wertvollsten Taschentücher waren Unikate mit selbstgemachten Stickereien, Monogrammen oder gehäkelten Rändern. Taschentücher gehören zu den wandelbarsten Dingen. Als einmal jemand auf der Straße in der Stadt tot umfiel, deckte ein Passant dem Toten das Gesicht mit seiner Zeitung zu. Und ein anderer Passant nahm die Zeitung vom Gesicht des Toten, zerknüllte sie, stopfte sie wortlos in seine Aktentasche und bedeckte das Gesicht mit seinem Taschentuch. Der Mann mit der Zeitung sagte: »Na, ich hab grad kein Taschentuch.« Die halbe Zeitungsseite war wie jeden Tag das Bild Ceauşescus. Aber das war, glaube ich, nicht der Grund, die Zeitung durchs Taschentuch zu ersetzen, mindestens nicht der einzige. Auf dem Totengesicht hätte die Zeitung auch ohne das Bild des Diktators nicht als erstes ambulantes Totentuch getaugt. Sie machte diesen plötzlichen Tod auf einem asphaltierten Parkweg noch elendiger, als er ohnehin schon war. Das Taschentuch veränderte jedoch das Bild, es schmiegte sich an und behütete, es war nicht nur eine praktische Geste, sondern eine praktische Zärtlichkeit, eine wortlose Anteilnahme. Ich vergaß weiterzugehen, innen aufgewühlt und außen gelähmt, wie das so ist. Neugierde und Ekel, man bleibt wie angeklebt stehen, viel länger, als man will. Die beiden Männer waren längst weg. Ich wurde sentimental in der Vorstellung, dass die Anteilnahme trotz aller Roheit dieses kaputten Sozialismus vielleicht doch immer in den Leuten nachwächst, dass Mitgefühl vielleicht doch so plötzlich erscheinen kann wie Falschheit und Denunziation. Ich weinte, aber der Tote war nicht der Grund, nur der Anlass. Vor diesem öffentlichen Tod auf dem Asphalt heulte ich um das große Ganze, das mir diffus einfiel, das ekelhafte Heucheln, das ständige Drohen und die wilde Angst in diesem Staat – und vor allem um mich selbst.

Wenn ich zurück in meine Kindheit schaue, war es mit allen Gefühlen so wie mit dem Zusammengehörigkeitsgefühl, Gefühle waren nur unsichtbar vorhanden. Wo über sich selbst kein Wort gesprochen wird, kann man auch keine Gefühle zeigen. Ich glaube, ich wäre erschrocken, wenn meine Mutter mich plötzlich gestreichelt hätte. Das wäre von mir gar nicht als Streicheln empfunden worden, ich hätte mich wahrscheinlich gar nicht drauf einstellen, es gar nicht als Zärtlichkeit deuten können, ich hätte es in dem unerwarteten Moment gar nicht ertragen. Ich glaube, dass man vor unerwarteter Zärtlichkeit genauso, wenn nicht sogar mehr, erschrecken kann als vor erwarteter Gewalt. Wenn man als Kind regelmäßig geschlagen wird, verliert man jeden Schrecken vor der Prügel. Man spürt den Schmerz, das ändert sich nicht. Aber der Schrecken verliert sich. Es passiert etwas Seltsames, und das ist das Schlimmste daran, das Gefühl der Würde dreht sich um. Wie soll ich das sagen, man wird durch regelmäßige Prügel zwar körperlich nicht unempfindlich, aber man bekommt gegen den eigenen Verstand eine Art Wunsch, sich im Schmerz zu spüren – weil man sich ganz anders spürt als ohne Schmerz. Es entsteht eine Süße, die nach eigenen Moralkriterien verwerflich ist. Und man muss diese Süße sogar vor sich selbst leugnen, um sie jedesmal zu wünschen. Und es ist noch komplizierter, in dieser verleugneten, weil inakzeptablen Süße spürt man eine Würde. Vielleicht eine Würde des Körpers, vor welcher der Verstand sich schämt. Wenn die Würde entsteht, WÄHREND und WEIL man erniedrigt wird, dann ist man doch schon ernsthaft beschädigt. Ich bekam jeden Tag Prügel, wie sagt man, für alles und nichts. Für einen Fleck auf dem Sonntagskleid, eine schlechte Note in der Schule, eine schlecht geputzte Fensterscheibe, zu frühes oder zu spätes Heimkommen mit den Kühen. Mal gab es Prügel mit der Hand, mal mit dem Geschirrtuch, Kochlöffel oder Besen. Das war nicht bei allen, aber bei vielen Kindern so. Ohrfeigen und leichte Prügel waren nicht der Rede wert, sie gehörten zum Alltag. Meine Mutter schrie in ihrer Wut, bei mir sei es schade um jeden Hieb, der danebengehe. Es ging ihr ums Treffen, Gründe gab es immer. Und ich war so abgestumpft, ich gab mir gar keine Mühe, mich so zu benehmen, dass ich nicht bestraft werde. Ich wusste, dass ich sowieso Prügel kriege, das Prügeln hatte sowieso mehr mit ihr zu tun als mit mir. Heute weiß ich, sie war verhärtet und kaputt, sie hatte die fünf Jahre russisches Arbeitslager knapp überlebt, es war noch nicht lange her, als ich geboren wurde. Es waren so viele dort um sie herum verhungert und erfroren, sie hatte mehr Glück als diese Toten, kam verelendet zurück, heiratete schnell, bekam ein Kind, das nach der Geburt blau anlief und starb, und gleich danach das zweite – das war ich. Sie sprach nicht übers Lager, und wenn, dann die immer gleichen, kryptischen Sätze, in denen sie selber nicht vorkam. Sie sagte: »Wind ist kälter als Schnee, Durst quält stärker als Hunger.« Sie zwang ihr Leben in eine gnadenlose Normalität und zu dieser gehörte ihrerseits das Prügeln und meinerseits das Abstumpfen und Vertauschen von Würde und Erniedrigung.

Dieser Verschränkung sind Sie in gesteigerter Form später in einem Kindergarten wieder begegnet.

Über zwanzig Jahre später war ich für ein paar Wochen Kindergärtnerin und die Direktorin hat mich am ersten Tag instruiert: Jeden Morgen zuallererst die Hymne singen. Dann hat sie mir in einem Regal die langen und kürzeren, dünnen und dickeren Stöcke gezeigt. Die Kinder waren auf Prügel getrimmt. Wenn ich mich einem Kind näherte, drückte es die Augen zu, drehte das Gesicht von mir weg und sagte: »Nicht schlagen.« Aber die anderen Kinder schrien im Chor: »Nur drauf, gib ihm, gib ihm.« Ich gruselte mich vor mir selber von früher, wusste, was in diesen auf Prügel dressierten Kindern vor sich ging. Ich rührte diese Stöcke nie an, aber diese Kinder waren verroht und hysterisch. Sie verachteten mich, weil ich sie nicht prügelte, sie forderten mich auf, sie zu prügeln, als wäre es ein Geschenk, eine Gnade. Sie reagierten nicht auf Worte, nicht mal, wenn ich schrie. Mein Versuch, mich durchzusetzen, wurde ein einziges Fiasko. In diesem Kindergarten durchschaute ich mich von damals. Ich wusste, was es heißt, die Prügel zu verlangen, die Erniedrigung störrisch mit einem frechen inneren Stolz zu übertrumpfen – all das kannte ich von meiner Mutter. Dass aber der Kindergarten, also der Staat, unter Erziehung Prügel verstand, war noch ungeheuerlicher, als jeden Morgen die Hymne zu brüllen. Aber ich glaube, das gehörte zusammen, ohne dieses Menschenbild aus Beton und diese alles erdrückende Ideologie wären auch die Stöcke nicht im Kindergarten gewesen.

Was ich aber bis heute nicht durchschaue, sind meine Lachkrämpfe. Ich musste oft bei den unpassendsten Gelegenheiten lachen, wenn etwas Kostbares zu Boden fiel und zerbrach, wenn jemand stürzte und sich verletzte. Und das Schlimmste: bei Begräbnissen – ich schaute die Rosenkränze zwischen den Fingern, die gelbgraue Zunge des singenden Kantors, die Schuhspitzen des Pfarrers wie schwarze Schnauzen unter der weißen Spitzenkutte so lange an, bis mir der Mund ins Lachen rutschte. Es waren diese Einzelheiten ohne das Übrige, zu dem sie gehörten. Vielleicht war ich selbst ohne dieses Übrige um mich herum, denn ich konnte so einen Lachanfall zuerst nicht vermeiden und dann nicht stoppen. Ich war überhaupt nicht froh, machte mich auch über nichts lustig. Ich konnte etwas oder alles, was ich gerade sah, nicht zusammenbringen mit dem, was es eigentlich war. Ich zerteilte wahrscheinlich, was ich im Ganzen nicht aushalten konnte. Meine Anteilnahme war dabei größer, als wenn ich geweint hätte. Ich war verstört, aber daran dachte doch niemand. Auch ich selbst hab mich nicht verstanden, auch gar nicht versucht, den Lachanfall zu rechtfertigen. Dazu hätte ich ihn ja erklären müssen, und das kann ich bis heute nicht. Ich ließ mich für jeden Lachkrampf wortlos prügeln und schämte mich vor mir selbst und wusste, dass ich dafür Prügel verdiene. Was ich jedoch bis heute nicht weiß: Gibt es ein auf den Kopf gefallenes, ein umgekehrtes Lachen, das abstürzend ist, tiefer traurig als das Weinen? Ein Lachanfall ist jedenfalls scharf und schneidig, er tut innen weh, eine Attacke eben, eine Überspanntheit, ein Ausbruch von allem Möglichen – aber kein Freudenausbruch.

Eher hat sich im Lachkrampf die immer vorhandene Dorftrauer in mir entladen, die fortwährend einzeln und gemeinsam von allen Utensilien und Requisiten des Dorfs produziert wurde. Jedes Begräbnis ging mir ewig lange nach, ich konnte auch die Tage danach kein Fleisch essen und versuchte mir diesen unlogischen Zusammenhang nie zu erklären. Selbst wenn mir ein Psychospezialist das erklären würde, hätte er höchstens Interpretationen, im verflixten Zusammenhang von Innen und Außen gibt es keine Gewissheit.

Der Reim weiß Bescheid

Die Härte innerhalb Ihrer Familie, die Schläge, das Abgestumpftsein setzen Sie in Verbindung zu dem, was Sie »Beschädigung« nennen, ausgelöst durch Lager und Krieg.

Die hatten alle ihren Schaden abgekriegt. Wenn ein Dorf so abgeschottet ist, so weit weg von der Welt, wie eine Kiste in der Landschaft steht, keine Asphaltstraße, nur diesen kurzen vorbeirauschenden Zug hat – alle wurden hier im Dorf geboren, haben geheiratet, Kinder gekriegt, auf dem Feld gearbeitet. Es wurde also gewohnt, gesät und geerntet und gegessen, bis die Erde einen fraß. Immer auf diesem Flecken Erde, keiner hat den Fuß von da weggehoben – mehr als dreihundert Jahre immer dasselbe. Dann aber wurden diese Bauern mit ihrer ganzen Unbedarftheit in die Welt verschleppt. Mein Großvater in den Ersten Weltkrieg, mein Vater in den Zweiten, meine Mutter ins sowjetische Arbeitslager deportiert. Krieg und Deportation zwang sie, das Dorf zu verlassen. Sogar die Tiere wurden zur Armee eingezogen. Mein Großvater hatte von seinen Pferden, die im Ersten Weltkrieg gefallen waren, Totenscheine in Handschrift mit Stempel. Das habe ich als Kind nicht verstanden, dass es Todesurkunden für Pferde gab, aber nicht für Leute, die aus dem Krieg nicht wiederkehrten. Nach dem Zweiten Weltkrieg blieben viele für immer verschwunden. Sie galten als vermisst, weil es weder ein Lebenszeichen noch eine Todesnachricht gab.

Veronika war im Alter meiner Mutter und ihr Mann war vermisst. Es waren zwanzig Jahre seit dem Krieg vergangen und sie sagte noch immer: »Wenn der Wind nachts am Gassentor zerrt, ist es vielleicht doch mein Mann.« Sie wisse, dass der Wind nicht ihr Mann sei, sagte sie, aber im Unterschied zu seinem Tod seien der Wind und das Gassentor wirklich. Sie blieb ein ganzes Leben allein in einem langen Haus mit vielen Zimmern, leeren Tierställen und Scheunen. Sie hatte fünf Perlhühner, weiß getupft wie Schnee auf grauer Seide, und einen Baum mit den frühesten Kirschen hinten im Hof. Sie klagte nicht über ihr Leben, wenn sie das mit dem Wind am Gassentor sagte. Sie hätte es gar nicht gesagt, wenn ich nicht gefragt hätte: »Hast du keinen Mann?« Sie legte auch keinen Wert darauf, dass ich das mit dem Wind am Gassentor verstehe. Eher dachte sie, dass ich noch zu klein bin, um mir zwanzig Jahre Warten auf einen Menschen vorzustellen. Auf meine Art verstand ich das schon, ein Wind am Gassentor konnte sehr wohl ein heimkehrender Mensch sein. Das war ganz normal, so wie in meinem Kopf alle Gegenstände und Pflanzen nachts im Dorf herumliefen. Ich war damals an die zehn Jahre alt, was zwanzig Jahre Warten ausmachen für eine Frau, wusste ich nicht. Nur dass man mit Unkraut und Gestrüpp laut reden und Blumen sogar mitten am Tag miteinander verheiraten kann. Das wollte ich Veronika nicht sagen. Ich hängte der Zeit zwar immer ein Maß an, damit sie sichtbar wird, aber das Maß »zwanzig Jahre« war nichts Konkretes. Und Veronika selbst war alterslos – vielleicht weil sie allein im Haus lebte. Ich war zu naiv, um ihre Situation und den Altersunterschied zwischen uns zu verstehen. Ich aß ihre frühen Maikirschen und es fiel mir nie dabei ein, dass mein ganzes bisheriges Leben nicht mal halb so lang wie ihr Warten war. Ich glaub, es tat ihr gut, dass ich das nicht kapierte, dass ich so unschuldig dumm war. Im Altersunterschied zwischen mir und ihr stand keine Distanz, nur die eleganten Perlhühner und das nie gesagte Wort »Einsamkeit«. Das Wort hätte man gar nicht sagen können, das gab es gar nicht im Dialekt. Es gab nur das Wort ALLEIN, »alleenig«, und das waren wir nicht, wenn wir miteinander sprachen. Wir wussten trotzdem voneinander, dass wir mit dem Wort »alleenig« ziemlich viel zu tun haben. Obwohl ich zwanzig Jahre Zeit nicht einschätzen konnte, war das Wort »alleenig« an Veronika sichtbar, es war ihr um den Mund herum gewachsen wie eine Eigenschaft. Ganz anders als an mir war es an ihr hell, so ein immer gleiches Sichdreinfinden. Ich glaube, anders als ich lebte Veronika im Einverständnis mit sich selbst und dem, was war. Sie gestand sich den Tod ihres Mannes ein und wartete trotzdem auf ihn, ohne dass er je zu kommen brauchte, solang es das Gassentor und den Wind gab.

Andere waren wiedergekehrt, fanden jedoch zu sich selbst nicht mehr zurück. Es verändert alles für immer, wenn jemand, der diese fünfzig Quadratkilometer Landschaft nie verlassen hat, von einem Tag auf den andern Tausende Kilometer weit in die Welt zieht. Mein Vater zog mit siebzehn mit Hitlers SS in den Krieg, er hat überlebt, ist ins Dorf zurückgekommen und dann nie wieder aus der Umgebung heraus, höchstens in die dreißig Kilometer entfernte Stadt. Er war LKW-Fahrer und hat den Dorfladen versorgt mit seinem klapprigen Lastauto, einem Rablament, wie er sagte. Wenn er losfahren wollte, musste eine zweite Person dasein und von unten mit der großen Kurbel den Motor anlassen, wenn der Motor aufheulte, die Kurbel schnell auf den Anhänger werfen, dann in die Kabine aufspringen und die Tür schnell mit einem Stück Draht einhängen, weil der Griff abgebrochen war. Und im Boden der Kabine war ein großes Loch, man sah die Erde mitfahren. Ich war sicher, dass das Auto steht, dass nur der Weg darunter fährt.

Und das einzige Mal, dass meine Mutter aus dem Dorf rauskam, war ihre Deportation zur Zwangsarbeit. Frauen, die wie meine Mutter die Deportation überlebt hatten, waren durch ihre Frisur und Kleidung von den Nichtdeportierten äußerlich klar zu unterscheiden: Die immer zu Hause Gebliebenen, weil sie bei der Deportation noch zu jung oder schon zu alt waren, also die Nichtdeportierten, trugen Zöpfe und die knöchellangen Faltenröcke. Und die Deportierten kurze Haare und kurze Kleider. Das war eine Zäsur.

Ein Zeichen von unüberbietbarer Klarheit, dass man an das Leben von vorher nicht mehr anschließen kann.

Im Lager wurden die Frauen fünf Jahre lang kahlgeschoren, mal als Strafe, mal der Läuse wegen. Und bei der Zwangsarbeit trugen sie dieselben groben russischen Lageranzüge wie die Männer. Keine dieser Frauen ließ sich danach wieder Zöpfe wachsen oder knöchellange Faltenröcke nähen, das sagt doch schon alles. Mit der Deportation waren dreihundert Jahre Bauerntracht vorbei, das musste niemand beschließen und konnte auch niemand mehr aufhalten. Das kam ganz von selbst, vom Überleben, von der Verstörung. Es war eine harte, klare Konsequenz, über die nie gesprochen wurde. Fünf Jahre Unterernährung, Wasser in Bauch und Beinen, das geht aus dem Kopf nicht mehr weg. Und noch was Gemeinsames der Deportierten: Sie hatten nur noch faule Zahnstümpfe im Mund, die mussten gezogen werden. Für alle Zeit trugen sie Zahnprothesen, und die schlotterten, weil bei chronischer Unterernährung auch das Zahnfleisch wegschrumpft. Nach der Heimkehr ließ sich meine Mutter mit ihren fünfundzwanzig Jahren als erstes beim Zahnarzt in der Kleinstadt zwei Prothesen machen, eine oben, eine unten. Und das taten die anderen auch.

Zu den Erfahrungen des Krieges und des Lagers, die die Menschen in Ost- und Westeuropa – bei allen Unterschieden – doch teilten, kommt, dass es in Rumänien nach 1945 mit Angst, Verfolgung, Unterdrückung und Terror nicht vorbei war.

Ja, in der Nachkriegszeit und in den Jahrzehnten danach wurden in Westeuropa Demokratien geschaffen. Aber in Osteuropa Diktaturen, die Sowjets installierten ihr Gesellschaftsmodell, den Stalinismus. Militär, Polizei, Geheimdienst aller Osteuropäer wurden in Moskau ausgebildet. Osteuropa war voll mit stalinistischen Gefängnissen und Lagern. Die Russen haben in Osteuropa im Laufe der Jahrzehnte immer weiter Friedhöfe gemacht. Die Toten in den verschiedenen Ländern hat nie jemand zusammengezählt, die verdoppeln wahrscheinlich die Zahl der Toten des Gulags innerhalb der Sowjetunion. Wegen »antisowjetischer Hetze« wurden bis in die sechziger Jahre Tausende inhaftiert, körperlich und seelisch verkrüppelt oder zu Tode gefoltert. Und über das alles durfte man in Osteuropa bis 1989 nicht reden.

Im Zweiten Weltkrieg war Rumänien fast bis zuletzt mit dem faschistischen Diktator Antonescu an der Seite Hitlers, hat danach aber seine Geschichte geklittert, es hieß »an der Seite der siegreichen Sowjetarmee«. Als faschistischer Staat hat auch Rumänien seine jüdische Bevölkerung vernichtet. Wie unter den Nazis gab es die Rassengesetze, Ghettos, Pogrome, die Juden mussten den Davidstern tragen, wurden enteignet. Und Konzentrationslager in Transnistrien standen unter rumänischer Leitung.

Der Stalinismus sorgte für eine infame Verteilung der Schuld: Die deutsche Minderheit wurde für die Verbrechen belangt, die Rumänen aber gaben sich als Antifaschisten aus.

Unter diesen Umständen wurde das Schweigen zum Gesetz. Jede Äußerung über Erlebtes war gefährlich, das ging bis ins Private. Weil die Rumänen ihre Verbrechen leugneten, bestritt mein Vater die Verbrechen der SS auch vor mir, es gab harten Streit. Meine Mutter schwieg übers Lager, mein Großvater galt dem Staat als »ausbeutende Klasse«, seine Felder, sein Kolonialwarenladen, seine Goldbarren wurden enteignet. Ein paar Goldbarren hatte er jedoch im Hof in den Brunnen gesenkt – darüber wurde an Winterabenden am Esstisch manchmal geflüstert. Jahre später wurde dann mal der Brunnen »geputzt«, also ausgepumpt, weil angeblich eine Katze hineingefallen war. Aber es war keine Katze hineingefallen, man wollte nach den Goldbarren sehen. Die waren nicht mehr da, die sind unauffindbar tief in die Erde gesickert, die schwimmen jetzt vielleicht im Erdmittelpunkt.

Ich glaube, in diesem Dorf war überall etwas ein bisschen gefälscht. Was so dastand wie immer, wie seine öden dreihundert Jahre, war doch in Wahrheit längst aus den Angeln gehoben durch die Katastrophen der Geschichte. Die innere Verstörung wurde zugedeckt durch äußere Sturheit. Fleiß, Sauberkeit, Ausdauer und vor allem dieses Gemisch aus Arroganz und Minderwertigkeitsgefühl.

Wenn auf Schritt und Tritt gelogen wird, wenn das eigene Erleben in so krassem Gegensatz zur offiziellen Wahrheit steht und es einem dadurch genommen wird, muss man doch verstummen.

Und verhärten. Ja, die heimgekehrten Wehrmacht- und SS-Soldaten hatten zusammen mit der rumänischen Armee in Stalingrad gekämpft, und dann waren sie die Verbrecher und die Rumänen waren die Helden. So wurde die Minderheit fast objektiv daran gehindert, über die Verbrechen der Nazizeit zu reden und auch für sich selbst die Wahrheit zuzulassen. Dieses Verstummen und Verhärten hatte noch etwas zur Folge, einen vorauseilenden Opportunismus. Meine Eltern waren und blieben von Angst dressiert. Die Angst vor politischer Strafe hat sie bedingungslos unterwürfig gemacht, unbelehrbar und feige. Ich habe es in meiner Familie erlebt. Ich war bereits in der Stadt, in der Fabrik, und hatte die Schikanen des Geheimdiensts zu ertragen, die Verhöre, Hausdurchsuchungen, Todesdrohungen. Meine Mutter hatte Angst um mein Leben, das kann ich verstehen. Aber diese Angst aus Mutterliebe machte sie nicht nur politisch blind, sondern auch als Mutter gefühllos. Und das merkte sie nicht, wenn sie sagte, an der politischen Verfolgung sei ich selber schuld und ich bringe die Familie in Gefahr. Sie wurde gegen mich gehässig statt gegen diese Geheimpolizei. Ihr Gehorsam war hündisch, ihre Vorwürfe kamen mir vor wie passive Kollaboration. Die Gründe, weshalb ich nicht mitmache in dieser Diktatur, kümmerten sie nicht. Sie wollte heile Welt, Unauffälligkeit, sogar Karrieremacherei um jeden Preis. Ist das noch Mutterinstinkt, wenn jemand sagt: »Andere klatschen und verdienen Geld, und du kannst das Maul nicht halten, eines Tages liegst du tot im Graben, was hast du dann davon?« Dabei heulte sie und wollte als Mutter von mir getröstet werden.

Ich sagte, von unserer Familie will ich nichts lernen. Dabei habe ich von ihr gelernt. Die SS meines Vaters war ein warnendes Beispiel für mich. Ich war mit meinen siebzehn Jahren so alt wie er, als er für Hitler schwärmte. Und das warf ich ihm vor und wusste, dass ich auch in einer Diktatur leb und dass ich ihm nichts mehr vorwerfen kann, wenn ich jetzt mitmache.

Gibt es für erlebtes Leid einen moralischen Passierschein? Ich weiß bis heute nicht, wie ich diesen krassen Opportunismus meiner Mutter einordnen soll. Soll ich ihn als Unbedarftheit einer Bäuerin kleinreden, ist er mit dem Arbeitslager oder nur mit der Angst um ihr Kind zu erklären? Die Tatsachen sind da, aber was haben sie zu sagen? Ist der Opportunismus als Resultat unvermeidbar?

Bevor meine Mutter deportiert wurde, hat sie sich im Nachbargarten in einem Erdloch versteckt, im Januar, eine Woche oder länger bei minus zwanzig Grad. Dann hat man sie entdeckt, herausgezerrt und im Viehwaggon ins Lager verschickt. Auch ohne das Lager ist dieses eine Detail mit dem Erdloch schon an und für sich schaurig genug. Aber gab es ihr das Recht, sich politisch so debil zu verhalten? Was meinen Vater betrifft, musste ich mir ganz andere Details vorstellen. Ich las die Gedichte Paul Celans und dachte, wenn mein Vater als Soldat in ein KZ geschickt worden wäre, hätte er die Gasöfen bedient. Oder Celans Eltern in Transnistrien ermordet, dort brauchte man kein Gas. Die Gefangenen hausten in Erdlöchern auf dem nackten Acker, ohne Wasser und Nahrung krepierten viele, und die restlichen wurden erschossen oder erschlagen. Oft dachte ich, dass meine Mutter wegen der Kollektivschuld, also wegen dem Krieg meines Vaters, ins russische Arbeitslager musste. Meine Güte, wie absurd sich die große Geschichte als Schuld und Strafe an einem einzigen Ehepaar spiegelt, also wie ungerecht sie sich zwischen meinen beiden Eltern verteilt. Und als diese Verteilung geschah, waren sie noch gar kein Ehepaar, nur zwei Gleichaltrige in einem fingerhutkleinen Dorf am Rand der Welt.

Von diesem Dorf und Elternhaus ausgehend, sehe ich überall Geschichte. Mein Vater ist früh am Alkohol gestorben, er wurde nur fünfzig Jahre alt. Wenn er besoffen war, hat er noch dreißig Jahre nach Kriegsende mit seinen Kameraden Nazilieder gesungen. Das Dorf war klein, die Hochzeiten groß. An den langen Holztischen wurde viel getrunken, die besoffenen Lieder hörte man die ganze Nacht. Und der Dorfpolizist war Rumäne, hatte keine Ahnung, was die Männer sangen, und schunkelte mit. Ich hab die SS-Zeit dieser Männer nicht als Jugendsünde sehen können, die haben ja nichts revidiert.

Mein Vater war lange tot und ich aus Rumänien weg, da kam ich nach Coventry. Das von Goebbels erfundene Wort »coventrisieren« für »dem Erdboden gleichmachen« stand buchstäblich in der Luft wie die Kirchenruine, die an diese Heimsuchung erinnerte. Der Wind stieß durch die Bäume, aber ich sah die langen Holztische und hörte die besoffenen Dorflieder in der Luft zwischen den Bäumen. Solche Orte der Heimsuchung gibt es viele, und dann muss ich mir denken: Überall wo ich hinkomme, war mein Vater schon gewesen. Ob ich will oder nicht, da schleicht meine Familie durch die halbe Welt hinter mir her. Oder ich bring sie mit an diese Orte, weil man die Stirn nicht zu Hause lassen kann. Ich muss mich für meinen Vater nicht schuldig fühlen, aber nachdenken muss ich schon.

Und dieses Nachdenken führte zu einer Verschränkung von individueller und groß dimensionierter Geschichte?

Letztendlich haben auch die ganz persönlichen, sogar die stummen und instinktiven Beziehungen aus jeder Familie eine politische Dimension, weil sie auf das politische System, das sie umgibt, reagieren. Das Politische hat seelisch allerhand angerichtet, es hat einen fatalen Anteil an allem und jedem. Jede Familiengeschichte ist nebenbei auch das private Abziehbild der Zeitgeschichte.

Ja sicher, das Politische ist immer da, man bestimmt aber selbst, was man tut und was nicht, das heißt dann persönliche Verantwortung. Auch im Nachhinein bestimmt man selbst, was man aus dem Erlebten lernt. Ich glaube, mit Eltern und Herkunft und Kindheitsglück oder -unglück, mit Schonung oder Gewalt kann man sich nicht groß herausreden. Sicher ist man ein Resultat, aber sein eigenes. Es kann einen niemand zwingen, so zu werden, wie man erzogen worden ist, oder so zu bleiben. Die Kindheit hat ein ziemlich schnelles Verfallsdatum. Danach wird man sich selber zugewiesen und hat sich ein Leben lang selbst zu erziehen, ob man will oder nicht. Wie man das tut, weiß ich nicht, man ist so undurchsichtig für sich selbst. Die Tatsachen kennt man von außen, wie sie wirken, bleibt ein Rätsel. Man weiß nicht, wie das Erlebte in einem tickt.

Die Komplizenschaft zwischen Unbelehrbarkeit und Diktatur bringen Sie auf die Formel: »Privat anständig bleiben bedeutet öffentlich versagen.«

Ich habe ja gesehen, was um mich herum passiert. Als junger Mensch will man zeigen, was man kann, etwas werden. Man muss sich bremsen, um in der Sitzung zu schweigen, wenn andere die Partei loben und dafür Anerkennung und Privilegien bekommen. Man muss wissen, das Parteigedicht könnte ich sogar noch schöner rezitieren als der Schüler, der auf der Bühne steht. Aber ich will damit nicht auf der Bühne stehen. Dann steht man halt unten und ist nichts als grauer Durchschnitt und wird nicht beachtet. Schon auf dem Gymnasium musste man entscheiden, ob man sich das antut, dass man öffentlich versagt, weil man privat anständig bleiben will. Für das eine muss man sich bremsen, für das andere tut man sich hervor. An die Propaganda geglaubt hat ohnehin niemand. Es ging nur darum, ob man sich ihrer bedient, um im Leben was zu erreichen. Gerade die höchsten Bonzen und ihre Kinder haben nicht nur beim Standesamt, sondern obendrein heimlich in der Kirche geheiratet, was die Partei verboten hat. Die haben nicht an die Partei geglaubt, nur an ihre Position. Und für diese haben sie alles getan, geheuchelt, gelauert, intrigiert, erpresst, denunziert. Wenn es sein musste, sogar getötet.

Sie haben sich anders »hervorgetan«, nämlich indem Sie Ihr erstes Buch schrieben. Welchen Änderungen mussten Sie zustimmen, damit es veröffentlicht wird?

Als »Niederungen« nach drei Jahren und der Zensur von mehreren »Lektoren« endlich im Bukarester Kriterion Verlag erschien, war es stilistisch entstellt und inhaltlich verkrüppelt. Es wurden ganze Texte und Textpassagen rausgeschmissen und Formulierungen verändert, aus Russland wurde »ein fernes fremdes Land« gemacht. Das war der politische Aspekt der Zensur. Der erste Lektor schrieb selber Gedichte und die stalinistische Stilfibel war sein Maßstab für Literatur. Die absichtliche Wiederholung eines Wortes oder Satzes hat er als Stilarmut bezeichnet. Wenn er was entfernte, sagte er, das müsse man »ausmerzen«. Dazu war er persönlich prüde, das sogenannte Dekadente, Ordinäre musste raus. Die Großmutter hatte dann nicht mehr Schleim im Augenwinkel, sondern »ein klebriges Etwas«. Als das Buch nach diesem ganzen »ausmerzen« dann doch erschien, war es mir fast egal. Ich hatte es größtenteils in der Fabrik geschrieben, im Büro zwischen vier Buchhaltern, heimlich, anstatt die technische Beschreibung hydraulischer Maschinen aus dem Deutschen ins Rumänische zu übersetzen. Ich arbeitete in der Maschinenbaufabrik, in meinem Kopf war man das, womit man sein Brot verdiente, also war ich Übersetzerin.

Ich hielt mich nicht für eine Schriftstellerin. Ich hatte angefangen zu schreiben, weil mein Vater gestorben war, weil die Schikanen des Geheimdienstes immer unerträglicher wurden. Ich musste mich meiner selbst vergewissern, die Ausweglosigkeit um mich herum machte mir so eine Angst. Und die Angst ließ sich durchs Schreiben zähmen. Ich wollte doch keine Literatur schreiben, sondern einen Halt finden. Beim Lesen von Büchern dachte ich immer, die schönen Sätze, die mehr als der Inhalt ihrer Wörter sind, wissen so lang, wie man den Blick draufhält, wie das Leben geht. Ja, so wie das damals im Tal die Pflanzen wussten, so wussten es jetzt diese Sätze. Auch die Sätze, die ich selber schrieb, konnten mehr über mich und das Dorf und diese stumme Kindheit sagen als mein Mund beim Reden. Und dieser Unterschied lockte mich und machte mir Angst. Dieser Unterschied ergab etwas, was ich nicht voraussehen konnte. Was ich nicht kapierte, durchschauten die Sätze, vielleicht weil ich Wörter finden musste, die weder mich noch sich selber kannten und mehr ausdrücken konnten, als man mündlich sagen könnte. Dass gerade das Ungewisse beim Schreiben Wahrheit erzwingt, die der Realität entspricht, weil sie nicht bei ihr stehenbleibt, weil sie darüber hinausgeht – das gab mir Halt. In der Angst Wörter schreiben, das war vielleicht wie Pflanzen essen, es war ein Worthunger. Das wirkliche Leben noch einmal unwirklich zu erfinden, nicht eins zu eins, sondern viel genauer. Und es war die Einbildung, in der Obhut der Sätze ein bisschen besser zu wissen, wie man leben könnte. Die Sätze verschonten mich keineswegs, aber die Arbeit, die ich mit ihnen hatte, gab mir Halt.

Ich habe mir damals nie vorgestellt, dass »Niederungen« in Deutschland erscheinen könnte. Ich wurde ängstlich, als ich die Nachricht bekam.

In dieser Zeit waren Sie schon im Visier des Geheimdienstes, Sie mussten äußerst vorsichtig sein.

Zum nochmaligen Lektorieren traf ich mich mit der Westberliner Lektorin in dem Schiort Poiana Braşov in den Karpaten. Es sollte konspirativ sein, wir sollten Touristinnen im Schiurlaub sein, der Geheimdienst sollte nicht erfahren, dass wir uns treffen. Es war Anfang der Schisaison, aber nur im Kalender. In den Karpaten schien in diesem frühen Winter wie verrückt die Sonne, die Luft war warm wie spätester Sommer. Kein Krümel Schnee, keine Touristen, im Hotel waren nur wir beide. Die Lektorin hatte einen Koffer voll Kerzen und Konservendosen mitgebracht. Und ich hatte das Manuskript mitgebracht. Unsere Zimmer waren leider nicht nebeneinander. Wir trafen uns »zufällig« im Restaurant und tranken Kaffee. Als die Lektorin wieder auf ihr Zimmer kam, war die Hälfte der Kerzen und Konserven bereits aus dem Koffer verschwunden. Sie klopfte bei mir, fragte nach dem Manuskript, ich schaute nach, es war zum Glück noch in meiner Tasche. Wir durften das Manuskript nie wieder allein im Zimmer lassen und auf keinen Fall im Zimmer lektorieren. Wir merkten endlich, wir waren hier nicht anonym. Wir mussten ein Geheimzeichen vereinbaren, um uns beim Klopfen zu erkennen. Die Lektorin klopfte mit den Fingerknöcheln an die Tür, zweimal lang, dreimal kurz. Das kann man sich gut merken, meinte sie. Ich war mir nicht so sicher. Dann wiederholte sie das Klopfen und sagte im Takt Ho-Ho-Ho-Chi-Minh. Ich erschrak, Ho Chi Minh hatte ich bis über beide Ohren, Kulturrevolution, meine Güte. Nein, das kann ich nicht klopfen, sagte ich. Dann denk dir was anderes dazu, meinte sie, den Takt muss man nicht ändern. Aber der Takt war besetzt, egal, was ich mir dachte, ich hab nur Ho Chi Minh gehört.

Aber Ho Chi Minh war erst der Anfang dieses Gebirgslektorats. Wir lektorierten draußen, setzten uns wie zwei Eidechsen auf eine warme Steinplatte am Hang. Auf einmal hörten wir ein ohrenbetäubendes Klappern, schauten den Hang hinauf und fingen an zu laufen. Oben standen Soldaten und stießen Eisenfässer nach unten. Die rollten in gezackten Bahnen hinter uns, schneller als wir laufen konnten, wir mussten ihnen ausweichen. Wenn so ein Fass uns erwischt hätte, wären wir zerquetscht worden. Wir retteten uns zu einem Schilift und versteckten uns hinterm Lifthaus. Die Fässer waren knapp an uns vorbei ins Tal gerollt, die Soldaten waren verschwunden. Ich glaube, die Attacke mit den Fässern war Zufall, ein Amüsement verrohter, gelangweilter Soldaten. Ceauşescu hatte in den Karpaten unzählige Jagdreviere, ganze Wälder waren Sperrgebiete und überall Soldaten stationiert. Wir blieben ein paar Stunden in einer Felsmulde sitzen und lektorierten. Dann gingen wir zum Abendessen ins Restaurant unseres Hotels. Während wir aßen, kamen an die fünfzig Asiaten, alle hatten die gleichen dunklen Jacken und Hosen an, wahrscheinlich Staatsgäste, eine Delegation aus Nordkorea. Ceauşescu war oft in Nordkorea zu Besuch, Kim Ilsung war sein Vorbild. Die Kellner hatten auf die Delegation gewartet, in der Mitte des Saals waren bereits Tische zu einem langen Tisch zusammengeschoben. Der lange Tisch war fertig gedeckt, sie plazierten sich. Zwei Rumänen waren dabei, einer hielt eine theatralische Ansprache über Gastfreundschaft und Sozialismus. Während der andere knapp, fast minimalistisch übersetzte und auf die Völkerfreundschaft angestoßen wurde, kam auch schon die Suppe und im Restaurantlautsprecher begann die Musik zu spielen. Es waren rumänische Schlager. Die Männer tranken Schnaps, es wurde immer lauter im Saal.

Ich schlug vor, aufs Zimmer zu gehen. Die Lektorin bat,

noch zu bleiben. Sie sagte, sie würde so gerne mit einem von den vielen gleichen Männern tanzen. Sie wollte zu dem langen Tisch gehen und einen zum Tanz bitten. Untersteh dich nicht, sagte ich, sonst musst du bis morgen früh mit allen der Reihe nach tanzen. Ich sollte natürlich mitmachen. Nie im Leben, sagte ich. Dann sollten wenigstens wir beide miteinander tanzen, denn sie habe Lust zu tanzen, sagte sie. Damit suggerieren wir denen, dass wir mit ihnen tanzen wollen, sagte ich, und wenn die uns dann zum Tanzen auffordern und wir uns weigern, gibt es Probleme. Dass sie nach dem Ho-Chi-Minh-Klopfen jetzt auch noch mit dem Ho Chi Minh tanzen wollte, machte mich fassungslos. Mit unserem Ho-Chi-Minh-Gefühl waren wir in total verschiedenen Welten, was für mich bedrohlich war, war für sie exotisch. Wenn sie im Hotelfahrstuhl steckenblieb, wusste sie, dass es Schikane ist, fühlte sich schon verhaftet, hatte mehr Angst als ich. Doch wenn etwas wirklich riskant war, kapierte sie null. Es war wahrscheinlich für uns beide gleichermaßen anstrengend, ich war ein von Schikanen abgebrühtes Staatskind aus dem Osten, sie eine ideologische Achtundsechzigerin aus dem Westen.

Und das alles in den Karpaten, ich hatte mich darauf eingelassen, ich dachte, das dient der Konspiration. Aber ohne Schnee sind wir dort mehr aufgefallen als in der Normalität jeder Stadt.

Ich war in diesem Gebirg sowieso am falschen Ort, ein Himmel eingesperrt in Steine, Felswände nackt und senkrecht wie fensterlose Kasernen. Man stieg auf den Hang mit den Füßen über dem Kopf, mit den Wolken unter den Füßen. Auch wenn sich gar nichts drehte, war ich schwindlig von mir selbst, von dem Schwachsinn mit dem Schifahren und der blöden Vorstellung, so ein Ort diene der Konspiration.

Ja, der Konspiration wegen sollten wir unabhängig voneinander als Touristinnen im Hotel auftauchen. Ich war schon ein paar Stunden da und wartete auf den Bus der Lektorin. Ich ging am Hotel auf und ab und sah an der Seitenwand Malvensträucher, es waren noch halbwelke Blüten dran, samtschwarz – so schön, wie ich sie in Gärten noch nie gesehen hatte. Ich pflückte trockenen Samen von den Stielen, ich nahm ihn mit nach Hause und wollte ihn im Frühjahr, wenn ich mal wieder aufs Land fahre, dort in den Garten pflanzen. Ich legte ihn in der Küche in die Schublade. Und das Frühjahr war gekommen, aber die Tüte mit dem Samen war weg. Als ich meinen Mann fragte, ob er die kleine blaue Tüte mit dem Malvensamen woandershin geräumt habe, sagte er: »Die Körner aus der kleinen blauen Tüte hab ich uns jedesmal in die Suppe gestreut, ich dachte, das ist ein Gewürz.«

Das war schade, die samtschwarzen Gebirgsmalven waren so schön, weil sie auch dort im Gebirge nicht bei sich zu Hause waren, also weder bei sich noch zu Hause. Das spürte ich, da funktionierte immer noch mein Instinkt aus dem Flusstal. So eine fremde Pflanze, die nachts herumläuft, hätte ich gerne in dieses Dorf gepflanzt. Und gehofft, dass sie sich ausbreitet, von einem Garten in den andern, durchs ganze Dorf.

Vergleicht man die letzte, gültige Fassung von »Niederungen« mit der, die in den Karpaten entstand, sieht man, wie stark auch von Ihrer deutschen Lektorin eingegriffen wurde. Es fehlen Passagen, sinnlich bis in feinste Verästelungen, die zu den schönsten des Bandes gehören. Gab es Kämpfe beim Lektorat oder zumindest Auseinandersetzung?

Das Lektorat war einfach, ich widersprach nicht, wenn etwas weggelassen wurde, es tat mir um gar nichts leid. Ich werde oft gefragt, warum. Die Texte handelten von diesem fingerhutkleinen Dorf am Rand der Welt. Und Rumänien mit seiner irren Diktatur und der finsteren Armut war als Ganzes am Rand der Welt. Ich brauchte jeden Tag dringend die Schönheit der Sätze, aber ich schrieb, um einen Halt zu finden gegen das Elend des Lebens und nicht, weil ich Literatur machen wollte. Ich hatte seit Jahren Bücher und Zeitschriften aus dem Westen gelesen, darin gab es keine politische Zensur. Ich war überzeugt, die Änderungen der Lektorin haben rein literarische Gründe, im Ästhetischen kennt sich jemand aus dem Westen besser aus als ich. Und wen interessiert eine verklemmte deutsche Minderheit und eine Diktatur am Rand der Welt, dachte ich, und wenn so ein Buch im Westen erscheint, darf es wahrscheinlich nicht zu dick werden, damit es überhaupt jemand kauft.

Einige Geschichten mit direkten politischen Bezügen wie »Die Meinung«, »Inge« und »Herr Wultschmann« wurden nicht aufgenommen.

Diese weggelassenen Texte sind weniger poetisch als direkt politisch. Sie ähneln sich, sie werden ironisch, indem sie durch Wiederholungen insistieren. Vielleicht hat der Lektorin dieser Texttyp an und für sich nicht gefallen oder sie fand diese Geschichten literarisch nicht gut oder es gab bewusst oder unterschwellig ganz andere Gründe.

Im Vergleich dazu erscheinen Geschichten wie »Das schwäbische Bad« und »Der deutsche Scheitel und der deutsche Schnurrbart« weit weniger brisant, doch gerade damit haben Sie sich den Hass der Landsmannschaft zugezogen, der Sie auch nach Ihrer Ausreise noch lange und mit ungebrochener Kraft verfolgt hat.

Für die Landsmannschaft war »Niederungen« ungeheuerlich – unflätig, ordinär, ein Skandal. Diese Leute kannten nur Heftromane und Heimatliteratur – ihre Heimat als der schönste Ort der Welt und das Deutschtum als Tugend, Fleiß, Sauberkeit, Brauchtum. Du liebst die Heimat und die Heimat liebt dich, dort sind deine Wurzeln, dort gehörst du hin, die Erde ist fruchtbar, die Sonne ist golden – so hatte es zu sein. Der Sitz der Landsmannschaft war immer schon in München. Die Funktionäre lebten seit Jahrzehnten in der freien Welt, projizierten die Heimat aber nach Rumänien. Es war eine abstrakte Heimat, ein Bilderbuch mit geschnitzten Holztoren, verzierten Hausgiebeln, Blasmusik und Volkstanz. Aber dass sich die Holztore und Hausgiebel dieser Dörfer in einer Diktatur befinden, interessierte sie nicht. Ihre Heimatideologie musste sich mit der konkreten Heimat und dem Alltag der Diktatur nicht herumschlagen. Sie schwelgen bis heute in einem abstrakten Heimatbesitz aus der Ferne.

Als die Heimatbesitzer in meinen Sätzen lasen, dass uns in den Dörfern die Erde frisst, dass die konkrete Heimat als dreihundertjährige Kiste in der Gegend steht, dass es mehr Suff und Suizide gibt als Glück, wurden sie gehässig. Ich hatte ihre Heimat und ihr Deutschtum beschmutzt. Ich hatte mir nicht vorgenommen, die Landsmannschaft in München oder die Landsleute in Rumänien zu ärgern. Für mich war das Dorf so, auch bevor ich es verlassen hatte. Gerade damals in der Kindheit dachte ich, wir sind hier im einsamen, windigen Dreck der Felder, an den Fransen der Welt, der Teppich ist aus Asphalt und in der Stadt. Auf dem Asphalt kann einem der Tod nicht um die Knöchel schleichen. Das Wort »Heimat« war anders als in den Liedern, es bestand aus dem Lauern der Pflanzen, aus dem steilen Jenseits oben im Himmel, aus dem Glühen und Frieren der Haut und der öden Müdigkeit – aus dieser Dorftrauer, aus den schweren alten Requisiten und Utensilien des Dorfs. Darum wollte ich schon als Kind in die Stadt. Ich dachte, im Dorf sind alle alt, man wird alt geboren. Wenn man jung werden will, muss man aus dem Dorf heraus. Und als ich dann in die Stadt kam, hatte ich Herzrasen vor Unsicherheit und Minderwertigkeitsgefühlen. Dennoch fühlte ich mich dem Dorf wie durch ein Glück entkommen, konnte mir vom ersten Tag an eine Rückkehr nicht mehr vorstellen. Trotzdem hatte ich Heimweh, vielleicht nicht in der Stirn, nur am Gaumen, denn die Stadt sprach Rumänisch und die Sprache kannte ich nicht. Am meisten half mir in diesem Zwiespalt das Bücherlesen und mit der Zeit auch das Rumänische, das ich langsam im Alltag lernte. Die Vergleiche taten sich auf, rumänische Wörter wanderten in meine deutschen. »Cer« heißt auf Rumänisch »Himmel« und ein Gesuch heißt »Cerere«. Also ist ein rumänisches Gesuch eine Bittschrift an den Himmel – demnach kann es gar nichts bringen. Mir kamen ständig solche Gedanken in den Sinn. Je surrealer sie schienen, desto exakter trafen sie die Realität. Wenn ich zum Verhör bestellt war, probierte ich auf dem Weg dahin allerlei Reime, zum Beispiel: »Mein Vaterland ist ein Apfelkern, man irrt umher zwischen Sichel und Stern.« Ja, wenn man zum Verhör musste, war man zum Vaterland bestellt. Der Reim wusste Bescheid. Ich merkte in meinen Kopfübungen mit Wörtern, dass das Poetische wirklich ist und in seinem Flirren am allerbesten zeigt, wie beschissen das Leben ist. Zuerst hab ich mich durchs Lesen von diesem Dorf freigemacht und dann durchs Schreiben, denn die erfundenen Sätze haben in meinem Namen, aber besser als ich, sagen können, wie diese Kindheit aussah. Und es hat mich verstört, wie die Sätze mir zeigten, dass diese Dorferziehung dreißig Kilometer weiter in der Stadt nichts mehr taugt, dass ich mir die Meinungen und Urteile des Dorfes abgewöhnen muss.

Die Landsmannschaft hat offenbar die literarischen Sätze für reale genommen, die Erzählungen gelesen, als wären es Berichte.

Der Vater ist in »Niederungen« ein Nazi und er hat in der Welt Friedhöfe gemacht. Dieser Vater war für die Landsmannschaft keine literarische Figur. Sie kannten ihn, waren selbst in dieser Person drin. Und dazu kamen noch die poetischen Mittel, dass Pappeln wie Messer aussehen. Sie lasen auch das eins zu eins, und darum hatte ich nicht nur die Leute, sondern alles an ihren Dörfern, sogar die Bäume verleumdet. Dass man Dinge, die man nicht erträgt, lieben kann, dass Liebe und Überdruss dasselbe sein kann, dass es Zwischendinge gibt, die sich anders zusammensetzen, als man es beschreiben kann – all das können sich Heimatideologen nicht vorstellen. Die Landsmannschaft war eine Art Gefühlsministerium der Heimat. Was in ihrem Gefühlsregister nicht vorgesehen war, galt als »Nestbeschmutzung«. Und als »Nestbeschmutzer« wurde ich in den Landsmannschaftsblättern vorgeführt, sogar als Securitatespitzel verleumdet. Die erlaubten Heimatgefühle waren Klischees, kitschige Fertigteile. Inhaltlich so verlogen und literarisch so unbrauchbar wie die Vorschriften der Partei. Es gab also zwei Gefühlsministerien, in dem einen herrschte das rumänische Regime, in dem anderen die Münchner Landsmannschaft – und die hat über die Diktatur kein kritisches Wort verloren. Warum das Jahrzehnte so war, habe ich erst beim Lesen meiner Akte aus der Bukarester Gauck-Behörde begriffen. Die Landsmannschaft hat mit der Securitate zusammengearbeitet, sie war von Spitzeln unterwandert. Der eigene Hass und die Aufträge der Securitate haben die Fälscherwerkstatt der Diktatur über Jahrzehnte bedient. Mit dem Sturz des Regimes und dem Zugang zu den Geheimdienstakten haben die Spitzel nie gerechnet. Nun ist die Verstrickung der Landsmannschaft mit einem kriminellen Geheimdienst fürs Heimatalbum ziemlich peinlich. Darüber wird in der Landsmannschaft seither geschwiegen.

Sie betonen immer wieder, dass das Gelebte beim Schreiben in ein Metier transportiert wird, in dem es nicht primär um Tag oder Nacht, Dorf oder Stadt geht, sondern um Substantiv und Verb, Takt und Klang, dass die Wirklichkeit erst über einen Umweg getroffen werden kann.

Umwege, weil es die richtigen Wege beim Schreiben gar nicht gibt. Nein, ich glaub, die Umwege sind die richtigen Wege. Ich muss doch, um einen Satz zu schreiben, aus den sprachlichen Gewohnheiten der Wörter ausscheren, die Wörter finden sich aufgrund von Takt und Klang, und sie werden auf unerwartete Weise genau und sagen, was ich nicht wusste, dass ich es weiß, zum ersten Mal. Die wirklichen Tatsachen werden nicht außer Kraft gesetzt, sondern verdeutlicht. Es ist doch wahr, es stimmt sogar als Tatsache, dass das Vaterland mit Sichel und Stern ein Apfelkern ist. Ich weiß nicht, wie die Wörter das zustande bringen, dass der Satz im Glitzern daherkommt und viel mehr sagt als der Inhalt seiner Wörter. Aber wie soll man einem Ideologen der Heimat oder des Vaterlands das Glitzern im Satz erklären? Mit Ideologen kannst du gar nichts verhandeln, Ästhetik als innere Notwendigkeit gibt es bei denen nicht. Statt verzweifelte Schönheit brauchen sie den abgesicherten Kitsch und die sture Rechthaberei, die sich für das Gute ausgibt. Für die Heimatkontrolleure und Garanten des Wir-Gefühls gilt nur eines: Es hat so zu sein, wie es immer schon war, damit es so bleibt.

In einer Welt, die sich ihrer so sicher ist, kann Literatur ja keinen Platz finden. Schreiben – als ernst zu nehmende Tätigkeit – war auch gar nicht vorgesehen, oder?

Nicht einmal Lesen war vorgesehen, erst noch Schreiben. Bücher lesen nur Leute, die zu faul sind zum Arbeiten. Lesen galt auch als ungesund, man verdirbt sich die Augen und, das Schlimmste, man kriegt es an die Nerven, man kann tiefsinnig werden, wenn man viel liest. Dazu kam noch das Misstrauen, zu Recht glaubte niemand, was jeden Tag in einer Zeitung stand. Wenn man jemanden beim Lügen erwischt hat, hat man gesagt: Du lügst wie gedruckt.

Mein Großvater hat im eingeschneiten Dorf den Brockhaus gelesen wie einen Roman. Er hat das Lexikon genommen, bei A angefangen und dann weitergemacht, bis der Winter vorbei war. Dadurch wusste er so allerhand. Wenn der Schnee weg war, räumte er auch den Brockhaus weg, ganz hinten in den Schrank, hoch hinauf hinter die mit Tabakblättern ausgestopften Pelzkappen. Der Tabak war gegen die Motten. In der dunklen Stille im Schrank warteten die Pelzkappen und der Brockhaus auf den nächsten Winter. Die Pelzkappen wurden trotzdem von den Motten kahlgefressen, sie sahen wie Knochentrichter aus. Nur der Brockhaus blieb immer ganz und roch den ganzen Winter nach Tabak. Mein Großvater fing wieder bei A an zu lesen, als hätte er im Sommer bei der vielen Arbeit alles vergessen.

Mein Vater hat nie einen Brockhaus in die Hand genommen. Auch meine Mutter und meine Großmutter nicht, sie strickten im Winter Socken. Wir trugen alle nur selbstgestrickte Schafwollsocken. Man kaufte einen großen Sack Wolle, sie sah wie ein riesiger Bausch dreckiger Watte aus. Man musste die Wolle auskämmen, es waren Steinchen drin, Gras, trockener Schafskot. Erst wenn sie geputzt war, konnte man sie waschen, trocknen, spinnen, auf Stränge wickeln. Dann brachte man sie in die Stadt zum Färben, und wenn sie vom Färben kam, wurde sie von den Strängen auf Knäuel umgewickelt. Ja und dann konnte man Socken stricken. Da waren die Rollen klar verteilt, die Frau war an den Socken, der Mann am Brockhaus.

Und es gab noch ein Buch im Haus, das immer ganz unten im Schrank versteckt gehalten wurde, das Doktorbuch. Es hatte einen schwarzen Deckel und war so dick wie zwei Brockhausbände. Im Doktorbuch waren alle Krankheiten beschrieben und wie man sie selbst behandelt. Wer im Doktorbuch las, brauchte keinen Arzt. Darum wurde unser Doktorbuch oft von den Nachbarn ausgeliehen. Auch die Nachbarinnen lasen im Doktorbuch, anders als vom Bücherlesen wurde man davon ja gesund. Krankheiten waren die Geheimnisse der Erwachsenen, die gingen auch untereinander verschämt mit Krankheiten um. Wenn ein Nachbar das Doktorbuch ausgeliehen hat, hätte man ihn nie gefragt, über welche Krankheit er sich informieren will. Krankheiten waren im Dorf manchmal direkt, manchmal unausgesprochen Strafen vom Herrgott für irgendwas. Mein Großvater hat wie ein Bibliothekar ins Notizbuch eingetragen, wer das Doktorbuch an welchem Tag ausgeliehen hat und in wieviel Tagen er es zurückbringt. Für Kinder war das Doktorbuch verboten.

Im Sommer wurde das Doktorbuch selten ausgeliehen, niemand hatte Zeit für Krankheiten. Alle waren aus dem

Haus, draußen auf dem Feld, im Hof, im Garten, jedenfalls weit genug weg von der Stille des Schranks. An solchen Sommertagen nahm ich mir das Doktorbuch. Ich machte ein bisschen hell, am Rollladen einen schmalen Spalt auf, dass es von draußen nicht auffällt. Ich legte das Doktorbuch auf den Teppich und blätterte sofort zu der Stelle, die mich interessierte, der nackige Körper. Man konnte ihn öffnen, unterm Hals waren zwei Rippentüren. Darunter waren zwei Bauchtüren. Brust und Geschlechtsteile waren weiblich und männlich, der Körper war Mann und Frau in einem. Man konnte die Brust und den Bauch ausräumen, ich legte die vielen Organe nebeneinander auf den Teppich. Sie hatten verschiedene Farben, alle in Pastell, und sie waren alle numeriert. Ich baute an den Brüsten die Frau ein und am Geschlecht den Mann. Dann umgekehrt. Oder das Herz in den Bauch, die Galle in den Hals. Ich durfte nicht zu lange spielen, denn um alle Organe wieder richtig einzuräumen, brauchte man Zeit, weil alles so genau passen musste, dass sich Brust- und Bauchtüren wieder nahtlos schließen.

Vom Umräumen waren die Organe natürlich schon verbogen. Mein Großvater wusste, dass der strapazierte nackte Körper nicht nur vom Ausleihen des Doktorbuchs kam, er sagte, du warst schon wieder am Doktorbuch. Und er betonte »schon wieder«. Und ich leugnete und wartete auf die nächste Gelegenheit.

Vielleicht war es gar nicht so falsch, mir das Doktorbuch zu verbieten. Die bunten Organe verfolgten mich. Ich bildete mir ein, in jedem Nachbarn, Hund, Truthahn im Dorf zu sehen, wie die Organe in ihnen verpackt sind. Es überkam mich Angst und Ekel, weil ich glaubte, dass die Organe sich von allem, was wir essen, verfärben, weiß vom Brot, blau von den Pflaumen, gelb von den Zuckermelonen. Und ich bildete mir ein, wir werden von allen Tagen anders eingeräumt, beim

Arbeiten, Gehen oder Schlafen rutschen uns die Eingeweide immer anders durcheinander. Obwohl ich im Doktorbuch den Frauenbauch mit der Gebärmutter studiert hatte, glaubte ich weiter, dass die Kinder vom Storch gebracht werden. Aber nicht im Flug aus der Luft, sondern dass sich der Storch im Bauch einnistet. Es gab im Doktorbuch ein kleines Bild mit einer Gebärmutter, in der ein Embryo lag, bleich und gekrümmt wie ein Bohnenkeim in der Erde. Ich dachte, es ist kein Bohnenkeim, sondern ein kleiner Storch, und wenn er wächst, wird es ein Kind. Am Doktorbuch zweifelte niemand, es war der Beweis, dass wir außer Menschen auch noch Tiere, Pflanzen und Gegenstände sind. Dass die Organe in uns verbandelt sind mit dem Geheimnis der Zeit, die unsere Atemzüge sammelt wie Glaskügelchen auf einer Schnur. So waren das Material des Körpers und des Dorfs noch unheimlicher miteinander verstrickt. Ich glaube, was das Doktorbuch zeigte, machte mich noch verlorener im Tal mit den Kühen oder im Maisfeld oder am Tisch mit den Eltern oder nachts im dunklen Zimmer im Bett. Die Erwachsenen sagten, wenn man eine Schwalbe tötet, gibt die Kuh rote Milch. So bizarr war der ganz gewöhnliche, praktische Aberglaube. Er hatte diese dunkle, magische Spannweite voller Wortzauberei. In einer undurchschaubaren Logik spürt die Milch in der Kuh den Tod der Schwalbe und färbt sich von ihrem Blut. Da mischen sich Ursachen und Folgen so verblüffend neu wie in der wirklich guten Literatur.

Aber zum Doktorbuch muss ich noch etwas sagen. Als mein Großvater gestorben war, ging das Doktorbuch verloren. Meine Mutter hat sich nie aufgeschrieben, wem sie es ausleiht. Sie hat es vergessen, und es wurde nicht mehr zurückgebracht.

Im Winter, wenn die Dorfbewohner ihre Krankheiten nachschlagen und der Großvater den Brockhaus liest, ist das Dorf noch abgeschiedener als sonst, der Zug bleibt stecken, die Wege verkriechen sich in den Schnee, als einzige Verbindung zur Welt kommt der Postbote vorbei.

Er hat die Zeitung gebracht, und wenn mein Großvater nicht aufgepasst hat, hab ich mir ein Stück von der Zeitung abgerissen und es gegessen. Mir hat das grauweiße, poröse Papier geschmeckt und die Druckerschwärze, bisschen scharf, bitter und salzig. Verschimmeltes Obst habe ich auch gerne gegessen, die allerspätesten Pflaumen, die an den Ästen hängen bleiben, wenn die Blätter abgefallen sind. An den späten heißen Sommertagen welkten die Pflaumenschalen wie alte Haut und kriegten einen grünweißen Schimmel, und das Fleisch moussierte ein bisschen. Der Geschmack war faulig-süß, sehr pikant. Meine Großmutter, die Mutter meines Vaters, hat immer faulen Käse gemacht. Sie hat ihn in einem irdenen Topf festgestampft und an die zehn Tage stehengelassen, er hieß »fauler Käse«. Erst wenn er glasig geworden war und einen schneidig scharfen Geschmack hatte, wurde er gegessen. Sauer, bitter, scharf, faulig, das hat mir immer geschmeckt, nichts Süßes. Ich kann heute noch keine reife Aprikose essen, aber ich mag die bitteren grünen, von denen der Mund pelzig wird. So schmecken auch die Schlehen, bitter gemischt mit mild und pelzig. Man muss warten, bis spät im Herbst einmal der Frost drübergegangen ist. Die Großmutter, die den faulen Käse gemacht hat, hat auch Schlehen gepflückt und getrocknet und im Winter Schlehenkompott gekocht zum gebratenen Fleisch. Die armen Leute haben das gegessen, die keinen eigenen Boden hatten, keine Bäume, Schlehengestrüpp war ja überall zwischen den Feldern. Auch der Friedhofszaun war aus Schlehensträuchern. Da habe ich gedacht, wenn ich die schwarzen Kugeln gepflückt hab, in diesen Früchten sind die Toten drin. Das hat mich geekelt, aber ich habe sie trotzdem gegessen. Vielleicht gerade deshalb, ich hätte auch an einem anderen Gestrüpp pflücken können, Schlehensträucher gab es genug. Wildes Obst schmeckt sehr gut, Holzäpfel, Holzbirnen, Brombeeren, Mispeln. Ich war einmal in Edenkoben, Anfang Frühjahr, und bin durch die Weingärten ins nächste Dorf gegangen. Es lagen noch Schneeflecken auf dem Boden und zwischen den Weinreben haben drei oder vier Leute frisch gewachsene Disteln geschnitten. Die waren noch gefroren, feingestachelte Blätter mit einer Glasschicht überzogen. Ich dachte, vielleicht haben die Leute zu Hause Hasen. Ich sprach sie an, sie waren aus den baltischen Ländern und wussten, dass man diese Disteln nach der Schneeschmelze essen kann.

Die Zeitung hat man abonniert, weil man Papier brauchte. Die Zeitung war nicht zum Lesen, sondern Haushaltspapier zum Einpacken, Wischen, Zudecken. Nicht nur im Dorf, auch in der Stadt. Ich hab ja erzählt, wie ein Passant dem Toten auf dem Parkweg das Gesicht mit seiner Zeitung zudeckte. Papier ist leicht und hält warm, man nahm es als Schuheinlagen. Es gab keinerlei anderes Papier im Land. Man sprach von Papierkrise, die war auch ein Vorwand für die Zensur. Ich habe mir aus der Fabrik verbrauchtes Papier mitgenommen, auf der Vorderseite waren die Listen und Zahlen der Buchhaltung und die leere Rückseite konnte man zum Schreiben benutzen. In den letzten Ceauşescu-Jahren war die Verelendung so weit fortgeschritten, dass man sogar in den staatlichen Betrieben Zeitungen als Klopapier benutzte. In der Schule, in der ich vor meiner Ausreise unterrichtete, mussten die Schüler Zeitungen in handgroße Stücke zerschneiden. Bei so viel Parteilob und Personenkult in den

Schulbüchern wäre es fatal gewesen, sogar staatsfeindlich, wenn Ceaușescus Bild zum Klopapier degradiert worden wäre. Die fürs Klopapier verantwortlichen Schüler mussten die Zeitungen genauestens absuchen und so zerschneiden, dass kein Körperteil Ceaușescus aufs Klo kam, außer dem Gesicht auch kein Ohr oder Hosenbein oder Schuh. Die ganze Sache mit dem Klopapierschneiden war heikel, aber unvermeidlich, weil es im ganzen Land seit Jahren kein Klopapier zu kaufen gab.

Die Rollen im Dorf, sagten Sie vorhin, waren klar verteilt: die Frau an den Socken, der Mann am Brockhaus. Und das, obwohl die Frauen genauso hart auf den Feldern arbeiten wie die Männer, die Kinder genauso zu Hause prügeln?

Ja, das Dorfleben hat Männern und Frauen ganz unterschiedliche Rollen zugeschrieben, die haben sich nicht groß geändert im Laufe der Zeit. Viele Arbeiten waren nach körperlicher Kraft verteilt, Holzhacken, Heumähen, Säcketragen, Schweineschlachten für den Mann – aber Schuheputzen, Heuwenden, Hühnerschlachten für die Frau. In der Stadt war es nicht viel anders, geändert hat sich nur dort etwas, wo die Maschine dazwischenkam. Da konnte die Frau in der Fabrik auch Kranführerin sein. Aber Bürgermeister, Parteisekretär, Polizist oder Nachtwächter waren in der Stadt wie im Dorf nur Männer. Dahinter sind sehr konkrete Vorstellungen: Der Bürgermeister und der Parteisekretär brauchen Autorität. Der Polizist und der Nachtwächter körperliche Kraft, wenn ein Einbrecher oder Dieb kommt. Das waren ungeschriebene Gesetze. Rumänien hatte eine bäuerliche Mentalität auch in den Städten. Die Parteibonzen kamen meist aus den ärmsten Gegenden. Bauernsöhne, die durch ideologische Anpassung Karriere gemacht hatten. Sie waren so viele, dass ihre Mentalität sich nicht ändern musste. Ihre Ämter und Behörden wurden so wie sie. Außerdem passte das Provinzielle und Prüde sowieso zu den stalinistischen Inhalten. Derbheit und Brutalität waren sogar notwendig für die Repressalien, die täglich stattfinden mussten, um die Leute einzuschüchtern und zu entmündigen. Der Sozialismus blieb auch danach in seiner poststalinistischen Form bis zuletzt nationalistisch, spießig, plump und verklemmt. Und feindselig, nicht nur aus ideologischen Gründen, sondern auch wegen der Unbedarftheit seiner Funktionäre. Inkompetenz und Macht ergibt eine schlimme Mixtur. Hinter jeder Staatstür saß eine glattpolierte Null mit Parteiabzeichen am Revers, Goldklunker am Finger und Befehlston im Maul. Der Typ des sozialistischen Funktionärs war wirklich vom Scheitel bis zur Schuhspitze abstoßend. Ich wurde von denen so oft gedemütigt und habe die so verachtet. Dieser Typus muss inhaltlich bedingt sein, denn wenn im Fernseher heutzutage, also fünfundzwanzig Jahre später, der chinesische Parteikongress gezeigt wird oder die russische Duma, sehe ich bis ins kleinste Detail dieselben Typen. Die arrogante Armseligkeit kommunistischer Funktionäre in den entferntesten Ecken der Welt, ihre Körpersprache ist dieselbe, dieser Habitus zwischen schmierig und holprig. Ob asiatisch, europäisch oder südamerikanisch, als kämen sie alle aus ein und derselben Kadettenanstalt.

Um noch mal auf Männer- und Frauenrollen zurückzukommen, ich glaube, das Prügeln der Kinder war auch eingeteilt. Die Männer prügelten die Söhne, die Frauen prügelten die Töchter. Mich hat mein Vater nie geschlagen, aber nicht, weil er so sanft war, sondern weil das die Aufgabe meiner Mutter war. Auch das Prügeln hatte seine ungeschriebenen Gesetze, die Erniedrigung brauchte vielleicht, um noch besser zu wirken, eine verstörende Intimität. Dass der Vater den Sohn schlägt, entwürdigt anders, als wenn die Mutter es täte. Und auch dass die Mutter die Tochter schlägt, verletzt anders, als wenn es der Vater täte.

Die Kleider des Sozialismus

Zu schreiben haben Sie aus einer existentiellen Situation heraus begonnen, Sie wussten keinen Ausweg mehr und versuchten in Sätzen den Halt zu finden, den es im Leben für Sie nicht mehr gab.

Es kamen zwei Zustände zusammen, in der Fabrik wurden die Schikanen durch den Geheimdienst immer unerträglicher und im Dorf lag mein Vater sterbenskrank und starb dann auch nach ein paar Wochen. Die letzte Woche lag er in der Stadt im Kreisspital, schräg gegenüber von meinem Wohnblock. Ich besuchte ihn täglich und sah dem Verschwinden seines Körpers zu, er glich jeden Tag mehr einem weißschnabeligen Vogel. Im Wegschmelzen seines Körpers zeigte sich schon wieder das ganze Dorf mit seinem stummen, traurigen Material. Obwohl die Beziehung zu meinem Vater, wenn es überhaupt eine Beziehung war, aus unversöhnlichen Konflikten bestand, habe ich seinen Tod sehr lange mit mir herumgetragen. Ich habe nicht so sehr daran gelitten, sondern mich mehr damit herumgeplagt, das ist ein Unterschied. Bei den täglichen Schikanen durch die Direktion und den Geheimdienst drängte sich mir die Kindheit immer mehr auf. Vielleicht wollte oder musste ich mich mit anderen Gedanken ablenken, mit der Zeit von früher, weil die jetzige ohne Ausweg war. Die Dorfzeit ließ mir keine Ruhe, ich hatte im Schädel einen inneren Spiegel, in dem das ganze Dorf zuckte. Ich musste mich allerhand durcheinander fragen, früher und jetzt ließ sich nicht trennen. Wieso bin ich hier in dieser Fabrik, was bin ich hier eigentlich, wieso bin ich dieser Willkür ausgeliefert? Ich fragte mich auch, wie viel Dorf nach all den Jahren, dem Gymnasium, dem Studium in der Stadt immer noch in mir steckt. Es waren Dorfgewohnheiten, wie ich die Pflanzen in den Gärten und Parks beobachtete und einteilte, in solche, die bei sich geblieben sind, zum Beispiel Pappeln, Birken, Phlox und Dahlien, und solche, die zum Staat übergelaufen sind wie Thuja, Buchsbaum, rote Nelken und Gladiolen. Und es war Dorfgewohnheit, dass ich auf dem Heimweg aus der Fabrik in den kleinen Straßen am Wegrand vierblättrigen Klee suchte. Ich glaubte keinen Moment, dass er Glück bringt und die Zustände ändert. Mir war klar, das Glück des vierblättrigen Klees beginnt und endet damit, dass man ihn findet, mehr ist das nicht. Aber trotzdem suchte ich ihn. Es waren ja nicht nur die Schikanen, sondern auch die Einsamkeit. Vielleicht kam das Dorf nicht nur durch den Tod meines Vaters zurück, sondern vor allem durch meine große Einsamkeit in der Fabrik. Die Einsamkeit ist kein Nebeneffekt, sondern Absicht des Geheimdienstes. Wenn man verfolgt wird, gehören Angst und Einsamkeit zusammen. Man wird gemieden, die Kollegen weichen einem aus, sie wollen nicht mit einem gesehen werden, aus Angst, dass auch sie ins Visier geraten. Das tut weh, man ist den anderen nicht mehr gut genug. Man wird von oben schikaniert und von unten diskriminiert. Kurz gesagt, je mehr Schikanen, umso mehr Einsamkeit. Ich habe aus Einsamkeit zu schreiben begonnen, es war die zweite große Einsamkeit. Die erste war die Dorfeinsamkeit, da kannte ich das Wort »einsam« noch nicht, weil es im Dialekt fehlt. Bei der zweiten Einsamkeit kannte ich das Wort auf Deutsch und auf Rumänisch, aber was hat es genützt?

Sie waren aus dem Büro vertrieben worden und verbrachten den ganzen Tag exponiert auf der Treppe.

Das hatte eine Vorgeschichte. Ich saß schon im dritten Jahr mit vier Buchhaltern im Büro. Doch jetzt begann die Traktoren- und Maschendrahtfabrik Lizenzen von Citroën nachzubauen. Es wurden noch zwei Damen für Übersetzungen angestellt und ein ganz neues sogenanntes Protokollbüro eröffnet. Die zwei Damen, eine für Englisch und eine für Französisch, waren Nomenklatura-Töchter, die Englischdame sogar die Schwiegertochter des zweithöchsten Geheimdienstlers der Stadt.

Ich musste zu den zwei Damen ins Protokollbüro umziehen. Wenn jedoch ausländische Spezialisten kamen, hatte ich, solang die Gespräche dauerten, das Büro zu verlassen. Und im Schrank gab es ein Geheimfach für die Gesprächsprotokolle, zu dem ich keinen Schlüssel hatte. Die beiden Damen arbeiteten für den Geheimdienst, daran bestand kein Zweifel. Nur weshalb man mich zu ihnen ins Büro gezwungen hatte, verstand ich anfangs nicht. Erst als der Geheimdienst mich erpresste, begriff ich, dass er schon bei meiner Versetzung fest entschlossen war, mich zum Spitzel zu machen. Der Geheimdienst und die Direktion konnten sich offenbar nicht vorstellen, dass ich mich weigern werde. Ich hab mich aber geweigert, war in dieses Büro versetzt worden, aber für ihren Protokolldienst nicht zu gebrauchen. Ich bat vergeblich um Rückkehr in das vorherige Büro, ich musste aus dieser Fabrik verschwinden. Sie dachten, man müsse mich nur genug schikanieren, dann ginge ich von selbst. Es kamen zwei Männer ins Protokollbüro, die beiden Damen waren »zufällig« nicht anwesend. Den einen kannte ich, ein kleiner klappriger Typ, er besuchte die Damen oft, als Ingenieur. Er hatte eine metallische Stimme, machte schleimige

Komplimente und lachte frech und viel zuviel. Wie ein Hausdiener einen hohen Gast begleitete er nun den riesigen blonden Typen, der sich mit seinem Namen als Hauptmann vom Geheimdienst vorstellte. Da war nichts mehr mit frech und zuviel lachen, unser »Ingenieur« war übervorsichtig und untertänig. Der »blonde Besuch« war gar nicht für die Fabrik zuständig. Geheimdienstler bedienten sich oft falscher Namen, aber ich hatte rumänischen Freunden sein Aussehen beschrieben und erfuhr, dass er Schriftsteller verhört und gelegentlich verprügelt. Der Hauptmann war in der Literaturabteilung der Geheimdienstzentrale, also bestimmt nicht für die Fabrik zuständig. Und ich gehörte zum engen Kreis der Aktionsgruppe Banat und kannte auch Rockmusiker, Theaterleute, die Stadt war ja übersichtlich. Ich hätte wahrscheinlich nicht nur in der Fabrik, sondern in den Künstlerkreisen spitzeln sollen. Als ich mich weigerte, die IM-Erklärung zu schreiben, sagte der Hauptmann: »Wir werfen dich in den Fluss.« Dieser Riesenmensch war nicht nur durch seine Körpermasse einschüchternd, er hatte auch stechend blaue Augen, sie glitzerten leer wie Strass. Es war in diesen Augen fast keine Pupille drin. Irgendwo muss sie ja gewesen sein, man hat sie aber nicht gesehen, vielleicht ist sie von der Vorderseite auf die Rückseite des Augapfels geschwommen.

Sie lehnten ab mit den Worten: »Ich hab nicht diesen Charakter«, das hat die Situation noch verschärft.

Der Geheimdienstler hat nicht damit gerechnet, dass ich nein sage, er hatte mich falsch eingeschätzt, er fühlte sich jetzt von mir betrogen. Als ich mich nach dem Wort »colaborez« weigerte weiterzuschreiben, was mir der Hauptmann diktierte, zerriss er das Blatt und warf es auf den Boden. Da schnaufte er noch tief, aber als ich dann dazu sagte: »Ich hab nicht diesen Charakter«, fluchte er, griff sich die Vase mit den Tulpen vom Tisch und warf sie an die Wand. Dann muss ihm eingefallen sein, dass er seinem Chef die missglückte Anwerbung präsentieren muss, er sammelte die Papierfetzen vom Boden und steckte sie in seine Aktentasche. »Dir wird es noch leid tun«, sagte er und ging schnell weg, er nahm sich nicht mal mehr die Zeit, die Tür hinter sich zu schließen. Das war wie eine Flucht. Ich war – glaube ich – gefasst, wie abwesend von mir selbst ging ich Besen und Kehrschaufel holen, kehrte die Scherben zusammen, als wäre alles geklärt, wenn sie weg sind.

Ich war erleichtert, dass der Geheimdienst nun weiß, dass ich auf gar nichts eingehe, für gar nichts eine Chance haben will, dass ich nichts verliere, egal was man mir nimmt. Nur als Spitzel wäre ich mir selber weggenommen worden, das wär das einzig Schlimme und das war nicht passiert. Sogar dass ich jetzt ganz unten angekommen war, beruhigte mich.

Als die zwei Bürokolleginnen wiederauftauchten, wussten sie, was vorgefallen war. Sie hielten mich für unzurechnungsfähig. »Weißt du, mit wem du spielst?«, fragte die eine. Sie könne den Hauptmann anrufen, wenn ich es mir anders überlege. Ich sagte nichts, sie erwartete auch keine Antwort, sie sagte: »Sie werden dich zerquetschen.«

Das versuchten sie auch, nach und nach verwandelte sich die Fabrik in einen Hexenkessel.

Ich kam morgens halb sieben zur Arbeit und der Pförtner schickte mich zum Direktor. Dort saßen auch der Parteisekretär und der Gewerkschaftschef. Und ich hörte, dass ich überflüssig sei, faul, inkompetent. Dass ich mir eine andere Arbeitsstelle suchen soll. Diese Prozedur fand ab nun jeden Morgen statt, auf Geheiß des Pförtners ging ich vom Tor gleich zum Direktor und ließ mich beschimpfen. Bevor ich gehen durfte, kam jedesmal im selben Wortlaut die Frage: »Hast du dir eine andere Stelle gefunden?« Dann sagte ich jedes Mal im selben Wortlaut: »Ich habe keine gesucht, mir gefällt es in der Fabrik, ich möchte hier bis zur Rente bleiben.« Ich sagte das ganz ruhig, ohne jede Ironie. Es war mir eine Genugtuung, ein winziger hilfloser Sadismus, denn der Direktor verlor jedesmal die Nerven.

Dann haben sie mich als unqualifizierte Arbeiterin in die Abteilung für Maschendraht versetzt. Die war in einem anderen Stadtteil. Der Direktor dachte, ich werde endlich kündigen. Ich blieb an die zwei Wochen dort, Webstühle und Drahtspulen groß wie Zisternen, niemand hätte mich auch nur im Traum an einen Webstuhl gelassen. Ich ging in der Halle umher, es war mir peinlich, ich wusste, dass ich hier nichts tun kann. Es war nicht meine Schuld, aber es war mir peinlich, die Leute hier arbeiteten schwer und ich hatte keine Ahnung vom Drahtweben, ich war zu nichts zu gebrauchen. Ein mitleidiger Brigadier hat mir einen immer neuen Stapel Hefte zum Linieren und Beschriften der Rubriken gegeben. In die Hefte wurde der Stücklohn der Drahtweber eingetragen. Obwohl ich nur herumstand und Hefte linierte, hat mich nie jemand gefragt, wieso ich hier gelandet bin. Ich weiß nicht, ob der Brigadier es wusste oder alle oder niemand. Drahtweben im Akkord, da gab es keinen Schlendrian, die Arbeiter scherten sich nicht um mich. Eines Tages schickte mich der Brigadier wieder zurück in die Zentrale. Jetzt war ich wieder im Protokollbüro.

Ein paar Tage danach komm ich ins Büro, da sitzt jemand an meinem Schreibtisch und sagt: »Wenn man in ein fremdes Büro kommt, klopft man an.« Es war ein Ingenieur. Meine dicken Wörterbücher zum Übersetzen lagen neben den Heften und Stiften draußen auf dem Gang. Ich hatte kein Büro mehr, konnte aber auf keinen Fall nach Hause, sonst hätten sie mich wegen unentschuldigten Fehlens entlassen können. Ich musste in dieser Zeit besonders korrekt sein.

Die Situation war unerträglich und Sie wollten trotzdem nicht gehen?

Ich wollte, dass sie mir sagen, warum ich gehen muss: Weil du dich weigerst, für den Geheimdienst zu arbeiten, kannst du nicht länger hier bleiben. Wenigstens das. Ich fragte sie, warum sie so feige sind, wenn das Recht auf ihrer Seite ist, warum sie die wirklichen Gründe nicht nennen. Warum sie nicht zugeben, wie wichtig ihnen hier in der Fabrik der Geheimdienst ist. Warum diese Heimlichtuerei, sie könnten es doch offen zur Bedingung machen, dass man für den Geheimdienst arbeiten muss, wenn es doch so ist. Oder ob es doch nicht so ist, ob es nicht vielleicht illegal ist, dass sich der Geheimdienst so einmischt. Warum sie sich taub stellen, wenn man das Wort »Geheimdienst« erwähnt, es müsste für sie doch ein Vergnügen sein, über die Erfolge des Geheimdienstes zu reden. Sie kannten meinen absurden Monolog bereits so gut wie ich ihre Beschimpfungen, schauten mich an wie betäubt, schrien.

Ich musste ja gehen, wenn sie mich rausschmeißen, aber ich wollte, dass die Gründe nicht gefälscht sind, wenigstens das. Ich musste mich jeden Tag diszipliniert verhalten, damit man mir nichts vorwerfen kann. Ich durfte mich morgens keine Sekunde verspäten, ging an den Schreibtisch zurück, wenn alle anderen die Essenspause verlängerten. Ich musste auch in die Fabrik kommen, als ich kein Büro mehr hatte. Und ich musste auch dann die acht Stunden bleiben, durfte keine Sekunde früher gehen.

Nachdem ich kein Büro mehr hatte, räumte meine Freundin Jenny mir ein paar Tage eine Ecke an ihrem Schreibtisch frei. In ihrem Büro waren technische Zeichner, Schreibtische und Reißbretter. Eines Morgens erwartete sie mich vor der Tür und sagte, sie dürfe mich nicht mehr an ihren Schreibtisch lassen, auch das Büro dürfe ich nicht mehr betreten. Ihre Kollegen hätten ihr gesagt, ich sei ein Spitzel.

Ja, damit fing dann die Zeit auf der Treppe an. Wo sollte ich hin, ich musste mich in der Fabrik aufhalten, irgendwo, wo man mich sieht, meine Anwesenheit zeigen, damit man nicht behaupten kann, ich sei gar nicht in der Fabrik. Das Büro meiner Freundin war in der obersten Etage, ich räumte meine Wörterbücher und Hefte zwischen die Etagen auf die Treppe und wusste nicht, was tun. Dann setzte ich mich selbst neben die Sachen. Ich glaube, das war wichtig, ich setzte mich auf mein Taschentuch, denn die Treppe war aus Beton, kalt und dreckig. Und dabei blieb es, ich setzte mich jeden Tag dorthin auf mein Taschentuch, als wäre es ein Raum für sich. Die Stelle mit dem Taschentuch war wie ein Flecken Privateigentum. Ich war nicht außen auf der Treppe, sondern in der Treppe drin wie in einem eigenen Zimmer. Vielleicht war das Zimmer auch in mir, ein Taschentuchbüro. Bis ich entlassen wurde, blieb ich jeden Tag die acht Stunden dort mit Wörterbüchern und Heften auf dem Schoß. Die Büroleute mussten ja die Treppe benutzen, die war gar nicht so breit, sie gingen knapp an mir vorbei, treppauf und treppab, ihre Schuhe klapperten ihnen voraus, und wenn sie weg waren hinterher, und manche grüßten und andere nicht, aber niemand fragte mich was. Und ich war mir oft nicht sicher, ob ich nur glaube, dass ich hier auf der Treppe sitz, in Wirklichkeit aber gar nicht mehr existier. Und manchmal fiel mir Veronika ein und ihr Warten auf diesen vermissten Mann, also auf den Wind am Gassentor. Aber meine Freundin kam wirklich in der Essenspause, ich durfte nicht mehr in ihr Büro, also kam sie zu mir auf die Treppe, und wir aßen wirklich zusammen, mehr konnte sie nicht für mich tun. Für mich war das sehr viel, dass mir in der Fabrik wenigstens eine Person vertraute und in allen Einzelheiten sah, wie irrsinnig Verleumdung sein kann. Denn die Treppe war das eine, aber wenn ich unten in die Halle ging, um die Arbeiter nach einem Wort zu fragen, pfiff man mir hinterher, ich wurde als Parteihure und Spitzel beschimpft. Es war die schlimmste Zeit, wie sollte ich Dutzenden Leuten erklären, was hier geschieht? Man warf mir genau das vor, was ich verweigert hatte. Und dafür hatte man in der Fabrik die Spitzel aktiviert, also genau die, die das taten, die gerade unverdächtig wurden, indem sie mich verdächtigten. Weil ich es nicht werden wollte, machten sie mich zu dem, was sie selber waren. Auf diese Perfidie wär ich nie gekommen, aber sie funktionierte. Die Freundin gab sich Mühe, uns beide zu amüsieren, bei ihr hieß der Hauptmann »der blonde Besuch«. Er hatte ja gesagt, »es wird dir noch leid tun«, als er das Büro fluchtartig verließ. Nein, es tat mir nie leid, keinen Augenblick. Wie ich es damals tat, war und blieb alles richtig. Aber meine Annahme, dass ich schon ganz unten angekommen bin, mag an dem Tag vielleicht richtig gewesen sein. Seit die Treppe mein Büro war, seither ging es immer weiter nach unten. Und seit den Verleumdungen gab es nach unten gar kein Maß, seither ging es ins Bodenlose.

Auf dem Fabrikgelände hausten streunende Katzen zwischen Rohren, Drahtrollen, Holzstapeln und Kisten. Ich sah ihnen öfter zu, seit ich auf der Treppe saß. Manchmal trugen sie eine Taube im Maul, manchmal eine Ratte. Sie waren zwar struppig und mager, hatten aber keine Feinde hier in der Fabrik. Ich hab sie beneidet, ich hätte gerne mit ihnen getauscht.

So einer Verleumdung ist man hilflos ausgeliefert, man kann ihr nichts entgegensetzen. Nur Ihre Freundin wusste Bescheid, sonst waren Sie ganz isoliert?

Ich hätte gerne noch ein paar Kollegen gesagt, warum das alles so ist. Aber wozu? Hätten sie mir geglaubt? Und wie? Sie wollten nichts wissen, sie haben nie was gefragt. Die beiden Damen aus dem Protokollbüro haben mich gemieden, sich gehütet, mir zu begegnen oder mich auf der Treppe zu besuchen. Was hätten sie auch sagen sollen? Ob sie gefragt wurden, weshalb ich das Büro verlassen musste, wer weiß. Aber falls die mit anderen über mich gesprochen haben, dann bestimmt nicht zu meinen Gunsten. Meine Verweigerung haben die bestimmt nicht erwähnt, auch nicht verstanden. Für den Geheimdienst zu arbeiten war für sie das Selbstverständlichste der Welt. Und dass man sich selber schadet, unbegreiflich. Sie waren nicht böswillig, betrachteten meine Weigerung nicht als Verrat, denn sie glaubten an gar nichts, an keinen Sozialismus oder Partei. Sie wollten in die Nomenklatura aufsteigen, das war alles. Man hatte spezielle Lebensmittel, spezielle Ärzte, Privilegien bei allen Behörden, westliche Kosmetika und Kleider. Der gelbe, ranzige Speck im Zeitungspapier, der gepanschte Alkohol, die staubgrauen Kleider der einheimischen Konfektionsfabriken blieben ihnen erspart, die waren für das Glück des Proletariats bestimmt.

Der klapprige »Ingenieur« musste gar nicht lügen, wenn er den beiden Damen Komplimente machte. Sie waren die schönsten Frauen hier in den Büros, körperlich hübsch und teuer gekleidet. Die Nomenklatura-Söhne heirateten immer schöne Frauen, das gehörte zum Status. Und es klappte immer. Für diesen Frauentyp war ihre Schönheit ein Kapital, sie setzten sie voll ein, ließen sich eine Heirat in die Welt der Auserwählten nicht entgehen. Geheimdienstfamilien schreckten sie nicht ab, eher taten sie alles, um an so einen Mann heranzukommen. Das zahlte sich im ganzen Leben aus.

Die beiden Protokolldamen mussten in dieser Fabrik nichts tun, auf ihren Schreibtischen lagen höchstens englische und französische Modehefte, Maschinenbeschreibungen interessierten sie nicht. Das erwartete auch niemand, die acht Stunden in der Fabrik waren eine Art Zeitvertreib und niemandem wäre je eingefallen, von ihnen eine Übersetzung zu fordern. Auf ihren Zeitvertreib war ich kein bisschen neidisch, ich wusste ja, dass diese Privilegien eine Mischung waren aus körperlicher Schönheit, materiellem Kalkül und politischer Indifferenz. Ich habe sie auch nicht um ihre Schönheit beneidet, sie waren, wenn man Bescheid wusste, nicht bedingungslos schön. Die Bedingungen waren aus meiner Sicht nicht unschuldig, sondern unwürdig. Beneidet hab ich sie nur um ihre grazilen Schuhe und eleganten Kleider.

Die Kleider, die Sehnsucht nach einem anderen Leben …

Die Kleidung im Sozialismus war wirklich eine Zumutung. Im Rumänischen gibt es das Wort »ţoale«, es bezieht sich nur auf Kleider, bedeutet Fetzen, klingt aber drastischer. Und dieses Wort passt zu den Kleidern des Sozialismus. In diese »ţoale« waren Armut und Angst mit hineingenäht. Die Konfektionsläden sahen wie Schutthalden aus, die Vinilinstoffe rochen nach Lehm, Schlamm, Schmieröl und allen möglichen Chemiederivaten. Es gab für jede Saison im ganzen Land zwei, drei Universalmodelle von Kleidern, Röcken, Blusen, Jacken, alles in staubigen Farben. Der Schnitt war schlecht, klobig und steif, er passte auf keinen Körper. Wer sich etwas Neues kaufte, begegnete seinen Kleidern Hunderte Male auf allen Straßen. Wenn ich in einen Kleiderladen kam, packte mich eine Trauer, ein Widerwille. Alles sah so aus, wie es roch, es roch nach gestohlenem Leben.

Auf dem Gymnasium die dunkelblauen Röcke und hellblauen Blusen, das weiße Kopfband, die dicken, grauen Wollstrümpfe, dünne, durchsichtige Strümpfe waren verboten. Die Jungen in dunkelblauen Anzügen und hellblauen Hemden. Die Stoffe waren ordinär, speckig, verfilzt. Das Schlimmste an der Uniform war die Armnummer, die musste am Oberarm auf jedem Kleidungsstück fest angenäht sein. Der Name des Gymnasiums stand drauf und eine Nummer. Jeder Schüler hatte seine eigene Nummer. Man war nirgends in der Stadt anonym, jeder Passant konnte einen anhand der Armnummer bei der Schulleitung oder Polizei denunzieren. Jeden Morgen stand eine Truppe von Kontrolleuren am Schultor. Wer seine Armnummer mit Druckknöpfen oder mit nur zwei, drei Nadelstichen statt rundum fest mit kleinen Stichen angenäht hatte, wurde verdächtigt, dass er die Nummer außerhalb der Schule abreißt, um in der Stadt anonym zu sein. Man wurde wieder nach Hause geschickt, wenn es mit der Armnummer nicht stimmte. Wenn man dann mit regulär angenähter Armnummer wiederkam, hatte man ein paar Unterrichtsstunden unentschuldigt verpasst. Bei mehreren unentschuldigten Stunden bekam man eine schlechte Note fürs »Benehmen«. Das war eine wichtige Rubrik im Zeugnis, sie zeigte Ungehorsam an. Bei zu viel Ungehorsam wurde man exmatrikuliert. Die gleichen Schikanen gab es mit dem Haarschnitt der Jungen, er musste kurz genug sein und die Röcke der Mädchen mussten lang genug sein – bis zum Knie. Beides wurde morgens am Tor mit dem Lineal gemessen.

Könnte man sagen, dass das Regime durch Schikanen und Repressionen auf Einzelne direkt zugreift, durch die verordnete Hässlichkeit aber indirekt auf alle?

Diese allgegenwärtige Hässlichkeit war die einzige Gleichheit im Sozialismus. Und sie war Absicht, sie gehörte zum Programm der Diktatur. Man wurde lebensmüde von den im Sozialismus hergestellten Gegenständen: Betonhäuser, Möbel, Gardinen, Geschirr, Blumenbeete der Parks, Plakate, Denkmäler, Schaufenster. So als wär alles Material, ob Zement, Holz, Glas, Porzellan, sogar das Geäst, aus sich selbst heraus brutal und ordinär, als könne man damit gar nichts Schöneres machen. Als springe die Materie in diesem Land von sich aus in den Staat, in den Willen des Regimes. Die hässliche Gleichheit drückt aufs Gemüt, macht apathisch und anspruchslos, das wollte der Staat. Für den Sozialismus war unser schweres Gemüt ideal, Lebensfreude macht die Menschen spontan, also unberechenbar. Elend macht hässlich. Statt Fleisch gab uns der Staat Abfälle, Schweinsfüße mit Klauen, die Leute nannten sie Turnschuhe, oder Hühnerfüße mit Krallen und Hühnerköpfe, die mit Wasser übergossen und zu schweren blauroten Eisblöcken zusammengefroren waren. Sie wurden mit dem Beil in Portionen auseinandergehackt und abgewogen. Die Leute trugen sie mit bloßen Händen, bei dem Elend half nicht einmal mehr ein Taschentuch. Auf dem Heimweg tropfte das Eis, als würden Hunde ihr Revier mit blutigem Urin markieren. Und für diese Abfälle hatte jeder stundenlang Schlange gestanden.

Ich glaube, die Reste der menschlichen Würde, die ehrlichsten Momente des Alltags waren die Witze: »Was heißt es, wenn die Nachbarin an der Tür klingelt? Sie will ein Ei ausleihen. Und wenn sie an der Tür klopft? Sie bringt den Suppenknochen zurück.«

Ja, aus der Kindheit kannte ich die Dorftrauer, ich war ihr nur scheinbar entkommen. Als ich mich ein wenig an die Stadt gewöhnt hatte und die Dinge besser anschaute, begann sie wieder oder setzte sich fort. Und das Pendant der Dorftrauer war diese planmäßig produzierte, gleichmäßig über alles verteilte Hässlichkeit in der Stadt. Sozialismus bedeutet die Austreibung der Schönheit.

Kurz nach der Wende sah ich, dass die planmäßige Hässlichkeit für ganz Osteuropa zutrifft. Ob Polen, Tschechien, Lettland, Slowenien, Bulgarien, in der Großstadt als auch im Kaff, überall dieselben rumänischen Vitrinen der Elendsläden – vergilbte Papierservietten mit Lochmusterrand schräg nebeneinandergelegt, so dass ein Zipfel senkrecht runterhängt, darauf im Dreieck arrangierte angestaubte Fruchtsaftflaschen, zu beiden Seiten der Vitrine gelbbraune Gardinen und über allem unzählige Fliegenschisse. Das ist die elendige osteuropäische Vitrine von früher. Wie soll das Zufall sein? Es ist die Heimat-Vitrine des Ostens, ich fühlte mich in all diesen Ländern ein bisschen zu Hause. So eine Vitrine ist ein Lebensgefühl. Sie ist depressiv und überträgt ihre Depression tagtäglich auf alle, die an ihr vorbeigehen. Selbst wenn sie nur gedankenlos hinsehen, haben sie diese Vitrine schon im Gemüt. Diese Heimat-Vitrine und das dazugehörende Heimatgefühl haben die Heimatideologen der Landsmannschaft nie in ihr Bilderbuch aufgenommen.

Ich glaube, Schönheit gibt einem Halt, sie behütet oder schont einen. Das Hässliche macht jede Umgebung abweisend, man kann in ihr nicht zu Hause sein. Wenn Schönheit für lange Zeit gänzlich fehlt, wächst eine Schwermut. Die Leute werden total defensiv und rabiat. Das sind scheinbar ganz verschiedene Eigenschaften, aber sie erscheinen beide in der Verrohung und springen in ein und derselben Person durcheinander. Vielleicht kann man nur in der unberechenbaren Mischung von beidem sein Gleichgewicht behalten. So wie es auch die Mischung von Abwesenheit und Verzückung gibt. Oder Abwesenheit und Verzweiflung. Oder Verzückung und Verzweiflung. Ich glaube, alle Eigenschaften waren durch die Aussichtslosigkeit, in der die Menschen leben mussten, sowieso längst verzerrt. Sie steigerten sich zu Psychosen, machten sich Luft und verschwanden, wie sie wollten. Es brauchte für nichts mehr einen besonderen Grund, auch in mir waren alle Zustände latent auf der Lauer. Ich wurde von meinen eigenen Empfindungen überrumpelt.

Vorhin sagten Sie, dass Ihnen die Schönheit der Sätze Halt gab, nun erweitern Sie das ins Allgemeine. Sehen Sie eine Verbindung zwischen dem Bedürfnis nach Schönheit im Leben und der Suche nach einem gelungenen Satz?

Ja, ich habe dem Alltag entlang in Bildern gedacht, Gedankenbildern. Ich hatte mir angewöhnt zu beobachten, um mich zu schützen, vielleicht auch vor mir selbst. Weil es funktionierte, wurde es mir zur Gewohnheit. Ich hab mich nach außen orientiert, um nicht nach innen zu kippen, auf mich selbst zurückzufallen. Es war eine Beschäftigung im Gehen auf den Straßen oder egal wo, beim Warten. Und ich weiß bis heute, Ablenkung funktioniert am besten durch genaues Beobachten. Genaues Beobachten bedeutet zerteilen. Die Details wachsen so groß, dass das Ganze in ihnen verschwindet. Es ergab sich ohne Absicht ein Thema, zum Beispiel Muttermale. Ich zählte sie im Gesicht, am Hals der Passanten, je länger ich mich mit ihnen beschäftigte, umso mehr glichen sie angewachsenen Kieselsteinen. Oder immer mehr Gehstöcke wie Vanillestangen. Oder Pelzkappen wie kopfgetragene Hunde. Wassermelonen, Gipsarme, ich dachte mir instinktiv ein Bild dazu, und das begleitete mich. Darin war auch

Schönheit. Ästhetik ist nicht bloß »Stilmittel«, sondern Substanz. Sie bestimmt den Inhalt bei allen Dingen, nicht nur den Satz beim Schreiben.

Dann muss Ihnen die offizielle Sprache, wo es nur um Parolen ging, geradezu körperlich unerträglich gewesen sein.

Ich war von der Ödnis der Parteisprache entsetzt. Die Verblödung durch Fertigteile. Der Sprache war buchstäblich der Verstand abhandengekommen. Es konnte einem körperlich schlecht werden, wenn man in den stundenlangen Sitzungen saß. Ich fühlte mich bis unter die Zunge vollgestopft mit dem schlechten Geschmack der Wörter, als hätte ich alles essen müssen, was auf dem Podium geredet wurde. Ich konnte es nicht mehr schlucken.

Und genauso war ich immer wieder verblüfft von der Schönheit der Alltagssprache, ihren knappen, magischen Bildern. Da ich in der Fabrik auf der Treppe saß und die Fabrikkatzen durchs Treppenhausfenster sehr oft sah, auch wenn ich nur beiläufig hinausschaute, kam mir die Redensart »Am Rand der Pfütze springt jede Katze anders« oft in den Sinn. Und ich habe lange geglaubt, man könnte auch sagen: »Über die Pfütze springt jede Katze anders.« Und dass es nicht heißt »über« die Pfütze, sondern »am Rand« der Pfütze, suggeriert den Weg der Katze bis dorthin. Und dass die Pfütze auf ihrem Weg unerwartet auftaucht, dass sie von der Pfütze überrascht wird, dass sie sich beeilen muss, sie springt unüberlegt, instinktiv anders. Ich kannte die Redewendung schon jahrelang, schon immer. Aber erst auf der Treppe fiel mir auf, es ist überhaupt nicht gesagt, dass die Katze ÜBER die Pfütze springt. »Über« kommt hier gar nicht vor. Vielleicht springt sie von der Pfütze weg, zur Seite, rechts oder links oder zurück, dorthin, wo sie herkommt. Mir scheint auch jetzt, wenn ich all die Varianten durchgehe, sie springt nicht über die Pfütze, weil sie am Rand der Pfütze vor ihrem Spiegelbild erschrickt.

Das Nichtgesagte, das Ungefähre ist die Schönheit dieser Redensart. Sie wird zum Paradigma für unzählige Momente im Leben. In jedem Leben ist der Rand der Pfütze und jeder wird auf eine andere Art seine eigene Katze. Und wenn man hört, dass wieder mal jemand aus dem Fenster in den Tod gesprungen ist, wird auch der blaue Himmel zum Rand der Pfütze. Umso mehr, wenn der Tote ein Freund ist. Und wenn man im Bild des Pfützenrandes und Himmelsprungs mitdenken muss, dass der Freund vielleicht sogar aus der vierten Etage gesprungen worden ist. Fenstersprünge gab es oft, es war ja die einfachste Art der Securitate, das Töten als Suizid zu inszenieren.

Noch mal zur Schönheit des Satzes aus dem Ungesagten. Das Ungesagte ist, glaube ich, wie ein Fächer im Satz. Man kann es geschlossen lassen oder weit öffnen, bis alles Mögliche hineinpasst. Für uns in der Diktatur war das Ungesagte, das Ungefähre überall präsent, weil das Verschweigen, Verdrehen, Umstülpen, Inszenieren, Instrumentalisieren, Pervertieren zum gewöhnlichen, bis zum Überdruss bekannten Werkzeug des Regimes gehörte. Mir wurde die einfache, praktische Realität der Tage oft erst durch Sprachbilder bewusst. Ich kann heute noch nicht sagen, wie das funktioniert, bin aber sicher, dass es so war. Ich wurde von Sprachbildern am tiefsten in die Wirklichkeit gezerrt. Die Schönheit der Sätze, das Nichtbestimmbare hat die Wahrnehmung so genau gemacht, dass man sie aushalten konnte. Die Genauigkeit wurde einem im Satz zwar nicht geliefert, aber sie entstand nach und nach oder plötzlich aus dem Stegreif.

Ich weiß nicht, ob man auf die Schönheit noch mehr angewiesen ist, ob man sie noch mehr in der privaten Sprache sucht, wenn die offizielle Sprache nur leeres Blech ist und wenn die Ästhetik den Gegenständen gänzlich fehlt, wenn das Persönliche gar nicht mehr vorkommen darf, weil der Staat die Inhalte nur durch gestanzte Formulierungen kontrollieren kann. Das Hässliche wird regelrecht kultiviert. Und die Sprache der Ideologie ist nicht nur grässlich, sondern feindselig. Sie zerstört alles, was sie trifft. Alle Taten des Regimes hatten ihren gesprochenen Teil, so wie alles Gesprochene auch getan wurde. Formulieren und Drangsalieren gingen ineinander über. Ich glaube, dass man genau auf Wörter horcht, wenn man weiß, wieviel ein Wort ausmacht. Ich habe immer gehorcht, ich hab das Schöne gesucht, ich hab gewartet, dass es aufkreuzt. Ich glaub, ich habe Ästhetik gelernt und mich an ihr geprüft. So hab ich meine Nerven beruhigt und die Angst gezähmt. Gelernte Ästhetik ist was anderes als vorhandene. Man kann sich ihrer erst bedienen, wenn man sie erfunden hat. Ohne objektive Kriterien existiert sie ja nur im gerade entdeckten Einzelfall. Und sie muss für jede neue Einzelheit wieder von vorn gelernt werden.

Auch um sich selbst nicht zu verlieren, braucht man Schönheit. Man braucht sie um sich herum, aber auch im eigenen Gesicht. Wenn ich zum Verhör bestellt war, habe ich mich besonders sorgfältig geschminkt. Das war so wichtig, es zeigte mir selbst, dass ich mir noch nicht gleichgültig geworden bin. Und der Vernehmer sollte sehen, dass ich mich nicht aus der Hand gebe. Ich zog auch meine schönsten Sachen an. Es war seltsam, ich putzte mich heraus und hatte gleichzeitig die Sorge, dass ich am Abend nicht mehr nach Hause darf. Unter den Büros war das Gefängnis – das war kein Gerücht, zwei meiner Freunde waren bereits eine Woche dort unten in Untersuchungshaft gewesen. Perfekt geschminkt, schön gekleidet, und in der Handtasche lagen ein kleines Handtuch, Zahnpasta und die Zahnbürste für den Ernstfall. Das gehörte alles zu jedem Verhör dazu. Und wenn ich dann abends wieder nach Hause durfte, war ich freigelassen worden. Ich spürte die Wege unter mir laufen, die Pflanzen in den Vorgärten atmen. Die schönsten waren die Dahlien, ihre Blütenrosetten in konzentrischen Kreisen um sich selbst drapiert und in der Mitte der Nabel. Nach dem Verhör war der Kopf durcheinandergewühlt, ich spürte, mir tut das Hirn weh. Wenn ich gehend die Augen schloss, dachte ich, sie fallen mir in den Mund, und meine Füße waren wie geliehen. Und der Heimweg war wie geliehen. Mir war, als würden mich die Dahlien auf dem Heimweg sehen, auf mich warten und mir zeigen, wie man sich beruhigen kann.

Einerseits habe ich genau gewusst, dass die Dahlien nur Dahlien sind, mich nicht sehen und außer den Blütenrosetten nichts zeigen. Den Dahlien war ich völlig egal und trotzdem haben sie mir geholfen. Weil sie mir nicht egal waren. Ich war den Pflanzen auf dem Heimweg vom Verhör oft so nah wie seinerzeit im Flusstal. Ich glaubte auch auf dem Heimweg vom Verhör, dass die Pflanzen besser wissen als ich, wie das Leben geht.

Einmal hat der Vernehmer mir durch einen außergewöhnlichen Satz Angst gemacht, es war eine poetische Todesdrohung. Er hat gesagt: »Wer sich sauber anzieht, kann nicht dreckig in den Himmel kommen.« Schön und drohend, so ein Satz bleibt für immer an einem hängen.

Für mich hat Schönheit bis heute etwas Plötzliches, etwas, was es nicht geben würde, wenn ich den günstigen Moment nicht erwische. Ich weiß nicht, wie ich das sagen soll, ich kenne keine Ästhetik, die aus dem Vorhandenen kommt, sondern nur eine aus der äußeren und inneren Not. Darum fällt es mir so schwer, von Kunst zu reden. Das Hässliche brauchte mich nicht, um hässlich zu sein, es war fertig installiert, mächtig, unabänderlich. Das Schöne aber brauchte mich, um schön zu sein. Das Schöne schleppte man als Einzelner mit sich herum. Es war ambulant und verstört in einem drin. Es war flink und in Eile, denn Angst ist, glaube ich, nie langsam. Schönheit hat immer ein bisschen Angst gehabt und den Puls beschleunigt. Auch die Schönheit im Satz.

Würden Sie, wenn Sie die Ästhetik in der Literatur von der im Alltag schon nicht trennen wollen, wenigstens gelten lassen, dass Sie einen besonderen Blick auf die Welt haben? Das Dorfkind steht am Meer und sieht die größte glatte Wiese mit dem meisten Wiesenschaumkraut, eine Wiese voll zum Überlaufen.

Über das Schreiben lässt sich nur schwer reden. Man muss nicht darüber reden, es hilft dem Schreiben absolut nichts, wenn man darüber spricht. Ich habe keinerlei Gewissheit, dass es stimmt, wenn ich etwas übers Schreiben sage. Egal was ich darüber sag, ich brauche eine Menge Wörter, die fürs Schreiben nie und nimmer infrage kommen. Ich befinde mich, wenn ich übers Schreiben rede, im Allgemeinen, ich gebrauche Kategorien und Begriffe. Genau das gibt es aber im Schreiben nicht. Und das, was es im Schreiben gibt, steht mir außerhalb des Schreibvorgangs nicht zur Verfügung. Ich kann nicht so sprechen, wie ich schreibe. Wenn ich's versuchen würde, wär es vermessen.

Sie verbinden das Schreiben auch mit dem Schweigen, in beiden Fällen muss man das, was man mit sich herumschleppt, mit sich selbst ausmachen. Den Glauben, dass man mit Reden den Wirrnissen beikommt, sagen Sie, kennen Sie nur aus dem Westen.

Ja, das Schreiben hat mit dem Schweigen zu tun, nicht mit dem Reden. Die Sätze sagen natürlich etwas, aber das hat man mit sich selber ausgemacht, man war in der Komplizenschaft mit dem Schweigen, nicht mit dem Reden. Ich hätte nie zu jemandem gesagt, dass das Meer die größte Wiese ist und der Wasserschaum Wiesenschaumkraut. Ich hätte das auch zu mir selbst nicht gesagt. Na gut, ich hätte es mir gedacht, na und, es wäre nichts Besonderes gewesen. Es wär mir flüchtig passiert, ich hätte es mir nicht gemerkt. Aber daran ändert sich alles, wenn ich es schreibe. Dann muss ich es nicht sagen mit dem Mund. Wenn ich es schreibe, dann tun die Wörter das, wofür ich mich mündlich genieren müsste.

Aus meiner Kindheit kenne ich das Zusammensein und Schweigen, miteinander auf dem Feld arbeiten und schweigen oder beim Essen am Tisch miteinander schweigen. Beim Essen soll man nicht reden, hat man mir als Kind gesagt. In der Stadt wurde mehr gesprochen, und zum ersten Mal traf ich Leute, die über sich selbst redeten, auch wenn man sie kaum kannte. Es war nichts Ungewöhnliches, dass einem jemand in der Straßenbahn von seiner Krankheit erzählte oder was er sich demnächst kaufen oder heute kochen will. Das waren Monologe ohne Ziel, Reden, um sich zu erleichtern. Als ich nach Deutschland kam, habe ich mich gewundert, wie selten im Zugabteil ein Gespräch entsteht. Man behält sich gegenseitig im Auge, will aber nicht, dass der andere es merkt. Aber in der Enge spürt man die Blicke, die einen abtasten.

Die Leute im Westen reden gezielt. Viele sagen heutzutage ja nur noch »kommunizieren«. Das hört sich für mich an, als wäre man auf einem Podium oder Kongress. Das programmierte Reden. Hierzulande meinen viele, dass das Reden immer hilft und man über alles reden sollte. Und solange miteinander gesprochen wird, sagt man, gibt es keinen Krieg. Ich glaube das nicht. Durchs Reden kann man sich verfeinden, gegenseitig aufhetzen. Durch Wörter werden Konflikte sowohl angezettelt als auch beschwichtigt. Und das Anzetteln geht schneller, das ist zwischen privaten Personen nicht anders als zwischen Staaten. Außerdem gibt es privat wie auch staatlich Konflikte, über die man nicht hinwegreden kann, auch gar nicht mehr will. Da ist eine Haltung, Prinzipien, Werte, auf die man nicht verzichten kann.

Was getan wird, entscheidet über das, was gesagt wird. Und umgekehrt genauso. Und alles zusammen entscheidet darüber, was erreicht wird, ob du zerstörst oder ob du schonst. Aber kann man das vorher einschätzen und ist es nachher durchschaubar? Schuldigsein und Rechthaben hat doch immer verschiedene Varianten, und zwar in allen Bereichen. In Diktaturen geht es um Schuldigsein, man wird überhäuft mit erfundener Schuld. Rechthaben gibt es nicht, nur für den Staat.

Wenn ich über etwas nachdenke, rede ich im Kopf mit mir selbst und brauche keine Wörter. Ich glaub, ich rede mit mir selbst ganz anders, als Wörter mit mir reden. Was ich mit mir selber rede, kann ich in Wörtern gar nicht wiedergeben. Von außen gesehen ist das nichts als Schweigen.

Ich habe nie glauben können, dass das Reden die Welt in Ordnung bringt. Denn ich hab von mir gewusst, egal wie viel ich mit jemandem rede, die Dinge, die gegen mein Leben sind, werden nicht anders. Na ja, ohne Diktatur hat das Reden eine größere Chance, es ist sich zumindest selbst überlassen, es wird nicht fortwährend instrumentalisiert. In einer Diktatur sind zwei Drittel des Lebens unmöglich, und du kannst es nicht ändern, es hängt gar nichts von dir ab. Und das private dritte Drittel wird von der Drangsalierung besetzt. Das Intime versucht sich zu retten, aber die Beziehungen werden von dem politischen Dreck unterwandert. Freundschaft wird teuer und schwer, Liebe stürzt ab. Die Nerven spielen verrückt, wie oft haben wir das alle erlebt.

Ums Reden geht es ja auch beim Verhör, ausschließlich ums Reden. Aber mit wem habe ich geredet? Der Kerl hinterm Schreibtisch hatte auch nur zwei Schuhe an wie ich, war aber keine Person, er war ein Apparat, ein Regime, ein ganzer Staat. Er hat bestimmt, wann ich worüber rede und wie lange.

Verhörtwerden heißt Redenmüssen. Das ist das eine. Das andere ist, dass ich im Alltag mit vielen Leuten gar nicht reden wollte. Ich habe sie verachtet. Die haben schlimme Dinge angerichtet, so schäbig gelebt, sich so grob oder untertänig benommen, dass ich mit denen nichts zu tun haben wollte, ich hätte es nicht über mich gebracht, mit denen zu reden. Die haben mit mir übrigens auch nicht geredet.

Die Freiheit macht die Leute gedankenlos, das ist ja auch ein Glück. Du hast keinen Gegner, vor dem du dich immer, und sei es zeitweise nur latent, behaupten musst. In einer totalitären Welt passieren dir ständig hundert Dinge. Und ständig bist du auf Trab, Hirn einschalten, denken, dann das Ganze einordnen, Schlüsse ziehen, reagieren, du musst sofort reagieren, in eine Variante hineinspringen, du entscheidest momentan, du hast ein inneres Bild von dir und weißt, was du von dir erwartest.

Wenn ich in der Fabrik aus Angst vor den Drohungen die Anwerbung der Securitate unterschrieben hätte, wäre ich von dem Moment an eine andere Person gewesen, eine Person gegen mich selbst. Mein inneres Bild hätte mich dafür bestraft – oder wie soll ich das erklären, dass ich mit mir nicht mehr zurechtgekommen wäre. Ich hätte mir Vorwürfe gemacht, mit denen man nicht leben kann. Es geht überhaupt nicht um Mut.

Auch beim Schreiben wiegt man das Sagen und das Schweigen, und beides bleibt miteinander verwachsen. Erwähnen und Weglassen ist ein einziges Labyrinth. Mehr als inhaltlich erzeugen die Wörter als Takt und Klang ihre eigene Notwendigkeit. Und das Formulieren ist Faszination und Überdruss in einem. Oft bin ich diesem Zustand gar nicht gewachsen. Es gibt Zeiten, da halte ich das Schreiben nervlich nicht aus. Da kann ich nichts arbeiten. Ich kann es mir nicht antun zu ertragen, was die Sätze entscheiden. Ich hab noch nie von einer Krise gesprochen. Im Gegenteil, es ist eine Genugtuung, das Schreiben so lang wie nur möglich aus meinem Leben wegzulassen.

Ihre Sprache ist stark geprägt vom Rumänischen, Sie beschreiben es als »sinnlich, frech und überrumpelnd schön«. Sie schreiben zwar nicht auf Rumänisch, aber es schaut Ihnen ständig über die Schulter.

Ja, das Rumänische schreibt mit. Sicher war es ausschlaggebend, dass ich es so spät gelernt habe. Auf dem Dorf gab es keine Rumänen, die Schule war auf Deutsch. Rumänisch war an die dreimal pro Woche als Fremdsprache, außerhalb dieser Stunden hat niemand Rumänisch gesprochen. Ich war fünfzehn Jahre alt, als ich in die Stadt kam. Das Gymnasium war auch auf Deutsch, aber überall außerhalb des Unterrichts wurde nur Rumänisch gesprochen. Die Straßen, die Läden, die Ämter, die Passanten, die ganze Stadt sprach Rumänisch. Ich sprach so wenig wie möglich und horchte, so gut es ging, auf die Wörter. Die weichen Diphtonge und Triphtonge wie

»toate« – alle – und »oaie« – Schaf, das gab es im Deutschen nicht. Ich hab die Wörter so gerne ausgesprochen, die waren im Mund so schön, sie haben mir von Anfang an, wie soll ich sagen, ästhetisch geschmeckt. Schon aus dem praktischen Grund, mich zurechtzufinden, hatte ich den Wunsch, die Sprache zu lernen. Im Stadtalltag war man ins Rumänische eingepackt. Und je länger ich auf die Sprache horchte, umso mehr gefielen mir die Sprachbilder, Redensarten, die langen dramatischen Flüche, die vielen Nuancen der Diminutive von zynisch bis sentimental, der Aberglaube.

Wenn ein Stern fällt, sollen die Deutschen sich was wünschen, die Rumänen sagen, es ist jemand gestorben. Oder der Fasan: Der Fasan ist ein Vogel, der nicht gut fliegen kann, er verfängt sich im Gestrüpp und ist eine leichte Beute. All das steckt in der rumänischen Redewendung »Der Mensch ist ein großer Fasan auf der Welt«. Auch der Mensch ist eine leichte Beute, kann sich nicht durchsetzen, er zahlt drauf, ist dem Leben nicht gewachsen. Im Deutschen jedoch ist der Fasan ein Prahler. Das Deutsche hat das Äußere des Vogels zur Redensart gemacht, das Rumänische seine Existenz. Der traurige rumänische Fasan ist mir näher. Darum hat eines meiner Bücher den Titel »Der Mensch ist ein großer Fasan auf der Welt«.

Auch mit Pflanzennamen ging es mir so. Das Maiglöckchen heißt auf Rumänisch »kleine Träne«. Ja, wenn ich die Blume anschaue, sind die Blüten so aufgereiht, wie Tränen an den Wangen runterkullern. Und Träne macht die Pflanze schöner als Glöckchen. Oder das rumänische Muttermal, das heißt »kleine Haselnuss«. Und das Wort »minte« heißt sowohl »Verstand« als auch »lügen«. Und Schnürsenkel, »șiret«, heißt gleichzeitig schlau. Und »coasta« heißt Küste und Rippe. Oder die Redewendungen: »Minze reiben« bedeutet »Zeit totschlagen«. Die Vergleiche waren immer da.

Die beiden Sprachen haben sich in allem Neugelernten angeschaut – Muttersprache und Landessprache. Ich meine nur die gesprochene Sprache, die den Leuten gehörte, nicht die betonierte graue Staatssprache. Die konnte man nicht aushalten.

Oft hat sich herausgestellt, dass die rumänische Sprache meinem Naturell mehr entspricht als das im Kopf mitgebrachte Deutsche, dass ihr Lebensgefühl besser zu mir passt. Da stand auch noch der schwäbische Dialekt dazwischen, das Dorfdeutsche. Gerade mein dorfdeutscher Blick hat sich durch das Rumänische sehr verändern müssen – zum Glück. Es dauerte Jahre, aber irgendwann war mir das Rumänische so vertraut, als hätte die ganze Umgebung die Sprache für mich gelernt oder als hätte die Sprache sich angeschmiegt. Ich war ganz in der Sprache angekommen, ich dachte nicht mehr auf Deutsch, wenn ich Rumänisch sprach.

Heute ist das leider nicht mehr so. Seit zwanzig Jahren spreche ich selten Rumänisch, viele Wörter kommen mir abhanden. Ich muss mich an das klammern, was mir einfällt, und rede zwischen Lücken. Das ist schade. Der schwäbische Dialekt hingegen, also die allererste Sprache, bleibt, egal wie lange ich sie nicht spreche, im Schädel sitzen, ich habe bis heute kein einziges Wort vergessen. Ich würde gerne tauschen, das Rumänische behalten und den Dialekt vergessen, aber wie. Das Rumänische ist mir, auch wenn ich es so mochte, nicht Muttersprache geworden. Ich hätte auch nie auf Rumänisch schreiben können. Das Entscheidende, auch wenn ich nicht weiß, was das ist, hat mir dazu gefehlt.

Aber die Wörter sind ja nicht nur Buchstaben, sie stellen ein Bild in den Kopf. Man kann die Wörter vergessen, die Bilder sind in den Kopf gewachsen, sie bleiben. Auch das deutsche Wort Maiglöckchen hat das Bild des rumänischen Wortes. Ich sehe an der Pflanze für alle Zeit kleine Tränen, das

Bild ist nicht auf das rumänische Wort angewiesen. Egal wie viele Wörter mir abhandenkommen, das Rumänische schreibt unverändert immer mit.

Zum anderen Blick kam der andere Klang, der andere Rhythmus, der andere Reim, gerade in der Musik, und die Lieder hatten eine andere Grammatik der Gefühle.

Durch das Rumänische kam auch die Musik. Ich kannte Rockmusiker, sie haben sich Schallplatten besorgt, wie wir uns Bücher besorgt haben, sie wollten wissen, was in anderen Ländern musikalisch vor sich geht. Wenn sie komponiert haben, haben sie viel mit authentischer Folklore gearbeitet. Die rumänische Folklore ist großartig. Maria Tănase ist nur ein Beispiel, es gibt auch die Chöre alter Männer, da kriegt man Gänsehaut. Und es gibt die Einteilung der Doina, das ist dieses Grundlied der Rumänen, die Gemütszustände sind Kategorien: Doina des Leids, Doina des Glücks. Von der Geburt bis zum Tod, es gibt ein Leben lang Lieder und die sind alle poetisch, keine Klischees. Wenn gesungen wird »ich möchte deine Augen trinken aus einem Glas aus Quarz« – wo sind wir da? Wir sind in der Lyrik, in der besten Lyrik. Ich kannte die deutsche Volksmusik auf dem Dorf, die Blasmusik, diese stocksteife Polkatrampelei, die mir schon als Kind nichts bedeutete. Die schlüpfte mir weder in die Füße noch ins Gemüt.

Gut, so wie die Staatssprache gab es im Rumänischen auch die konfektionierte Staatsfolklore, dumm und plump und leer. Die poetische authentische Volksmusik war ja in den Staatsmedien verboten, weil sie immer den einzelnen Menschen meint, wenn sie Glück und Leid besingt, weil sie dermaßen aufs Ganze geht. Diese Inhalte konnte das Regime sich nicht bieten lassen. Die wirkliche Folklore war subversiv durch ihre Authentizität. Deshalb hat der Staat sich eine ideologische Folklore gezüchtet. Es war sozialistische Folklore, Schlager mit Parteilob und Arbeiterchöre. Dieser Parteikitsch dudelte aus dem Fernseher und auf ihm wurde offiziell im Land rumgegeigt bei Staatsfesten und Nationalfeiertagen. Und er kam jeden Morgen und in der Essenspause aus den Lautsprechern im Fabrikhof. Das ganze Fabrikgelände wurde beschallt. Morgens in der Dunkelheit quälten uns die Lautsprecher mit stampfenden Melodien und verlogenen Texten. Das drückte in der Stirn, der Fabrikhof torkelte und ich ging über den Hof, als würde mir das Pflaster in die Kniekehlen treten.

Und beim Essen kaute man, ob man wollte oder nicht, im Takt der Musik. Ich wusste, wer die tägliche Musik aussucht, einer der vier Buchhalter aus meinem ersten Büro. Er war ein alter ungarischer Kommunist und war morgens als erster in der Fabrik. Er hatte neben dem Büro ein kleines Kabuff wie ein Hasenstall. Wir alle aßen im Büro, aber er aß im Kabuff zwischen seinen Tonbändern. Er hatte Nierensteine, saß oft gequält im Büro mit einem graugrünen Gesicht. Er war masochistisch, nicht mal an solchen Tagen vernachlässigte er die Musik.

Die Rumänen hatten immer eine enge Beziehung zur Musik, wenn die irgendwo zusammenkommen, entstehen sofort Lieder. Auf dem Revolutionsplatz 1989 wurde gesungen, die Lieder sind ergreifend, ihre Musik und ihre Texte.

Uns Deutschen hat der Nationalsozialismus so viel kaputtgemacht, dass wir keine Anbindung mehr kriegen. Wo etwas so zerdeppert ist, wird es nicht mehr ganz. Die deutsche Folklore spielt im Alltag keine Rolle. Da ist nur eine Lücke, eine tiefe, tiefe Leere. Aber um zu singen, braucht man Selbstverständlichkeit. Wir stehen heute auf der anderen Seite, aber unsere Lieder stehen dort, wo sie durch Hitler und Krieg und

Verbrechen hingejohlt worden sind. Ich konnte die Lieder meines Vaters nicht ertragen. Wenn der »Schwarzbraun ist die Haselnuss« sang, kriegte das Schwarzbraun einen ganz anderen Sinn. Die Deutschen als das Volk der Dichter und Denker, diese selbstverliebte, lächerliche Vorstellung.

Ja, die Rumänen waren auch Faschisten, und sie leugnen ihre Verbrechen bis heute. Sie haben zwei Diktaturen auf dem Buckel, aber ihre Folklore ist so widerspenstig, so drastisch in ihrer Poesie, dass sie für Diktaturen nicht geeignet war. Sie war an keine Gleichschaltung anzupassen, weder im Faschismus noch im Sozialismus. Man musste sie verbieten. Sie wurde staatlich beiseitegelassen, aber heimlich gehört. Das Verbot machte sie privat und intim. Lieder trägt man ja im Kopf, man pfeift sie, man summt sie, man kann sich auch stumm in den eigenen Mund singen. Ich weiß es aus der Fabrik, die Leute hatten ihre Lieder. Ich habe auch auf dem Weg zum Verhör im Takt der Schritte gesummt. Ich hatte so Angst vor dem Ankommen und musste dorthin gehen. So ein Lied im Kopf war ein Versteck, ein schönes, tragbares Versteck.

Inwiefern hat Sie die Sprache, die Sie in Ihrer Kindheit hörten, geprägt? Es gibt so viele Minidialoge oder Wendungen, die literarisch sind, voll dunklem Witz, überraschend, treffsicher. »Ja, wenn die Fahnen flattern, rutscht der Verstand in die Trompete«, sagt der Großvater einmal, das nur als Beispiel.

Was ist das Literarische? Das Literarische ist ja nichts Einzigartiges, das sonst nirgends vorkommt. Es kommt auf Schritt und Tritt vor, in der Folklore, in den Sprichwörtern und Redewendungen, in den Bildern des Aberglaubens. Jede Sprache ist voller Metaphern. Wie kommt es sonst zu Wortbildungen wie Augapfel oder Landzunge oder mutterseelenallein.

Das Poetische haben doch nicht die Schriftsteller erfunden. Ich stelle mir vor, jedes unserer Sprachbilder hat irgendwann mal jemand zufällig oder absichtlich gesagt. Und jemand anders hat es unzählige Male übernommen und es hat sich durchgesetzt. Tausende Sprachbilder, die wir aus Gewohnheit benutzen, ohne darauf zu achten, dass sie poetisch sind.

Mein Großvater hat den Satz von irgendwo hergehabt, vielleicht ist er ihm auch selber eingefallen. Das heißt ja nicht, dass der Großvater hochgradig poetisch war. Der gewöhnliche Satz meiner Großmutter »Denk nicht dorthin, wo du nicht sollst« ist doch auch poetisch. Darum hat er sich eingeprägt. Man muss das Wort »poetisch« nicht kennen, um poetische Dringlichkeit zu spüren. Ich wusste als Kind damals gar nicht, dass es Literatur gibt, aber dieser Satz hat mich aufgewühlt.

Es ist auch so prägnant. Der Hintergrund ist, dass Ihr Onkel in der Schule zu einem begeisterten Nationalsozialisten gemacht wurde – schärfer kann man die Auslöschung des eigenen Denkens im Propagandagetöse kaum fassen.

Den Satz mit den flatternden Fahnen und dem Verstand in der Trompete hat mein Großvater damals nicht im Dialekt gesagt, sondern auf Hochdeutsch. Vielleicht hat er den Satz zitiert oder er hat auf Hochdeutsch formuliert, um seinen Inhalt hervorzuheben. Er war im Ersten Weltkrieg, sein Sohn im Zweiten. In dem Satz geht es um Untertänigkeit und Fanatismus, beides betrifft seinen toten Sohn.

Der war im Krieg gefallen, aber es gab ihn immer im Haus. Er war ein Phantom. Sein vorletztes Bild hing an der Wand. Die Runen an der Naziuniform hat mein Großvater mit abgebrannten Zündholzköpfen dunkel gefärbt, aber sie haben immer durchgeschimmert. Und in der Schublade, im

Gebetbuch meiner Großmutter, lag das letzte Bild, es war nur ein bisschen größer als eine Zündholzschachtel. Es kam von der Front. Ein weißes Tuch auf einem leeren Acker und in der Mitte des Tuchs lag etwas Dunkles – das war ihr Sohn, von einer Mine zerfetzt. Ich bin manchmal an die Schublade gegangen und hab das Bild heimlich angeschaut. Es hat mich fasziniert und gegruselt, dass der dunkle Fleck auf dem weißen Tuch mein toter Onkel ist.

Und im anderen Zimmer stand sein Akkordeon. Und der Brockhaus und das Doktorbuch waren auch von ihm, übriggeblieben von seiner Bibliothek. Er war eine Zeitlang in der Kaufmannslehre und wurde dort zum glühenden Nazi. Im Dorf spielte er den Oberideologen, hielt Ansprachen, denunzierte Leute, die sich nicht für den Krieg melden wollten. Er hatte als Soldat eine Bürostelle bei der rumänischen Armee zugewiesen bekommen, wollte aber für Hitler kämpfen und meldete sich freiwillig zur SS.

Meine Großmutter erzählte von seiner Bibliothek. Dass nach dem Krieg die Russen ins Dorf kamen, von Haus zu Haus gingen und Schrecken verbreiteten. Dass sie als Frau ganz allein im Haus geblieben war, weil mein Großvater als »Ausbeuter des Volkes« am anderen Ende des Landes in einem Lager interniert und meine Mutter zur Zwangsarbeit nach Russland deportiert worden war. Dass ein Teil dieser Bibliothek bestimmt Hitlerbücher waren, sagte meine Großmutter, nur welche? Dass sie keine Zeit hatte, die Bücher zu sortieren, es hätte Tage gedauert. Und sie hätte auch bei keinem Buch mit Sicherheit gewusst, ob es harmlos oder gefährlich ist. »Die Russen waren unbarmherzig und gnadenlos«, sagte sie, »wegen Büchern lässt man sich nicht erschießen.« Aus Angst hat sie alle Bücher der Reihe nach im Backofen verbrannt.

Der Backofen war ein gemauertes Viereck in der Ecke der

Küche, die Ofentür aber nebenan in einer Kammer. Von dort aus wurde mit großen Bündeln Maisstengeln geheizt. Um die Ofenwand herum konnte man sitzen und sich den Rücken wärmen. Und man konnte auf den Ofen steigen, er war so breit wie ein Doppelbett, man konnte zu dritt darauf schlafen. Jede Woche wurde Brot darin gebacken.

Das Foto an der Wand, das Foto im Gebetbuch und der Backofen und der Brockhaus und das Doktorbuch – alles hatte mit dem toten Onkel zu tun. Aber vor allem das schreckliche Akkordeon. Der Akkordeonkoffer war mit einem weißen Tuch zugedeckt, als wär's dasselbe wie auf dem Todesfoto im Gebetbuch. Das Akkordeon stand im dunkelsten Zimmer, in das man am seltensten ging. Und wenn ich das Zimmer betrat, leuchtete das weiße Tuch wie ein Altar. Das Akkordeon war eine Reliquie.

Dann aber beschloss meine Mutter, dass ich Akkordeon spielen lerne. Ich musste zweimal die Woche zur Akkordeonstunde. Der Lehrer war so alt wie mein Großvater und hieß Wastl. Er wohnte weit weg, ich trug das Akkordeon auf dem Rücken durchs ganze Dorf. Wenn ich zu ihm kam, lag der Stock schon auf dem Tisch. Wenn ich danebengriff, schlug er mir auf die Finger. Je öfter er schlug, umso öfter griff ich daneben. Ich spielte »Muss i denn zum Städtele hinaus«, »Kornblumenblau« oder »O wie wohl ist mir am Abend«. Ich spielte falsch und weinte dabei. Er sagte, ich müsse hier sitzen bleiben und üben, bis ich ohne Fehler spiele. Er ließ mich allein, ich sah ihn im Garten arbeiten. Er blieb zwei, drei Stunden weg oder kam zwischendurch mal nachsehen, ob ich übe, und blieb wieder weg. Ich saß da, angewachsen an ein Akkordeon. Ich quietschte an diesen Liedern herum oder schaute nur in die Luft und horchte auf das Ticken der Uhr, statt zu üben. Ich musste mir irgendwie helfen, ich begann die Uhr vorzudrehen, dass die Zeit schneller vergeht. Ich fing mit zehn Minuten an, aber weil es nicht wirkte, musste ich immer noch mal ein bisschen mehr nachhelfen. Ich war bei einer vollen Stunde angelangt. Ich dachte, eines Tages glaubt er der Uhr und lässt mich gehen.

Natürlich hat er gemerkt, dass die Uhr immer dann vorgeht, wenn ich Akkordeonstunde hatte. Und er hat sich dafür gerächt. Er hat einen zerknüllten Geldschein unterm Tisch plaziert. Und ich dachte, wenn jemand dieses Geld verloren hat, kann ich es nehmen. Ich hab es ja gefunden, auch wenn's nicht auf der Straße liegt. Zehn Lei, damit konnte man sich ein paar Mal Bonbons kaufen. Ich hab den Geldschein genommen, glattgestrichen, schmal gefaltet und in meinen Kniestrumpf gesteckt. Dann bin ich erschrocken vor mir. Nein, nicht vor mir, ich bin vor dem Ticken der Uhr erschrocken. Ich wollte das Geld unbedingt behalten und hab es dann doch aus dem Strumpf gezogen und wieder zerknüllt und unter den Tisch zurückgelegt. Das war ein Glück. Denn als meine Mutter ihm das Monatsgeld für die Akkordeonstunden zahlte, klagte der Wastl, dass ich zwar die Uhr manipuliere, aber wenigstens nicht stehle.

Wie lange ich Akkordeon lernen musste, weiß ich nicht mehr. Es muss länger als ein Jahr gewesen sein. Denn es gab auch Wintertage, und der Wastl konnte nicht in den Garten und hämmerte in einer Werkstatt hinten im Haus, wenn er mich allein ließ. Und es war das zweite Frühjahr, als ich auf dem Heimweg am Brunnen vorbei beschloss, den Akkordeonstunden ein Ende zu machen. Der Brunnen war mitten im Dorf, aber der einzige auf dem Heimweg. Es dämmerte, aber dunkel war es noch nicht, am Brunnentrog glänzte das Eis. Diese Dorfbrunnen hatten ein großes Rad und auf einer Holzrolle war die Kette mit zwei Eimern. Die bewegten sich gleichzeitig, der leere Eimer in die Tiefe hinab, der volle aus der Tiefe hinauf. Auf den leeren Eimer hab ich das Akkordeon gestellt und die Riemen mit dem Taschentuch an der Kette festgebunden. Dann hab ich den Eimer in die Tiefe gelassen und gehorcht, wie das Akkordeon im Echo des Brunnens aufs Wasser klatscht. Und dann bellte auf einmal ein Hund neben mir. Und eine Frau schrie: »Musst nicht glauben, dass ich's nicht gesehen hab«, aber sie kam zu spät. Das Akkordeon war schon gebadet. Sie zog den Eimer hoch und trug es tropfend zu uns nach Hause. Und ich hinter ihr her, ich hatte nicht mal Angst, ich ging im Trott eines Haustiers nach Hause, wo sollte ich sonst hin.

Dieser Abend wurde fürchterlich. Die Prügel mit dem Besen, ich lief um den Tisch und meine Mutter warf mir sogar die Stühle nach. Und meine Großmutter schluchzte, als wäre ihr Sohn jetzt noch einmal gestorben. Mein Großvater stellte das Akkordeon zum Trocknen auf den Backofen.

Nach ein paar Tagen war es getrocknet, aber sein Plissee blieb verquollen und bekam Risse und die Tasten sprangen aus den Fugen. Das Akkordeon war hin. Es wurde in seinen Koffer ins dunkle Zimmer gepackt.

Was ich dem Akkordeon, also dem toten Onkel, angetan hatte, war so ungeheuerlich, dass man nicht einmal am nächsten Tag darüber sprechen konnte. Dass man nie mehr daran denken wollte. Ich wurde auch nur an diesem einen Tag dafür bestraft. Aber ich musste nie mehr Akkordeon spielen.

Ein Mann mit Blumenstrauß

»Herztier« erzählt die Geschichte von Freunden, die ins Visier des Geheimdienstes geraten, nachdem sie sich mit der offiziellen Version des Suizids einer Kommilitonin nicht zufriedengeben, nachfragen und nachforschen. Eine der Absurditäten ist, dass Lola als Selbstmörderin in einer Versammlung aus der Partei ausgeschlossen wird.

Das ist Realität. Als ich studiert habe, wurde eine Studentin post mortem aus der Partei ausgeschlossen. Sie hatte sich im Schrank mit einem Gürtel erhängt. Das ganze Studentenheim war in Aufruhr, alle redeten davon. In der Öffentlichkeit war Suizid tabu. Ich glaube, der Parteiausschluss war eine »vorbeugende« Maßnahme, so seltsam das auch NACH dem Tod war. Für die Universität war der Ort des Suizids unerträglich. Diese große Sitzung post mortem mit Parteirausschmiss sollte verhindern, dass so etwas jemals wieder im Studentenheim passiert. So eine Aufregung war gefährlich für den Alltag, man brauchte Ruhe und Gehorsam. Ein Suizid im Studentenheim bei sechs bis acht Mädchen in jedem Zimmer und einem Schrank für alle zusammen wurde als antisozialistische Tat aufgefasst, weil man ihn nicht vertuschen konnte. Die große Sitzung post mortem wurde organisiert, um diesen Suizid als Beleidigung der Universität und der Partei darzustellen. Es hieß, die Tote »verdient es nicht«, Studentin »unserer« Universität und Mitglied »unserer« Partei zu sein. Das Unglück der Toten, ihre Ausweglosigkeit wurden als Verrat vorgeführt. Schon die Vereinnahmung durch das ständige

»unser« war dreist. Aber das Abscheulichste an dieser Veranstaltung war diese totale Entgleisung aus der Menschlichkeit. Die Erhängte gehörte ja sowieso nicht mehr der Universität, noch der Partei, sie war durch den Tod von selbst ausgetreten. Die eigentliche Botschaft dieser Sitzung war: Wenn ihr euch umbringt, sucht euch einen andern Ort, belästigt uns nicht mit eurer Leiche.

Die nächsten Wochen hing um die Studentenheime, am Betonquader der Uni und im Gestrüpp des Parks eine unwirkliche Stille, ein zerbrechlicher Himmel. Mir schien, als hätten wir alle kein bisschen Boden unter den Füßen, man trat sich beim Gehen durch die Stirn. Man war barfuß im Gesicht.

Viele Jahre danach, in der Verleumdungszeit der Fabrik, habe auch ich an Suizid gedacht. Ich habe den richtigen Ort gesucht, am Fenster oben im Wohnblock, die richtigen Steine für die Manteltasche und die richtige Stelle am Fluss. Aber dann hat der »blonde Besuch« in der Fabrik mir den Gedanken an Suizid ausgetrieben. »Wir stecken dich in den Fluss«, hat er gedroht. Dann war's vorbei, ich wurde lebenshungrig, weil mein Selbstmord für den Dreckskerl ein Geschenk gewesen wäre. Ich hatte in der Zeit der übelsten Schikanen das Schlafen verlernt, ich wusste gar nicht mehr, wie es geht. Ich war so chronisch müde, der Wind blies durch mich hindurch, die Füße waren aus Blei und der Kopf eine Glaskugel, durchsichtig. Ich kenn solche Zustände, »barfuß im Gesicht« ist kein surreales Bild, sondern das einzige, das so einen Zustand beschreibt.

Ich hielt mich ja immer an Pflanzen und tu es bis heute. Sie zeigen, was mit Worten nicht zu sagen ist. Nach dieser Post-mortem-Sitzung an der Uni waren auch die blühenden Linden mit dem Suizid verquickt. Sie waren halb verblüht und streuten gelben Staub auf die Wege, Zäune, Dächer. Alles war hell und roch, wie nur große Mengen halb verblühter Linden in langen Straßen riechen können – alles roch nach Leichenzucker. Ich weiß nicht, warum, aber wenn in schweren Dingen, die man erlebt, einmal eine Farbe drin ist, dann kommt die immer wieder, wenn Ähnliches geschieht. Als ich Jahre später selbst an Suizid dachte, war auch alles so hell.

So bin ich zu dem Schluss gekommen, dass der Suizid in der Stadt hell ist, milchig weiß durchleuchtet.

Aber ich kannte den Suizid schon aus dem Dorf und dort kam er mir damals dunkel vor, indigoblau. Die Farbe hatte mit den Maulbeeren zu tun. Der Vater meiner Tante hatte sich hinten im Hof am Maulbeerbaum erhängt. Er hat oft mit mir gespielt. Und ich habe ihn bewundert, er hatte in seinem Zimmer an der Wand eine ausgestopfte Eule, die auf einem Ast saß. Er schlief in diesem Zimmer und hatte keine Angst vor ihr. Wir hatten doch alle Angst, weil Eulen den Tod ins Haus riefen, sogar wenn sie sich viel weiter weg aufs Dach setzten. Die ausgestopfte Eule konnte nicht mehr rufen, aber eine Eule blieb sie trotzdem. Eine Schleiereule, keine Todeseule, sagte meine Tante. So ganz glaubte ich der Sache nicht, alle Toten bekamen ein Schleiertuch in den Sarg. Und ihr Vater hat sich Jahre später im Maulbeerbaum erhängt, wie seine Schleiereule hatte auch er einen Ast. Sein Suizid war dunkel mit einem indigoblauen Reifen um den Hals.

Beim Selbstmord in der Stadt war man es oft nicht selbst – und die, die es waren, machten ihre Drecksarbeit und erschraken nie vor ihren Händen, da konnte es noch so hell sein.

Der Umgang des Regimes mit Suizid war pervers. Einerseits durfte er in der Öffentlichkeit nicht vorkommen, aber gleichzeitig wurden Suizide inszeniert, um die politischen Morde zu verdecken.

Die Machtelite beansprucht also auch die Deutungshoheit über den Tod, stellt Mord als Suizid dar bzw. Suizid als Unfall?

Verkehrsunfall, Vergiftung, Fenstersturz, Ertränken, Erhängen – dann kam ein Arzt und schrieb in den Totenschein: »Suizid«. Obwohl gesetzlich vorgeschrieben, wurde die Obduktion in solchen Fällen verweigert.

Auch bei meinem Freund Roland Kirsch war es so. Er lebte allein, wurde von seiner Mutter erhängt in seiner Wohnung gefunden, die Nachbarn hatten in der Nacht davor laute Stimmen gehört. Auf seinem Totenschein steht bis heute Suizid. Die Obduktion wurde verweigert, die Polizei »half« seinen Eltern, alle nötigen Papiere zu besorgen, er kam rasch unter die Erde. Geheimdienst-Ärzte gab es mehr als genug, alle Krankenhäuser standen dem Geheimdienst zur Verfügung.

Erst recht war Suizid ein Tabu, wenn sich Parteibonzen das Leben nahmen. Wie der Diktator gingen auch die Provinzchefs auf die Jagd, einen Jagdschein hatte sonst kaum jemand, der war ein Vertrauensbeweis des Regimes. In der Zeitung stand, der treue Genosse sei durch einen tragischen Jagdunfall gestorben. Niemand glaubte der Zeitung, denn das Gerücht sagte, er habe sich in den Mund geschossen. Da man den Tod eines stadtbekannten Parteikaders nicht verheimlichen konnte und weil Suizid, besonders in seiner Funktion, eine Blamage für das Glück des Volkes war, hat die Partei sich in einen Unfall gerettet. Auch wenn es niemand glaubte, denn in der Partei selbst ging es auch nicht ums Glauben, es ging ums Gehorchen und Profitieren.

Bei dem Thema Suizid als Tabu fällt mir immer auch Paul Celan ein. Und wie man durch eine halbe Wahrheit mehr lügen kann, als wenn man sie ganz unterschlagen würde. Im Lehrbuch stand Celans »Todesfuge« und wie bei allen Texten auch die Biographie des Autors. Aber es stand nicht im Lehrbuch, dass Celan durch Suizid in der Seine gestorben ist. Suizid war tabu, Biographien hatten als positive Beispiele zu gelten. Aber genauso tabu war auch Rumäniens faschistische Vergangenheit und dass die Konzentrationslager in Transnistrien unter rumänischer Leitung waren. Kein Wort davon, dass in derselben Zeit in Rumänien genauso wie bei den Nazis die Rassengesetze herrschten. Ghettos, Pogrome, KZ – die Rumänen machten ihre Arbeit gründlich und wurden von den Nazis gelobt. Der rumänische Faschismus hatte seine eigene wabernde Sprache, sülzig, religiösnational. Die orthodoxe Kirche war fest in den Faschismus eingebunden. Der Tod war zwar »ein Meister aus Deutschland«, doch er hatte einen beflissenen Lehrling aus Rumänien. Das wird bis heute in Rumänien mehr verschwiegen und verdreht als zugegeben.

Vor Halbwahrheiten muss man sich hüten. Man hätte die »Todesfuge« nicht ins Lehrbuch aufnehmen müssen, aber man hat sie gebraucht, um die eigenen Verbrechen an die Nazis zu delegieren. Man musste gar nichts leugnen, nur ausblenden. Die Geschichtsfälschung war intendiert. So war die Lüge nicht ausgesprochen, aber dennoch gesagt. Und man hätte den Vorwurf der Fälschung abwehren können, es wurde ja nicht direkt gelogen. Ganz bestimmt hat sich das Unterrichtsministerium ohne jede Skrupel den Missbrauch der »Todesfuge« genau überlegt.

Kommen wir noch kurz zum Parteiausschluss der toten Studentin zurück. Alle in der Aula stimmen dafür. Auch Lola selbst hätte die Hand gehoben, schreiben Sie, aber das zähle nicht mehr. Das zeigt doch, wie der Einzelne an Bedingungen mitarbeitet, die ihn nachher zerstören.

Was heißt Bedingungen, die einen zerstören? Die meisten bezeichnen das nicht als Zerstörung. Anpassung wird normal, wenn man in einer Diktatur was werden will. Und die meisten wollen was werden, sie wollen einen gesicherten Beruf und ein Gehalt. Sogar Unauffälligkeit, und damit ist man noch gar nichts geworden, gibt es nur um den Preis des Stillhaltens. Also muss man wenigstens so tun, als würde man sich anpassen. In der Diktatur ist die Zerstörung der Person normal, überhaupt nicht zu vermeiden. Entweder wird man durch Anpassung zerstört oder wegen der Verweigerung. Ich habe politische Strebsamkeit als Zerstörung betrachtet, mit der die Person einverstanden war. Man konnte doch nur wählen zwischen Zerstörung durch Einverständnis oder Selbstzerstörung durch Verweigerung. Ich merkte mit den Jahren immer mehr, wie dünn mir die Nerven werden, ich fühlte mich kaputt, nicht intakt. Als Studentin hielt ich mich in der Grauzone, ich fehlte, sooft es ging, lernte so wenig wie möglich und las Bücher, die an der Uni verboten waren. Ich legte keinen Wert auf gute Noten, es gelang mir, durch die Prüfungen zu rutschen.

Bei der Post-mortem-Sitzung damals war ich nicht dabei, nicht aus Mut, sondern aus Ekel. Ich hätte das nicht ausgehalten. Aber die Mädchen aus dem Heim erzählten von dem Applaus in frenetischen Takten. Vielleicht hat das Gruseln mitgeklatscht, aber das hat die Takte nicht durcheinandergewühlt. Es hieß den ganzen Tag »man muss« oder »wir müssen«. Viele waren an dieses Muss gewöhnt, sie hatten gelernt zu funktionieren, ohne nachzudenken, was sie tun. Sie waren dressiert, fast alle Sätze begannen mit diesem ewigen Muss. Und man »musste« an der Uni ständig anwesend sein. Präsenz zeigen war wichtiger als alles andere. Eines der Hauptziele der Universität war die Kontrolle. Bei allen Vorträgen dabeisein, jedes Wort mitschreiben und bei den Prüfungen auswendig dahersagen, dafür gab es die Bestnoten. Das war bequem. Ich glaub, die meisten wollten gar keine eigenen Gedanken haben.

Im Studentenheim gab es auf jeder der vier Etagen einen Trockenraum für die Wäsche. Und dazu ein Bügelbrett mit einem Bügeleisen. Und einen gemeinsamen Kühlschrank für Lebensmittel. In diesem Kühlschrank waren außer den gewöhnlichen Dingen wie Salami oder Käse auch rohe Leber, blutige Nieren oder Herzen von Schweinen oder Kälbern, manchmal auch ein Teller mit Hirn. In der Nebenstraße ganz in der Nähe des Heims war das Schlachthaus. Ich wusste nie, wem diese Innereien gehörten und wo und wie man sie kochen konnte. Es gab keinen Herd. Wenn man spätnachts an den Kühlschrank ging, waren die Innereien schon blau und das Blut schwarz angetrocknet. Und weil die Glühbirne im Kühlschrank so unerhört weiß draufschien, schauten sie einen ganz anders an als am Tag. Und ich dachte manchmal, die Innereien könnten den Studentinnen gehören, besonders die Herzen. Die haben sie abends herausgenommen, um leichter zu schlafen. Vor diesem Kühlschrank mit den Innereien sagte ich mir zum ersten Mal das Wort »Herztier« in den Kopf. Dieses Wort traf so auf mich, wie sich im Kühlschrank die Dinge trafen. So wie in der Stadt das Wort »Leichenzucker«.

Ich kannte die erhängte Studentin nicht. Es hieß damals, sie habe für den Geheimdienst gearbeitet. Zu der Zeit habe ich das einfach geglaubt. Ich wusste über die Securitate nur, dass es sie gibt, bevor ich sie selber zu spüren bekam. Aber seither konnte ich mir vorstellen, wie die Securitate jede Person, auch einen ihrer Spitzel, in den Suizid treiben kann.

Die Spitzel waren natürlich privilegiert, aber nicht bedingungslos. Sie hatten ja einen Kontrakt unterschrieben, sich zur Kollaboration verpflichtet. Sie hatten ihre Privatheit dem Staat geschenkt, sie mussten Heimtücke üben, unauffällig beeinflussen, hinterhältig agieren und harmlos erscheinen, um die Aufträge zu erfüllen. Ich bedaure die Spitzel nicht, aber wenn ihnen das Spitzeln keine Genugtuung bereitete, kein Machtgefühl, war es doch ein schleichendes, miserables Leben. Sie waren nach der Unterschrift nur noch zum Schein dieselbe Person und mussten mit zwei Gesichtern in den Spiegel schauen. Und es konnte doch bestimmt immer etwas schiefgehen. Durch falsches Verhalten konnte ein Spitzel sich selber verraten und Schaden anrichten, ganze Strategien wirkungslos machen.

Ich habe mich in der Zeit der großen Schikanen jeden Tag gefreut, dass ich auf eigene Gefahr frei bin und im Unterschied zu den Spitzeln nicht mit zwei Gesichtern in den Spiegel schauen muss. Und das Allerwichtigste, dass ich keinem Menschen in den Rücken fallen muss.

Es kann gut sein, es ist sogar wahrscheinlich, dass die Studentin, wenn sie ein Spitzel war, vom Geheimdienst in den Tod getrieben wurde. Dass man ihr mit Rausschmiss aus der Uni oder Gefängnis oder mit dem Tod gedroht hat.

Heute weiß man aus den Akten, nicht alle Spitzel waren lebenslänglich auf der sicheren Seite. Wenn ein Spitzel den Geheimdienst schwer enttäuschte oder nicht mehr weitermachen wollte, ließ man ihn nicht gehen, man ließ ihn fallen. Er galt als Verräter. Und es kam Rache ins Spiel und alles kippte. In manchen Fällen wurde Verrat so hart bestraft wie Verweigerung.

Wenn man auch als Spitzel nicht verlässlich auf der sicheren Seite ist, heißt das, dass die Angst jeden im Griff hat, diejenigen, die sich verweigern, sowieso, aber diejenigen, die mitmachen, auch? Sind die einzige Ausnahme die Irren, von denen es einmal heißt, sie hätten die Angst vertauscht mit dem Wahn?

Es gibt gar keinen Tausch zwischen Angst und Wahn. Im Wahn geht die Angst nicht weg, sie bleibt und der Wahn kommt hinzu. Einmal hat mich ein Freund mitgenommen in eine psychiatrische Anstalt. Er war Rockmusiker und hat dort eine Zeitlang als Musiktherapeut gearbeitet. Ein Arzt hatte ihm die Stelle angeboten, damit er ein bisschen Geld verdient, denn seine Band durfte keine Konzerte geben. Musiktherapien gab es nirgends im Land, es war ein persönliches Experiment des Arztes. Vielleicht hat der Rockmusiker die Leute zum Singen oder Tanzen gebracht, die Tristesse jeden Tag für eine Weile aufgehoben, wer weiß.

Die Anstalt lag hinter großen Getreidefeldern, da gab es sonst nichts. Der Klatschmohn blühte. Auf dem Hof der Anstalt waren Sträucher und hohes Gras, ringsum schlossen Pappeln das Gelände ab. Die waren schwarz vor Krähennestern, und das Krächzen war so laut, als wüssten die Krähen, wie es innen in den Irren aussieht. Der Arzt zeigte mir einige Patienten, die an politischer Verfolgung wahnsinnig geworden waren. Er sagte auch, dass die meisten Politischen von ihren eigenen Familien fallengelassen werden, dass sie ganz allein auf der Welt sind, dass sie nie jemand besucht. Dass sie weiter von der Verfolgung gequält werden, weil der Wahn nichts vergisst. Man könnte glauben, sagte der Arzt, wenn du den Wahn erreichst, gelangst du in eine andere Realität und vergisst das, was dich hineingetrieben hat in den Wahn – aber das stimmt nicht. Die Ängste werden im Kopf weiter gemahlen. Nach geraumer Zeit weiß man, wer aus welchem Grund in dieser Irrenanstalt gelandet ist.

Ich lernte bei diesem Besuch, dass man immer an sich selbst leidet, auch wenn man nicht mehr weiß, wer das ist. Mir schien das schon ewig so, als hätten die Irren der Stadt den Normalos das schlechte Gewissen abgenommen, als schleppten sie das Bedrohliche für uns alle.

Der Mann, der jeden Tag auf der Straße steht, mit einer Fliege am Hals und dürren Blumen in der Hand, und auf seine Frau wartet, die aus dem Gefängnis entlassen werden soll, der »Philosoph«, der Baumstämme und Masten mit Menschen verwechselt, die Zwergin mit dem struppigen Haar beim Denkmal – sie alle leben in der Öffentlichkeit, ganz und gar ungeschützt.

Wir hatten doch alle unsere ganz normalen Psychosen. Im Kopf sah es vielleicht wie in den sozialistischen Konfektionsläden aus oder wie in den Heimat-Vitrinen. Vorläufig, es war immer alles vorläufig. Besser wurde es nicht, es konnte schlimmer werden. In der Stadt gab es Irre, die gehörten dem Ort, wo sie standen. Oder umgekehrt, der Ort gehörte ihnen, sie gaben dem Ort eine Aura, eine dunkle Sensibilität. Die Blicke der Passanten blieben zwar flüchtig, doch ich glaube, jeder dachte sich seinen Teil, ohne Rührung kam man an ihnen nicht vorbei. Sie waren die Statisten jeder möglichen Existenz. Ich kannte den Mann mit dem Blumenstrauß nicht persönlich, aber er stand wirklich jahrelang in Temeswar auf dem Corso, und man hat immer gesagt, er wartet auf seine Frau. Und es gab die Zwergin auf dem Platz mit dem Denkmal, fast wie ein streunendes Tier. Auch sie hat jahrelang dort gelebt, sich unterm offenen Himmel eingerichtet. Es war wie ein Wunder, in diesem verrohten Land ist ihr nie das

Schlimmste passiert. Die Irren der Stadt machten sich unantastbar, weil ihnen jede Geborgenheit fehlte, vor ihnen packte auch die Skrupellosen eine Scheu. Sie waren eine Art Gemeinschaftseigentum, auf das man aufpasst. Es war ein ungeschriebenes Gesetz, sogar für die Polizei, dass man sich an ihnen nicht vergreift, sie nicht vorführt, sie nicht lächerlich macht. Auch religiöse Angst, dass man von Gott bestraft und selber irr wird, wenn man sie schlecht behandelt.

Mit allen anderen waren die Polizisten brutal, verteilten Hiebe und Fußtritte, knüppelten. Meist waren sie sehr jung, Halbanalphabeten. Ehrgeizig und durchdressiert machten sie jede Drecksarbeit für das Regime. Aber sie kamen aus winzigen abgelegenen Dörfern und unter ihrer Polizeihaut saß der Aberglaube armer Leute.

Der Mann mit dem Blumenstrauß lebte nicht auf der Straße. Er kam und ging, er war jeden Tag perfekt gekleidet, schaute die Straße runter und hielt seinen Blumenstrauß senkrecht vor der Brust. Ja, und die Straße runter war das Gefängnis. Man sagte, er wartet auf seine Frau. Die Frau war schon längst gestorben, aber man wusste, dort in die Gefängnisstraße ist sie mal hingebracht worden. Hat er sie gesehen, hat er sie begleitet? Wenn sie entlassen würde, sagte man, käme sie auf dieser Straße rauf, direkt auf ihn zu. Warum sie ins Gefängnis kam, wusste niemand. Ich glaub, man wollte es gar nicht wissen, genaue Gründe hätten die öffentliche Sentimentalität gestört. Vermutlich waren es keine politischen Gründe, sonst hätte der Mann nicht jahrelang unbehelligt warten dürfen. Dieser Gegensatz, dass sich jemand tipptopp macht, sich noch im Griff hat, sich schön anzieht, aber dennoch verrückt ist, mit einem Blumenstrauß in einer komplett anderen Realität steht, war so beeindruckend wie unbegreiflich. Alle Jahre dachte man, dieser Mann lebt in einer ewigen Liebesgeschichte. Womöglich haben die Psychologen der

Securitate festgestellt, dass die Irren im Stadtzentrum sogar der politischen Stabilität dienen. Sie erzeugen Mitleid, es ist ein weiches Gefühl und verhindert Aggression. Außerdem mussten Tausende Passanten, solang sie sich im Vorbeigehen mit der Zwergin verglichen, mit ihrem eigenen Leben zufrieden sein.

Sooft ich den Mann mit dem Blumenstrauß sah, dachte ich an Veronika mit ihren Perlhühnern. Dass sie Gott sei Dank den Verstand nicht verloren hat, aber in einem abgelegenen Dorf genauso umsonst auf ihren Mann wartet wie er im Zentrum der Stadt auf seine Frau. Und dass sie keinen Blumenstrauß braucht, weil sie den Wind am Gassentor hat. Und den kann man gar nicht in den Händen tragen.

Sie haben gesagt, der Zwergin sei nie das Schlimmste passiert. Aber ihr stößt, zumindest im Roman, doch etwas zu, sie wird mehrfach vergewaltigt. Dadurch, dass sie taubstumm ist, kann sie nicht schreien und sie hört die Männer nicht kommen, die über sie herfallen.

Keine Figur ist eins zu eins, in keinem Roman. Ja, die Zwergin war wirklich taubstumm. Sie war jung und sie hatte zeitweise einen dicken Bauch und dann nicht mehr, als hätte sie eine Abtreibung hinter sich. Ich weiß nichts über sie, wer sie war und woher sie kam. Sie war verwahrlost, anders als der Mann mit dem Blumenstrauß lebte sie auf der Straße. Und wenn sie schwanger war, hat sie bestimmt niemand gefragt, ob sie ein Kind zur Welt bringen will oder nicht. Sie hätte das wahrscheinlich auch gar nicht selbst entscheiden können. Und das hätte ihr auch niemand zugetraut. Was hätte sie mit einem Neugeborenen anfangen sollen unterm offenen Himmel bei Sommerhitze und Staub oder klirrendem Frost und kniehohem Schnee? Da hätte der Staat sie von der Straße weg in seine »Obhut« nehmen müssen. Und das hätte ihr niemand gewünscht, da wär sie doch weggesperrt worden. Und das Kind hätte man in eines der gruseligen Waisenhäuser getan. Egal in welche Richtung man denkt, es wird immer tragisch, denn sie war und blieb schwachsinnig und taubstumm und mutterseelenallein – es konnte für sie kein gutes Ende geben.

Es gab in Rumänien für viele Frauen ein tragisches Ende, wenn sie schwanger wurden. Ceauşescu hatte ein Dekret erlassen, das jede Frau verpflichtete, fünf Kinder zu gebären. Dabei gab es nicht einmal genug Grundnahrungsmittel im Land. Aber selbst mit Grundnahrungsmitteln hätte kaum eine rumänische Familie aus freien Stücken fünf Kinder gewollt. Abtreibung war verboten, dafür gab es Gefängnis. Verhütungsmittel gab es keine. Durch dieses Dekret wurden Tausende Familien zerstört.

Die Frauen konnten nur illegal abtreiben, gerieten an Pfuscher. Viele starben. Bei anderen kam es zu Komplikationen, sie mussten ins Krankenhaus. Dort kam zuerst der Geheimdienst, und erst wenn sie bereit waren, den Pfuscher zu verraten, half ihnen der Arzt. Falls sie überlebten, kamen sie nach der Genesung direkt ins Gefängnis. Die Ehemänner blieben ohne Frau, und die Kinder, die es schon gab, ohne Mutter. Männer machten sich aus dem Staub, die Kinder nahm sich der Staat in seine elenden Waisenhäuser. Und die Kinder, wenn sie trotzdem geboren wurden, waren nicht erwünscht. In Rumänien spricht man bis heute von der Generation der »decreţei« – Dekretchen.

Das Regime hat das Privateste der Menschen überwacht, die Intimität war verstaatlicht. Die Frauen wurden durch perfide Methoden zwangsuntersucht, brauchten zum Beispiel für eine Behandlung beim Zahnarzt ein Attest vom Gynäkologen.

Sexualität, hat man den Eindruck, dient oft als Ventil. Die Männer – und Frauen – schnappen nach Liebe, nach Leben. »Gier« verwenden Sie oft in diesem Zusammenhang.

Bei all dem Zwang blieb die Sexualität dennoch freizügig. Sie war ja fast das Einzige, was man mit Lust machen konnte. Ungeheizte Büros, Stromausfall, patriotische Chöre im Lautsprecher, schlechtes Essen, öde Sitzungen und politische Kontrolle machen die Menschen nicht frigide, sondern erpicht auf persönliche Gefühle. Erotik war eine Kompensation für alle fehlenden Freiheiten. Die Oberfläche war dressiert, aber ich hatte den Eindruck, dass der politische Gehorsam die Lust der Leute steigerte. Es existierte quer durch alle Dienstebenen eine große sexuelle Disposition, aus der Tristesse heraus eine Erregung. Quer durch alle Hierarchien gab es versteckte sexuelle Beziehungen. Sowohl Langeweile als auch Ausweglosigkeit brauchten Ablenkung. Sowieso war man andauernd in der Fabrik, es gab keine freien Wochenenden. In den Beziehungen war meist nicht die pure Erotik, sondern ein Knäuel aus Verführung und Berechnung oder Erpressung. Es kam zu traurigen Verirrungen, Täuschungen, Blamagen und Verzweiflung. Gnadenlos wurden Rechnungen beglichen. Es gab den sofortigen Zufall und die allmähliche Gelegenheit. Manchmal war eine Person Hals über Kopf in die Liebe gerumpelt und für die andre war alles nur Mittel zum Zweck: für ein besseres Gehalt, einen höheren Posten.

Es war viel fremde und eigene Gier damals in allen Registern der Gefühle. Das ist wahrscheinlich nichts Besonderes, es ist wie überall auf der Welt. Und doch, ich glaub, die Lust wuchs schneller und stürzte schneller ab. Beziehungen kann man leicht untereinander zerstören. Aber unsere mussten sich obendrein auch noch zerstören lassen. Sie waren immer in Reichweite des Regimes, politisch sehr exponiert. Darum blieben sie selten intakt. Ich glaube, alle äußeren Zustände beteiligen sich an den Gefühlen, wir alle trugen auch in der Liebe das Muster der Diktatur.

Wir haben von den Irren auf der Straße gesprochen, von ihrer Gefährdung. Die Großmutter lebt auch im Wahn, aber bei ihr hat er eine freiere, fast heitere Note. Zum Pfarrer sagt sie: »Du bist auch eine Schwalbe, ich zieh mich um, dann fliegen wir.« Und mit ihrer Enkelin führt sie folgenden Dialog: »Hast du einen Mann?« – »Nein.« – »Hat er einen Hut?«

Meine Großmutter war viele Jahre dement. Ja, sie hat mich gefragt, ob ich einen Mann habe. Und als ich verneinte, hat sie gefragt, ob er einen Hut habe. Und sie hat mich angeschaut und gesagt, wir hätten einmal ein kleines Mädchen gehabt, wo ist die jetzt? Sie meinte mich als Kind. Und da hab ich gesagt: »Die ist gewachsen.« Ja, was ist Wahn? Die Realität ist nicht mehr da, dann tritt eine Surrealität an ihre Stelle. Eine verrutschte, sehr eigene Schönheit, sie tut weh, sie macht beklommen. Ich habe es bei meiner Großmutter erlebt, wie verblüffend der Wahn seine Bilder kombiniert. Sprachbilder auch bei Menschen, die nie über Sprache nachgedacht haben, es entsteht ahnungslose Poesie. Bei den sogenannten Irren ähnelt die Logik dem Aberglauben.

Im Roman »Atemschaukel« ist eine der Hauptfiguren die Planton-Kati. Es hat sie wirklich im Arbeitslager gegeben. Sie musste im Roman eine zentrale Rolle spielen. Für sie habe ich die meisten Dinge erfunden, Dialoge, Situationen. Oskar Pastior wusste wenig von ihr. Was Pastior mir erzählte, waren allgemeine Dinge. Er hatte keine persönliche Beziehung zu ihr. Ich glaube, die hatte niemand. Wahrscheinlich ist es in einem Lager auch nicht anders als bei der Zwergin auf dem

Denkmalplatz oder bei dem Mann mit dem Blumenstrauß, die Planton-Kati wusste gar nicht, wo sie ist, sie genügte sich selbst. Oskar Pastior war sehr ehrlich, er beschönigte nichts, wenn er sagte: »Wir haben sie alle gemocht, nicht ihretwegen, sondern unseretwegen, weil wir wussten, solange wir ihr Überleben garantieren, haben wir unsere Menschlichkeit noch nicht ganz verloren.« Die irre Planton-Kati war ein Gradmesser für die Normalen. Das hat mir viel suggeriert, als ich konkrete Situationen bauen musste. Und konkrete Situationen kannte ich, ich rief mir meine Großmutter ins Gedächtnis zurück. Nicht eins zu eins, aber es entstand durch eine Erfindung eine gefühlte Wirklichkeit. Die Planton-Kati hat mich sehr berührt, sie wurde zu meiner Lieblingsperson beim Schreiben.

»Hast du einen Mann? – Nein. – Hat er einen Hut ...«, den Dialog mit meiner Großmutter hat es wirklich gegeben. Dass der Pfarrer eine Schwalbe sei, dass sie mit ihm fliegen könnte – das habe ich erfunden. Sie hat auch nie zu meinem Großvater gesagt, sein Herztier sei eine Maus. Das hab ich auch für die Text-Großmutter erfunden. Das berührt, aber es ist weder ein Geschenk für die wirkliche Person noch für mich, wenn ich das erfinden muss. Sicher, das Zurückdenken an die wirkliche Großmutter behütet mich beim Schreiben, trotzdem erfinde ich nicht für sie, sondern nur aus der Notwendigkeit des Textes. Und was während des Schreibens am meisten behütet, zehrt auch am meisten. Das gleicht sich aus, eine Schonung bleibt da nicht übrig.

Die Irren lernt die Ich-Erzählerin kennen, weil sie es sich – ausgesetzt, wie sie war – angewöhnt hat, durch die Stadt zu streunen. Es bleiben ihr die Menschen auf der Straße und die Freunde, die in derselben Angst leben wie sie selbst – dazwischen ist nichts?

Ja, das Streunen. Die Ich-Erzählerin bin nicht ich. Aber ich wurde aus der Fabrik rausgeschmissen, ich war arbeitslos und hatte keine Ahnung, wovon ich leben soll. Ich lief ziellos durch die Straßen, um nicht auf mich selbst zurückzufallen. Wenn sich die Füße müde laufen, wird der Kopf ruhig. Das Straßenbild ist jeden Tag, sogar jede Stunde anders, und egal wie es ist, es trägt dich weg von dir selbst. Gerade wenn man haltlos ist, darf man sich nicht im Haus einschließen, da soll man nicht zu viel mit sich allein sein. Besser man schaut den Sommer in den Gärten an oder den Schnee auf den Zäunen. Ich hab mich gezwungen, täglich hinaus irgendwohin in die Stadt zu gehen. Oft in abseitige Stadtteile.

Auf einer langen, dreckigen Straße fuhr ich seinerzeit jeden Morgen in der Straßenbahn zur Fabrik, drei Jahre lang. Und jeden Morgen sah ich mal links neben einer Haustür, mal rechts, mal schräg auf den Betontreppen einen großen braunen Hund sitzen. Nach der Entlassung ging ich diese Strecke einmal zu Fuß. Und als ich vor dem Haus mit dem braunen Hund stand, sah ich ihn von ganz nah. Ich fühlte mich betrogen. Der braune sitzende Hund war aus Gips. Und ich fragte mich, wieso die Hausbewohner den Gipshund jeden Tag anders plazieren. Sollte der Hund lebend aussehen und das Haus schützen? Oder fanden sie ihn nur schön, eine übergroße Nippfigur? Und wer stellte den Gipshund immer anders hin und um welche Uhrzeit – morgens nach dem Aufstehen oder abends vor dem Schlafengehen? Oder wurde er nachts ins Haus hineingestellt? Also die sogenannten Normalen der Stadt waren oft rätselhafter als die Irren. Ich hab die Besitzer des Gipshundes nie gesehen. Ich bin auch nicht mehr zu dem Haus gegangen. Selbst wenn damals, als ich mit der Nase vor dem Zaun stand, jemand aus dem Haus gekommen wäre, hätte ich ihn nicht angesprochen. Es war mir mulmig zumute, mir wurde fast schlecht. Ich weiß nicht, warum, ich hatte vor dem Gipshund Angst. Er spiegelte etwas, was mit mir zu tun hatte. Wie die Dahlien zeigte auch der Gipshund, was man mit Worten nicht sagen kann. Anders als bei den Pflanzen war es bedrohlich. Er war auch ein Statist in dieser Stadt und wie die Irren nicht nur sein eigener, das große Ganze war in ihm.

Wenn man zum Staatsfeind geworden ist, hat man nur noch Freunde, die in derselben Situation sind. Selbst wenn eine neue Bekanntschaft hinzukommt. Wer mit einem befreundet ist, wird in kürzester Zeit auch als Feind angesehen. Darum wird man von den meisten Leuten gemieden. Auch von den Nachbarn, von den Kollegen. Wenn ich heute meine Securitate-Akte lese, sehe ich, dass alle Nachbarn, die noch mit mir redeten, auf mich angesetzt waren als Spitzel. Nach dem Rausschmiss aus der Fabrik hatte ich an verschiedenen Schulen immer nur vorläufige Stellen, bis ich wieder entlassen wurde. Überall wo ich hinkam, kannte ich keinen der Kollegen und musste damit rechnen, dass die Securitate Spitzel auf mich ansetzt. Es war ganz normal, dass ich jede Annäherung unter diesem Gesichtspunkt betrachten musste, die Person einschätzen, um mich zu schützen – alles andere wär fahrlässig, ja unverzeihlich dumm gewesen.

Das war für alle Freunde so. Wenn einer von uns zum Verhör bestellt war, warteten wir alle, bis er endlich wiederkam. Solang noch alles frisch im Kopf war, beschrieb er uns das Verhör bis ins kleinste Detail. Dann wurde ein Gedächtnisprotokoll geschrieben. Denn der genaue Inhalt war für uns alle gleich wichtig. Irgendwann wurde der Nächste verhört und musste die bisherigen Antworten der Freunde kennen und so gut es ging wiederholen. Auch für einen selbst war es nötig, sich das einmal Gesagte zu merken, man sollte sich auf keinen Fall widersprechen.

Mit meiner Freundin Jenny habe ich mich nach der Entlassung weiter getroffen. Ich erzählte ihr, was in unserer ganzen Gruppe außer Verhören alles war – Hausdurchsuchungen und arrangierte Hauseinbrüche, Untersuchungshaft, Entlassungen usw. Obwohl sie meine Fabrikgeschichte genau kannte, fiel es ihr schwer, sich die gesamte Situation vorzustellen. Einmal fragte sie: »Was wollen die von euch?« Und ich sagte: »Angst.«

Sie sprechen wiederholt von einer »geplanten Angst«, in der Sie und die Freunde leben. Sie werden überwacht, die Wohnungen durchsucht, der Geheimdienst nimmt sich die Eltern vor, stufenweise erhöht sich der Druck. Inwiefern lässt sich Angst teilen?

Teilen ja, aber es macht die Angst nicht kleiner. Was ist geteilte Angst? Man kann sie höchstens verteilen, aber das tut sie ja von selbst, wenn man befreundet ist. Man weiß übereinander Bescheid, ist ständig zusammen. Und das schützt, allein kann man die Angst nicht mehr durchbrechen, sie lässt keine Lücke mehr zu, sie kann einen verschlingen. Die Angst kommt von außen, von der Verfolgung und lässt sich bei aller Nähe zu den Freunden nicht verhindern. Denn die Gründe werden jeden Tag durch dieselben oder neue Schikanen bestätigt. Es gibt vielerlei Angst, kurze, die immer gleich weggeht, und chronisch lange, die immer bleibt. Glatte Angst gibt es, aufgewühlte, rabiate und besonnene, verharmlosende und übertreibende, überreizte und abgestumpfte. All die

Adjektive beschreiben sie natürlich nicht, man kann aber nur Wörter aufzählen, wie soll man sonst über Gefühle sprechen. Die Ängste wechseln sich ab wie Farben und sie färben auch alles, sie dringen in alle anderen Gefühle ein. Wenn man Angst hat, sucht man keine Wörter, um sie zu beschreiben. Und das würde auch nichts ändern. Aber manchmal weiß man es im Nachhinein, welche Angst man hatte. Oder es sagt einem jemand der Freunde.

Der Angst hilft es, wenn sie von jemandem angeschaut wird, dem man vertraut. Jemand, der sieht, in welchem Zustand der Angst man ist. Das hat nichts mit Reden über die Angst zu tun, ich glaube, über Angst soll man so wenig wie möglich reden. Man soll sie nicht ständig ansprechen mit ihrem Namen, sonst füttert man sie. Sie muss gelegentlich verschwinden, damit man mit ihr leben kann. Wenn das nicht mehr funktioniert, verliert man den Verstand. Daher sind Freunde so wichtig, weil einer den anderen durch selbstverständliche Nähe dazu bringt, die Angst auszublenden.

Als Sie zusammen waren, was taten Sie da? Konnten Sie die Angst gemeinsam wenigstens für kurze Zeit überlisten?

Wenn wir zusammen waren, fiel uns allerhand ein. Wir erzählten uns die neuesten Witze, wir spielten stundenlang mit gereimten Sätzen, wir sangen Ceauşescus Reden aus der Zeitung wie Operetten. Reimen und Singen unterwandert den Schädel. Als Kind hörte ich die Blasmusik in meinem Kopf, wenn ich von der Dorfhochzeit wieder zu Hause war und längst im Bett lag. Genauso hörte ich jetzt Stunden danach das Gesungene unserer Operetten und die Reimspiele im Kopf. Und das Reimen ging die nächsten Tage weiter, ich reimte vor mich hin, wenn ich allein in der Stadt streunte. Der Reim lässt nicht locker, er baut ein Echo in den Schläfen.

Er verlangt im Kopf immer andere Reime, man schleppt immer neue Wortpaare mit sich herum, flaue, sinnlose Reime, ich hatte es satt und war müd und hörte nicht auf. Diese Reimkrankheit hatte etwas gleichermaßen Quälendes und Behütendes.

Oft spielten wir mit der getauften Fliege. Wir tauften sie auf den Namen eines Geheimdienstlers, knipsten im Zimmer, wo sie saß, das Licht aus, knipsten das Licht im Zimmer, wo wir waren, an und riefen sie beim Namen. Wir wiederholten das noch und noch und die Fliege kam jedesmal geflogen. Es war keine Zauberei im Spiel, sondern nur das banale, zuverlässige Gesetz, dass Fliegen aus der Dunkelheit ins Licht kommen. Aber es wirkte wie Schwarzkunst. Die Angst war weggescheucht, wir lachten uns frei. Das war Glück. Vielleicht ein angstgetriebenes Glück, aber ganze Stunden lang. Von außen hat es uns geschadet, aber wir wussten ja nicht, dass wir Tag und Nacht abgehört werden und alle Räume unserer Wohnung verwanzt sind. Wir hatten gelernt, uns schnell zu freuen, närrisch von null auf hundert zu springen. Das Unglück hatte Gründe, die wir alle kannten. Und keiner hing von uns selber ab. Darum brauchte man für das Glück keine Gründe, außer diesem Gespür, dass man dringend darauf angewiesen war. Dieses Glück lebte von seiner Plötzlichkeit und es war notwendiger Unfug.

Man weiß es von sich selbst und sieht es auch am anderen, solang es Angstpausen gibt, zerbricht man nicht. Jeder will das Zerbrechen an sich und beim andern verhindern. Aber Garantien sind auch Freundschaften nicht. Wir alle haben Freunde zerbrechen sehen, die größte Nähe hat nichts mehr genützt. Die Angst des Freundes war zwar auf uns alle verteilt, aber im Kopf bei ihm saß schon diese andere Wellenlänge. Und die Drohungen hörten auch dann nicht auf.

Den Schimmer der anderen Wellenlänge kannte ich gut.

Vielleicht schon als Kind aus dem Melonenherz der heiligen Maria und später aus dem Leichenzucker der Linden und dem Kühlschrank im Studentenheim mit seinem Herztier und dem Taschentuchbüro in der Fabrik. Aber die Angst hat mich nie ganz geschluckt. Ich war konfus und blieb klar in einem. Die andere Wellenlänge ist mir Gott sei Dank immer nur in den halben Kopf geschlichen.

Die Freunde sind, eben weil sie sich in derselben Gefahr befinden, bedingungslos aufeinander angewiesen. »Aber im Streit«, heißt es einmal, »hatte die Liebe Krallen.« Diese große Nähe, aus der man sich nicht mehr lösen kann, ist vermutlich nicht immer leicht zu ertragen.

Die Freundschaften waren sehr eng. Man hat es nicht immer leicht miteinander, wenn einer auf den andern angewiesen ist. Der Ton wurde oft rauh, wir hatten dünne Nerven. Und manchmal waren sie so blank, dass man auch Behutsamkeit nicht mehr ertrug. Es gab oft Wut und Zorn, Schmerz, den man sich in dieser unausweichlichen Nähe unausweichlich zufügt. Kritik war in der Gruppe sehr direkt, das hat man voneinander erwartet. Die schwersten Momente für mich waren die Alkoholexzesse.

Wir saßen im Zimmer bei Rolf Bossert, im Wohnblock im vierten Stock. Es war nach Mitternacht, ich hörte etwas rumpeln auf dem Balkon und rannte hin. Bossert war bereits mit einem Bein über den Balkon gestiegen, sein Körper hing schief über den Rand. Ich zerrte ihn auf den Balkon zurück, dann in die Küche auf einen Stuhl. Ich schrie ihn an, was machst du da? Er sagte lapidar: »Nichts, ich bring mich um.« Alle waren stockbetrunken, im Durcheinander von Lachen und Schreien hatte niemand im Zimmer seine Abwesenheit bemerkt. Als ich am nächsten Morgen mit ihm allein in der

Küche war, sagte er, ich hätte mich nicht einmischen sollen auf dem Balkon. »Wenn du es tust«, sagte ich, »dann bitte allein. Wie sollen deine Freunde damit weiterleben?« Den Sturz vom vierten Stock hätte er nicht überlebt.

Im Suff entstand aus kleinsten Differenzen Streit, der leicht entgleiste. Die Nähe wurde dunkel, die Behauptungen stechend scharf, die Gesten ruppig, die Rechthaberei herrisch und grob.

Alkohol und Verzweiflung ist eine schlechte Mischung, aber typisch für ganz Osteuropa. Für Brot oder Milch musste man halbe Tage Schlange stehen, für Butter oder Mehl den Personalausweis zeigen, Fleisch gab es gar keins. Aber Schnaps gab es immer im Laden, gepanschtes Zeug. Das Staatsgift war das Betäubungsmittel des Regimes, je mehr die Leute im Suff torkeln, umso weniger denken sie ans Aufbegehren. Außerdem verkürzte der Alkohol die Lebenszeit, ruinierte die Eingeweide schnell genug, um dem Staat die Renten für die Trinker zu ersparen.

Wenn man selber nicht trinkt, ist verzweifelter Suff bei andern schwer zu ertragen. Ich trank schon, bevor ich die Freunde kannte, keinen Tropfen, weil mein Vater Alkoholiker und fast jeden Tag betrunken war und die besoffenen Dorflieder an meiner Kindheit hingen. Und seit ich die Freunde kannte und so nah zu ihnen gehörte, stieß mich der Alkohol genauso wie früher ab. Ich sah, dass er jedem den Verstand überschwemmt.

An solchen besoffenen Tagen habe ich mich innerlich auf Abstand begeben, mir in den Kopf gesagt: So blöd sind sie nicht, es ist der Alkohol. Ich war manche Tage in einem Zwischenraum, nicht ganz bei den Besoffenen und nicht ganz bei mir selbst. Unsere Freundschaft hat es ausgehalten, man musste das Trinken dort einordnen, wo es hingehörte – es gehörte zur Verzweiflung. Und am Tag danach war der Suff vorbei, alle hatten ihren Rausch ausgeschlafen und waren wieder sie selbst. Und ich war wieder ohne Abstand bei ihnen. Es hat keiner von ihnen dem andern Vorwürfe gemacht, kein einziges Mal. Und ich auch nicht. Ich hatte ihnen wirklich nichts vorzuwerfen. Ich wusste, wenn ich trinken würde, wär ich genauso wie sie im verzweifelten Suff, wo denn sonst?

Verzweifelt und gleichzeitig verrückt nach dem Leben – Rolf Bossert hat die Angst am Ende nicht mehr losgelassen. Seine Nerven sind gerissen.

Wir haben Rolf Bossert erlebt als Gejagten. Wenn er kurzatmig aus der Stadt kam und mit aufgerissenen Augen erzählte, fünfzig Geheimdienstler seien hinter ihm hergewesen, dann wusste man, das ist bereits die andere Wellenlänge, das ist Verfolgungswahn. Ja, aber ausreden konnte ihm das niemand mehr. Das hat einem weh getan, man hätte ihn aus diesem Zustand herausheben wollen, aber wie? Die Taktik der Securitate ging planmäßig weiter.

Es überläuft einen kalt, heute kann man in Bosserts Akte nachlesen, dass der Geheimdienst mit seinem Suizid gerechnet hat. Er sei akut gefährdet, steht in der Akte, man soll ihn rechtzeitig ausreisen lassen, damit der Suizid nicht in Rumänien, sondern im Westen passiert. So ist es dann auch drei Wochen nach seiner Ausreise im Übergangsheim in Frankfurt geschehen.

Angefangen hat es mit einem Überfall. Er wurde auf der Straße zusammengeschlagen, sie haben ihm den Kieferknochen gebrochen. Kaum aus dem Krankenhaus entlassen, folgten Hausdurchsuchungen, seine Manuskripte und Briefe wurden konfisziert. Dann stiegen sie mit ihm ins Auto, zum Passamt wollten sie fahren, sein Pass sei fertig zum Abholen, hieß es. Aber das Auto fuhr nicht zum Passamt, der Fahrer hielt in der Stadt immer wieder an und es stieg jedesmal noch eine Person hinzu. Eng gepresst saß Bossert mit diesen Fremden zusammen. Dann fuhren sie aus der Stadt hinaus in ein Waldstück. Bossert dachte, sie werden ihn im Wald erschießen. Sie taten es nicht, zeigten ihm aber, wie einfach es wäre, wenn sie es wollten. Die letzte Schwelle der Normalität war überschritten. Auf jeden Schrecken setzte sich noch einer drauf, das war nicht mehr zu verkraften. Da konnten Behutsamkeit und Nähe nichts mehr erreichen. Und ein Arzt kam nicht infrage. In jeder Psychiatrie ging der Geheimdienst ein und aus, manipulierte Diagnosen und »behandelte« die Patienten nach Belieben. Als politisch Verfolgter war es undenkbar, sich einem Psychologen anzuvertrauen.

Der Fall Rolf Bossert hat uns alle schlimm belehrt, dass es zu spät werden kann, dass man den Koffer packen soll, solang man sich selber noch besitzt und zwischen Realität und Wahn unterscheiden kann, also solang man noch genug an sich beteiligt ist.

Manchmal springen völlig verschiedene Zufälle durch ein gemeinsames Wort zusammen. Drei entscheidende Zufälle berühren sich durch das Wort »Finger«. Das Wort »Finger« zieht in diesen drei Zufällen den Tod an wie ein Magnet. Drei Zufälle mit je einem Finger:

Der erste Zufall passierte, als ich kaum in die Stadt gekommen war. Ich wohnte mit einem etwas älteren Mädchen aus dem Dorf zusammen in Untermiete. Sie wollte Krankenschwester werden, ging nach dem Gymnasium auf eine Sanitätsschule. Die Praktika fanden auch in Leichenhäusern statt. Eines Tages griff ich mitten in der Stadt in meine Handtasche und zog einen abgeschnittenen Finger heraus, der war indigoblau, ein Mitbringsel aus dem Leichenhaus. Ein toter Finger von wem, der Schock und der Ekel – ich vergaß diesen ersten Finger nie mehr.

Der zweite Finger: Rolf Bossert sagte dem Freundeskreis, kurz bevor er auswanderte: »Ich werde keinen Finger für euch rühren, wenn ich weg bin.« Es war ein trauriger und aggressiver Satz, durchkreuzt von der Kaputtheit, dem Trennungsschmerz und der Angst vor der Ankunft in Deutschland. Für mich klang der Satz sogar gehässig: Keinen Finger wird er rühren, auch wenn uns der Teufel holt. Bossert hat sich nie an diesen Satz gehalten. Er hat im Westen sofort öffentlich über die Verbrechen in der Diktatur gesprochen – drei Wochen lang. Und dann hat er sich aus dem Fenster gestürzt. Es wurde auch im Westen keine Obduktion gemacht, niemand hat sie beantragt. Es wird wohl Suizid gewesen sein, er war kaputt genug, um es allein zu tun. Aber der Urheber ist die Securitate und der Plan ist in der Akte zu lesen. Hat ihm im Übergangsheim in dieser Nacht am Fenster einer Gemeinschaftsküche doch jemand »geholfen«?

Ein paar Jahre später kam der dritte Finger ins Spiel: ein Satz, der auf der letzten Postkarte von Roland Kirsch steht, bevor man ihn in seiner Wohnung erhängt gefunden hat: »Ich muss mir manchmal auf den Finger beißen, um zu spüren, dass es mich noch gibt.« Auch sein Tod heißt »Suizid«, aber dem staatlichen Totenschein glaubt niemand.

Ich will dem Wort »Finger« keine Chance geben, über Jahre hin aufzutauchen und auf den Tod zu zeigen. Doch dreimal ist zuviel, um nicht aufzufallen. Es ist gegen meinen Willen mit dem Wort »Finger« eine Reihenfolge entstanden. Und mit drei Fingern eine Aufzählung. Und was man weiß, muss man aufzählen. Und mehr als aufzählen kann man ja nicht.

Wenn die Nerven längere Zeit nicht überfordert, überdehnt, überspannt wurden, erholen sie sich dann wieder etwas?

Die chronische Angst und die innere Unruhe werden weniger. Zeitweise verschwinden sie ganz. Aber man bleibt leicht irritierbar, viel leichter als Leute, die intaktere Nerven haben. Ich sag mir ja nicht, ich denk jetzt mal über die Vergangenheit nach. Die Vergangenheit ist in die Gegenwart geschnürt und dadurch ist sie in der jetzigen Zeit. Ich bin in der Gegenwart, aber die Vergangenheit ist auch mit mir, ob ich das will oder nicht. Ich muss mich mir gegenüber von jetzt und von früher normal verhalten, das ist alles. Nichts verschwindet, ich kann es nicht wegdenken oder wegschreiben. Literatur heilt gar nichts, ich muss in die Dinge immer wieder anders hineinschauen. Auf seine Art tut das doch jeder mit dem Leben, auch wenn er nicht schreibt. Man sagt zwar »gestohlenes« Leben, nur, mir scheint, im Kopf ist es umso mehr da. Und meist kommt es unangemeldet.

Alles voll kalter Gefühle

In »Heute wär ich mir lieber nicht begegnet« beschreiben Sie die Fahrt zum Verhör. Es beginnt mit dem Satz »Ich bin bestellt« und handelt davon, was passiert, wenn die Macht ganz direkt zugreift, was das anrichtet in Kopf und Herz und Wahrnehmung. Zunächst: Wie wird man bestellt?

Verschieden. Manchmal auch gar nicht, man wird von dort, wo man gerade ist, mitgenommen.

Weil Diktaturen stark mit Überraschung, Überrumpelung, Unkalkulierbarkeit arbeiten?

Dass der Geheimdienst in einem Überwachungsstaat dauernd etwas gegen einen unternimmt, ist keine Überraschung. Wenn man ihm einmal als Staatsfeind aufgefallen ist, dann bleibt man das. Aber die Art, wie etwas geschah, blieb eine Überraschung. Der Zweck des Geheimdienstes heißt Zerrüttung der Person und er ist für alle »Feinde« gleich. Aber man suchte für jede Person andere Methoden und fand die, welche der Person am meisten schadeten. Die Dosierung und das Zerstörungspotential der Attacken waren genau berechnet. Die Securitate war eine riesige Angstzentrale mit psychologisch geschulten Angstspezialisten und ihren Angstmethoden. Mit Kurz- und Langzeitplänen wie in der Wirtschaft. Aber im Unterschied zur Wirtschaft wurden ihre Pläne erfüllt. Der einzige produktive Wirtschaftszweig im Sozialismus war die Produktion von Angst. Und der Geheimdienst war, zynisch gesehen, die einzige Behörde im Land, die sich um das Individuum kümmerte, kümmern durfte und musste – und zwar, um das Individuum zu zerstören.

Die Absicht des Geheimdienstes, einen kaputtzumachen, war generell klar, aber die Absicht jeder der einzelnen Attacken war undurchschaubar. Man wollte verstehen, man musste jedes Detail des Verhörs bewerten und das Ganze zusammenfügen. Das Ganze für einen selbst und das große Ganze für die Gruppe der Freunde. Denn wir gehörten nicht nur durch unsere Nähe zusammen, sondern auch in den Plänen der Securitate. Es wirkte sich auf jeden aus, wie die Zerrüttung beim anderen geplant und ausgeführt wurde. Je schneller sie sich bei einem einstellte, umso schneller ging es allen anderen an die Substanz.

Die Konfrontation mit dem Geheimdienst war mal direkt, mal verdeckt und mal versteckt.

Direkt waren die Verhöre.

Verdeckt war das Eindringen in die Wohnung und Hinterlassen von Zeichen – ein Bild von der Wand liegt auf dem Bett, ein Schuh steht auf dem Kühlschrank oder ein Küchenstuhl im Zimmer. Die Wohnungstür war intakt. Ich sollte wissen, dass sie einen Schlüssel haben, dass sie, auch wenn ich zu Hause bin, jeden Augenblick hereinkommen könnten, wenn sie wollten. Man war im Zimmer so greifbar wie auf der Straße draußen, zu Hause bleiben gab keinerlei Sicherheit. Die Wohnung war nicht mehr privat.

Das unheimlichste Zeichen, das der Geheimdienst hinterließ, war der zerschnittene Fuchs.

Im Schlafzimmer zwischen Bett und Schrank lag mein Fuchsfell. Ich hatte es zusammen mit meiner Mutter von einem Jäger aus dem Nachbardorf gekauft. Der Dorfschneider sollte daraus einen Pelzkragen und Manschetten für einen Mantel machen. Es war ein ganzer flacher Fuchs mit Schnauze und Pfoten und glänzenden Krallen. Er war viel zu schön, um ihn zu zerschneiden. Ich behielt ihn viele Jahre als Teppich. Eines Tages wischte ich den Fußboden im Zimmer und der Fuchsschwanz rutschte zur Seite. Er war abgeschnitten. Ich hab mir damals noch eingeredet, er sei von selbst abgerissen. Ich hab mir selbst nicht geglaubt, es war ein pedanter, ganz gerader Schnitt, kein Riss. Ich legte den Schwanz wieder ans Fell. Ein paar Wochen danach war der erste hintere Fuß abgeschnitten, dann später der zweite, dann nacheinander die Vorderfüße, und immer an den Bauch drangelegt. Das ging über Monate. Ich hatte mir angewöhnt, wenn ich nach Hause kam, zuerst zu schauen, ob etwas am Fuchs abgeschnitten ist. Auch ich ließ die abgeschnittenen Teile alle liegen. Mit dem amputierten Fuchs war die ganze Wohnung wie eine Falle. Ich wollte ihn aber nicht wegwerfen, ich dachte, solang sie auf den Fuchs fixiert sind, verschonen sie mich.

Versteckt war das Eindringen in die Wohnung, ohne Zeichen zu hinterlassen. So wurde die Wohnung seinerzeit ja auch verwanzt. Die Mikrophone waren aus der Wohnung unter uns durch die Decke zu unseren Fußleisten installiert. An der Wohnungstür unter uns war ein Namensschild, aber da wohnte gar niemand mehr. Sie wurde anscheinend nur noch als Abhörbüro vom Geheimdienst genutzt.

Das alles kommt einem irrwitzig vor, aber es steht in den Akten. Niemand von uns hätte gedacht, dass die Securitate unseretwegen so einen Aufwand betreibt, dass dieses Regime sich so paranoid in Feindseligkeiten festbeißt und sich tagtäglich so absurd verausgabt.

Aber mit der Bestellung zum Verhör verließ der Geheimdienst seine Deckung. Wie geschah das, kam ein Brief, läutete ein Mann an der Tür, wurde schon beim letzten Verhör das nächste angekündigt?

Wir wurden mündlich zum Verhör bestellt, nie schriftlich, damit wir keinen Beweis haben. Wir wohnten im Wohnblock, fünfter Stock. Es klopfte an der Tür, ein Mann im schmierigen Anzug stand da – ein Bote. Er sagte, morgen oder in drei Tagen oder nächste Woche um soundso viel Uhr beim Geheimdienst. Alles mündlich, er hatte kein Papier, brauchte keine Unterschrift, wartete auf keine Antwort. Tag, Uhrzeit, Geheimdienst – diese paar Wörter sagte der Bote, dann war er weg. Und ich schloss die Tür und der Kopf fing an zu mahlen. Worum wird es diesmal gehen, man wollte gefasst sein. Mit den Freunden wurden unzählige Szenarien besprochen. Die Gedächtnisprotokolle wurden wieder durchgelesen, eventuelle Fragen hin und her gewälzt und Antworten überlegt. Wir glaubten damals, wir machen uns gegenseitig schlau, das hilft. Der Geheimdienst hat sich wahrscheinlich amüsiert über unsere »Vorbereitungen« und unsere Naivität. Heute weiß man, die Wohnung war verwanzt, jedes Gespräch wurde abgehört. Wir dachten, uns mit gegenseitigen Tricks und Ratschlägen zu schützen, zu helfen. Stattdessen haben wir uns ahnungslos den Mikrophonen ausgeliefert. Es ist schrecklich, wir hatten dem Geheimdienst alles offenbart, wenn wir zum Verhör kamen. Wenn man bestellt war, hat man jedesmal überlegt, wie es wäre, wenn man einfach nicht erscheinen würde. Aber dann wär man abgeholt worden, egal wo man sich versteckt hätte. Und ein Versteck gab es doch nirgends. Und Abgeholtwerden hätte Verhaftung bedeutet.

Die schlimmsten Verhöre waren, wenn man gar nicht bestellt, sondern von der Straße abgefischt wurde. Ich ging zum

Friseur. Auf dem Weg durch den Park kam »zufällig« ein Polizist, verlangte meinen Ausweis, sah kurz hinein und sagte: »Komm mit.« Er hatte einen Wolfshund dabei, einen Gummiknüppel und eine Pistole. Er brachte mich ins Souterrain eines Studentenheims. Es war ein langer schmaler Raum, darin haben drei andere Typen auf mich gewartet. Der Polizist gab den Ausweis einem gegerbten Mageren mit einem goldenen Schneidezahn im Maul, der war der Chef. Er ließ meinen Ausweis immer wieder auf den Boden fallen und ich musste ihn aufheben und ihm wieder in die Hand geben. Dutzende Male, und wenn ich mich nicht schnell bückte, trat er mir ins Kreuz und in den Hintern. Er sagte, ich sei eine Prostituierte, eine läufige Hündin, hätte sexuelle Beziehungen mit acht arabischen Studenten und würde mit Kosmetika und Strumpfhosen bezahlt. »Na, so sieht man sich halt wieder, Püppchen«, sagte er. Ich hatte ihn noch nie gesehen. Die Securitate sei die ganze Zeit hinter mir her, sagte ich, sie wisse, dass ich keinen einzigen Araber kenne. »Wenn wir wollen, kennst du auch zwanzig«, sagte er, »wirst sehen, es wird ein interessanter Prozess.« Er hatte ein krächzendes Lachen. Wenn er anfing, lachten die zwei anderen mit, so wie Hunde bellen. Sie lachten lauter als er und länger, damit es ihm schmeichelt und nachklingt. Ich musste vom langen Tisch, an dem sie saßen, acht hartgekochte Eier mit Zwiebeln und grobem Salz essen. Durch eine geschlossene Tür an der Hinterwand schrie eine Frauenstimme. Ich gab mir Mühe, die Angst nicht zu zeigen, und würgte das Zeug hinunter und hoffte, dass die Stimme nur vom Tonband ist.

Für die Freunde war ich beim Friseur. Niemand wusste, dass ich beim Geheimdienst gelandet war. Man hätte verschwinden und nie mehr auftauchen können. Nie hätte jemand geahnt, was mit einem passiert und wo man geblieben ist. Solche Rätsel gab es genug im Land, so viele wie klandestine Orte, an denen der Geheimdienst hauste – ein Folterlabyrinth verstreut über Stadt und Land. Hunderte Hotelzimmer, erpresste Wohnungen, Schuppen aller Art. Einmal war ich auf dem Markt Nüsse kaufen und wurde von dort abgeschleppt in einen Hinterhof mit Holzschuppen. Ich hatte angeblich den Standardpreis der Nüsse unterwandert, also zuviel für die Nüsse bezahlt. Aber es gab gar keinen Standardpreis, der Staat hatte gar keine Nüsse. In einem dieser Holzschuppen saß ein Kerl hinter der Schreibmaschine und schrieb ein Protokoll über meine Schuld. Vor mir hatten an die zehn Kunden Nüsse zum gleichen Preis gekauft und nach mir waren die Nüsse genauso teuer. Und der Bauer mit den Nüssen war ein Privathändler. Alles erfundene Gründe, blanke Schikane. Ich weigerte mich, das frisch getippte Protokoll zu unterschreiben. Ich kriegte einige Wochen später eine Vorladung zum Gericht. Dann aber ließ man die Sache im Sand verlaufen.

Das Abgefischtwerden war meine größte Angst. Die zweitgrößte war ein inszenierter Prozess – eine wirkliche Verurteilung mit erfundenen Beweisen und erpressten Zeugen.

Aber warum dieses Theater? Warum heißt es nicht einfach, Sie haben Texte geschrieben, die wir als gefährlich einstufen, Sie vertreten politische Anschauungen, die wir nicht mehr tolerieren können?

Der Vernehmer hat nie gesagt, du bist ein Staatsfeind. Und er hat nie gesagt, du kritisierst den Sozialismus in deinen Texten. Als Grund für die Schikanen hat er Prostitution erfunden und Schwarzhandel. Und in den Texten »Dekadenz« und »pornographische« Inhalte entdeckt. Nach dem Rausschmiss aus der Fabrik galt ich ja als »parasitäres Element«, denn Arbeitslosigkeit gab es nicht. Es gab das Recht auf Arbeit und die Pflicht zur Arbeit. Und den sozialistischen Spruch: »Wer nicht arbeitet, soll auch nicht essen.«

Parasitäres Element, Prostitution und Schwarzhandel – aus meiner Sicht war es absurdes Theater, weil es nichts mit der Wirklichkeit zu tun hatte. Doch für die Securitate waren es hinterhältige Schachzüge, überhaupt nicht absurd. Denn Prostitution und Schwarzhandel waren verboten, für beides stand Gefängnis. Darum hat man sich diese Straftaten ausgedacht. Ich sollte wissen, dass man mich per Gesetz jeden Tag verhaften könnte, es aber noch nicht tut. Ich sollte im Ungewissen leben, vorläufig noch frei herumlaufen. Das sollte mich ständig begleiten und knicken.

Es war bis ins letzte Detail durchdachte Taktik: Meine politische Haltung wurde bei keinem Verhör angesprochen, und dass ich mich geweigert hatte, für die Securitate zu spitzeln, wurde nie erwähnt. Stattdessen wurden stundenlang die erfundenen Straftaten gewälzt wie eine sichere Realität: die Orte, an denen ich Schwarzhandel treibe, Namen der Händler. Der Geheimdienst hat sich ein Alibi gebaut und meine »Straftat« ins allgemein Kriminelle verschoben. Statt die politische Repression zuzugeben, hat der Geheimdienst mich zur Kriminellen umdefiniert. Demnach war er statt Repressionsapparat lediglich gegen Prostitution und Pornographie – also besorgt um Anstand und moralische Werte im Land. Die politische Verfolgung hat er geleugnet, um jede inhaltliche Diskussion über Diktatur zu vermeiden. Wenn es um Diktatur gegangen wäre, hätte man beim Verhör über das Regime reden müssen, es wäre um Einzelheiten, um Wirklichkeit gegangen. Das tat diese Behörde sich nicht an, sie hatte es nicht nötig. Es ist perfid, diese Feigheit, das Leugnen der politischen Gründe für die Repressalien war für den Geheimdienst sowohl Selbstverleugnung als auch Selbstherrlichkeit. Denn ich musste mich an der Inszenierung beteiligen, halbe Tage über den erfundenen Dreck reden: Orte, wo ich den Schwarzhandel angeblich betrieb, Händler, deren Namen ich noch nie gehört hatte.

Man wurde sich selbst weggenommen und in eine erfundene Person hineingezwungen. Man wurde vor diese riesige randlose Impertinenz der Lüge gestellt, man saß da, abgeschnitten von seinem eigenen Verstand. Der Vernehmer war von seiner Lüge beglückt, gestikulierte, klopfte auf seinem großen polierten Tisch herum. Ich dachte, unter seiner Kopfhaut ist ein Irrenhaus. Er genierte sich überhaupt nicht, obwohl er wusste, dass ich weiß, dass alles, wofür ich mich rechtfertigen muss, erfunden ist. Dass ich weiß, warum er über das Regime nicht reden will. Er war stolz, dass er der Diktatur nahtlos angehört. Dass er sie nicht nur repräsentiert, während er mich verhört, sondern mit seinem ganzen Körper die Diktatur selber ist. Dass die Tür seines Büros kein Zimmer, sondern die Diktatur öffnet und schließt. Ich sah seine fettige Kopfhaut, die Fingernägel wie Kürbiskerne und, wenn er die Füße unterm Schreibtisch schrägstellte, die gipsweißen Waden. Weil kein Haar auf diesen Waden wuchs, dachte ich oft: Der lebt nur auf Zeit, da hilft ihm keine Diktatur, auch er wird sterben. Und dann war ich mir so sicher, dass ich gerne lebe und dass mein Leben sich nicht seinetwegen verkürzen wird. Aber gleichzeitig sah ich die vielen eingravierten Kratzer – Kürzel, Kreise, Zahlen, Striche – auf dem kleinen nackten Verhörtisch, an dem ich saß. Es waren die Spuren der Angst anderer, die vor mir verhört wurden. Und ich spürte so eine Trauer, als hätten alle ihre Ausweglosigkeit hiergelassen, auf dem Stuhl. Als wär ich, wenn ich hier sitzen muss, nur ein wenig ich selbst und viel mehr alle zusammen.

Er gab keine Antwort, wenn ich fragte, wieso er die wirklichen Gründe meiner Verfolgung verschweigt. Wieso er den Namen des Diktators nie ausspricht, sondern ein behäbiges

ER, wenn Ceaușescu gemeint ist. Er grinste, wenn ich fragte: Wie lange dient ein Geheimdienst einem Regime, das sein Volk verhungern lässt? Ob er weiß, dass in der Chirurgie Reste aus der Strumpffabrik als Verband benutzt werden? Ob ihm das rumänische Volk egal ist? Herablassend sagte er: »Ich dachte, du bist ein intelligentes Mädchen.« Erst dann fing er an zu schreien, ich sei doch gegen dieses Volk, obwohl ich rumänisches Brot esse. Ich solle doch endlich auswandern zu meinen deutschen Faschisten, als Hure in den kapitalistischen Sumpf.

Alle Behörden, besonders der Geheimdienst, hatten ein Problem mit der Verfassung. Die rumänische Verfassung war der subversivste Text überhaupt. Je mehr Menschenrechte das Regime abschaffte, umso mehr wurde die Verfassung versteckt. Nirgends konnte man den Text der Verfassung lesen, man bekam sie in keiner Bibliothek, in keiner Buchhandlung, in keinem Antiquariat. Wer sie noch von irgendwoher aus früherer sozialistischer Zeit hatte, besaß ein Geheimdokument. Laut Verfassung gab es Meinungsfreiheit, Pressefreiheit, das Briefgeheimnis, Versammlungsfreiheit. Sogar Reisefreiheit – jeder darf jedes Land verlassen, hieß es, auch sein eigenes. Dabei wurden Fliehende an der Grenze von abgerichteten Hunden zerrissen, erschossen oder in der Donau von Schiffsschrauben zermahlen. In den Getreidefeldern an der Grenze kriegten die Bauern halbverweste Leichen in die Mähdrescher. Niemand kennt die Zahl der Fluchttoten. Es sind Tausende, aber über dieses Thema wird in Rumänien bis heute geschwiegen. Ich weiß von Ärzten, dass täglich Schwerverletzte von der Grenze ins Krankenhaus gebracht, dort aber zuerst vom Geheimdienst »behandelt« wurden. Wenn sie bei den Verhören verbluteten, schrieb der Arzt »Herzinfarkt«, »Hirnschlag« oder sonst was auf die Totenscheine. Aber oft gibt es nicht mal den Tod, unzählige sind weder nach Hause zurück noch irgendwo in einem andern Land angekommen. Sie sind spurlos vom Erdboden verschwunden. Die Securitate hatte nicht nur ihr geheimes Angstimperium für die Lebenden, sondern auch ihr Friedhofslabyrinth fürs Verscharren. Aber bei dem Elend war die Flucht zur Obsession geworden. Alle kannten gruselige Geschichten über Fluchttote. Ein Fluchtversuch ist zu zwei Drittel Selbstmord, das sagte man so, und dann tat man es. Die Leute waren kaputt, der Tod schreckte sie nicht ab. Dieses ruinierte Leben oder gar keins, den Fliehenden war es egal. Außer der Armut war der Wunsch zu fliehen die zweite große Gemeinsamkeit im Land. Die Leute waren buchstäblich fluchtkrank. Reisefreiheit – das Regime brach die Verfassung jeden Tag.

Man fragt sich, wieso sie nicht geändert, an die Repression angepasst wurde. Ich glaube, auch hier geht es um Selbstherrlichkeit, es war nicht nötig. Zum Ändern der Verfassung hätte man die Repression nicht nur zugeben, sondern im Wort formulieren müssen. Und dann hätte sich im Verfassungstext die Diktatur gespiegelt. Aber in dieser alten, mit Freiheiten vollgestopften Verfassung herrschte die Demokratie. Das Regime brauchte die Verfassung, um der Kritik im westlichen Ausland zu begegnen. Und aufs Inland konnte man pfeifen.

Die Verhöre folgten einer Dramaturgie: Es gab Elemente, die sich wiederholten, wie eben der Handkuss zur Begrüßung, und welche, die variabel waren, wie Beschimpfungen und die Arten, Druck auszuüben. Welchen Spielraum hatte man?

Den Handkuss gab es bei der Ankunft nicht immer, aber oft. Absichtlich mit halboffenem Mund und Spucke. Mir fror das Herz ein, bis er meine Hand losließ. Ich durfte nicht zucken und mir nicht erlauben, den Speichel abzuwischen. Nach dieser pervertierten Kavaliersgeste wechselte er das Register, machte mich zur Hure und läufigen Hündin. Er brauchte diese Mischung von Scheinhöflichkeit und Verachtung, um den Effekt der Demütigung zu steigern. Er wusste, dass ich statt falschem Handkuss lieber eine ehrliche Ohrfeige bekommen hätte.

Was sich immer wiederholte, waren die Inhalte – gemeine Behauptungen, ordinäre Beschimpfungen und erfundene Vorwürfe. Datum, Personen, als Ort des Schwarzhandels hatte man sich die Gefängnisstraße ausgedacht – alles total gelogen, aber konkret dargestellt und erschreckend plausibel. Stundenlang musste ich die Erfindungen abstreiten und es hat nie was genützt. Es blieb alles, wie es war, dazu mit diesem rassistischen Beigeschmack – Prostitution mit rumänischen Männern reichte der Securitate nicht, es mussten Araber sein.

Ich war die einzige Frau im Freundeskreis. Der Vorwurf Prostitution war auch geeignet, um die Gruppe zu diskreditieren. »Was machst du, wenn du ein rothaariges Kind kriegst?«, fragte der Vernehmer. Drei der Freunde hatten rötliche Haare. Ich sagte: »Vom Reden kriegt man keine Kinder.« »Gruppensex« hat man immer nur mir unterstellt, die Freunde wurden nie darauf angesprochen. Das war die Mentalität der Securitate: Was Männer dürfen, ist für Frauen eine Schande. Und beim Gruppensex mit den Freunden musste ich extra von den rothaarigen schwanger werden. Das machte die Sache pikant – die Lippen des Vernehmers wurden vom Ekel noch schmaler und viereckig. Er durfte seinen Ekel ausführlich zeigen. Mein Ekel vor ihm war genauso groß, das durfte er ja nicht merken.

Der Vernehmer war immer derselbe. Und wenn es mehrere wurden, war er immer dabei. Die Räumlichkeiten wechselten manchmal. Außer seinem Büro mit dem großen polierten Schreibtisch führte er mich manchmal in einen kleineren Raum ohne Fenster mit einem kleinen Schreibtisch. Für mich gab es dort nur einen Stuhl ohne Verhörtisch. Man konnte die Arme nicht aufstützen, musste gerade sitzen, der ganze Körper war ungeschützt. Da hing die Angst sichtbar von der Stirn bis zu den Schuhspitzen. Wozu die Abwechslung der Räume gut war, wer weiß. Einmal war ich in einem Raum mit Stuhlreihen wie ein Kinosaal. Manchmal brachte der Vernehmer mich in einen Raum und ging. Ich musste so lange warten, als hätte er vergessen, dass ich da bin. Das war wie seinerzeit, als der Akkordeonlehrer mich sitzen ließ und in den Garten ging.

Manchmal ging der Vernehmer mitten im Verhör, ließ mich allein. Ich saß und saß und schaute ins Leere. Ich versuchte nichts zu tun. Nicht hin und her zu gehen, nicht zu seufzen, mir mit den Händen nicht zu oft ins Gesicht zu greifen. Es war quälend, nichts zu tun, wie tut man nichts? Bestimmt beobachteten versteckte Kameras, wie die Nervosität an mir wuchs.

Und beim Verhör musste man sich aufs Gespräch einlassen, egal wie irrsinnig impertinent und verlogen das Ganze war.

»Man lernt dazu«, schreiben Sie, »aber ich darf es nicht zeigen.«

Man sollte nicht zu knapp antworten, das führte beim Vernehmer zu Wutausbrüchen. Man musste ihn seine Macht spüren lassen, sonst wurde er ungemütlich. Und wenn die Antworten zu kurz waren, hatte er noch mehr Zeit zu fragen. Aber genauso riskant war es, lange Antworten zu geben. Man sollte nicht zuviel sagen, nicht mehr als unbedingt nötig. Ihm nicht Fragen suggerieren, die er sonst gar nicht gestellt hätte. Und bei den ständig wiedergekäuten Inhalten sollte man nicht andere Darstellungen bringen. Nicht abweichen, immer wiederholen, was man selbst oder die Freunde schon gesagt hatten. Denn um uns zu schützen, haben wir ja auch gelogen. Wir hatten die gemeinsamen Lügen und die einzelnen für jeden. Und die Lügen mussten aufrechterhalten werden.

Man sollte nicht störrisch, aber auch nicht unterwürfig sein. Ich weiß nicht, ob das Wort »gefügig« dafür passt. Jedes Verhör blieb für einen selbst undurchschaubar, der Sinn, der Zweck. Meist wusste ich nicht einmal, ob ich mich einigermaßen behauptet oder die Fallen gar nicht gemerkt hatte. Es sah aus wie ein Schlagabtausch, war aber keiner. Es war doch gar nichts zu gewinnen. Ich habe mir nie gedacht, dass ich aus einem Verhör unschuldiger rausgehe, als ich reingegangen bin. Auch nicht gedacht, dass sie mich eines Tages weniger verdächtigen. Man wusste, man wird immer dieser Staatsfeind bleiben, das Regime musste willkürlich Feinde erfinden, um die Unterdrückung als Notwendigkeit darzustellen. Mein Status hätte sich nur geändert, wenn ich für dieses Regime als Spitzel gearbeitet hätte.

Im Sommer war der Heimweg vom Verhör noch hell. Wegen der Pflanzen ging ich immer zu Fuß. Ich spürte in meinem Schädel das Hirn, wenn ich sie blühen sah. Und in den Bäumen das Laub war zerwühlt und müd und zeigte mir, woher ich grad komme. Und im dunklen Winter war der Himmel löchrig vor lauter Sternen. »Wer sich sauber anzieht, kann nicht dreckig in den Himmel kommen«, der Satz des Vernehmers stand mir oft im Kopf, wenn es im schwarzen Himmel glitzerte. Ich sah die hellen Straßenbahnen wie fahrende Zimmer. Und die Leute saßen am Fenster und wurden in diesem Licht ausgestellt. Ich fühlte mich sowieso durchsichtig, ich wäre nie eingestiegen. Auf dem Hin- und auf dem Rückweg sagte ich mir Gedicht- und Liedtexte im Schritttempo: »Welt, Welt, Schwester Welt, wann hab ich dich satt …« Ich war sowieso die wacklige Nachahmung von mir selbst, das Surreale tat mir gut. Ich ging wie zweimal ferngesteuert, einmal von der Normalität der Straße in den Irrsinn des Verhörs hinein. Und abends dann aus dem Irrsinn auf die Straße hinaus.

Sie beschreiben zwei Varianten, sich auf das Verhör vorzubereiten: Die Protagonistin sucht Halt in einem präzisen Ritual. Sie steht mit dem rechten Fuß auf, zieht immer dieselbe Bluse an und isst eine Nuss. Ihr Freund Paul hält es für notwendiger, sich auf Fragen einzustellen, worauf sie meint, es kämen immer andere.

Man bereitet sich trotzdem vor. Jede Minute dieser zwei, drei Tage bis zum Verhör kann man im Kopf alles mahlen. Man muss, das gehört dazu. Von dem Moment an, wo dir der Bote an der Tür sagt, du bist bestellt, bist du mit dem Kopf schon im Verhör drin.

Es gibt harmlosere Verhörspannen, in denen sind Sie da, damit »ihm die Uhr nicht ins Leere tickt«. Sie werden abgelöst von offenen Drohungen, Übergriffen und Gewalt.

Harmlose Abschnitte gab es nicht, sie sahen bloß harmlos aus – monoton, öd. Aber beruhigend war das nicht, sondern bedrückend. Auch wenn das Verhör stockte, sich verlangsamte oder unterbrochen wurde, war das geplant. Ohrfeigen, an den Haaren gezogen werden, Schreie und Flüche – das Turbulente war vielleicht nicht geplant. Es entstanden immer Zufälle, der Vernehmer war ja keine Maschine. Und ich auch nicht. Wir verachteten uns gegenseitig, es ging um Gefühle. Er hatte wie ich seinen Hass, aber wo bei mir die Angst war, war bei ihm die Macht. Er hatte das Drehbuch, ich wusste nie, wo ein Verhör hinführt.

Es gab ein Gesetz, wonach man nur bis acht Uhr abends festgehalten werden darf, wenn man nicht als verhaftet gilt. Darauf beriefen wir uns, wenn es abends acht Uhr geworden war: »Es ist jetzt acht Uhr, falls Sie keinen Haftbefehl haben, müsste ich jetzt nach Hause dürfen.«

Sind das Momente, in denen man seine Angst vergisst? Provoziert man mit so einem Satz nicht erst?

So ein Satz hat gewirkt, das ist ja die undurchschaubare Balance zwischen Würde und Gefügigkeit.

Muss man gerade in entwürdigenden Situationen auf Würde bestehen?

Unterwürfig sein war schlecht, das hätte noch mehr Willkür erzeugt. Es war besser, auf gewissen Dingen zu bestehen, auf dem Acht-Uhr-Gesetz, oder die Verfassung zu erwähnen. Damit hat man gezeigt, dass man sich selbst respektiert. Wahrscheinlich hätte man auch so nach Hause dürfen, weil sein Dienst um acht zu Ende war und er auch nach Hause wollte. Trotzdem machte es einen andern Eindruck, wenn man sich auf das Gesetz berief, statt von ihm eigenmächtig freigelassen zu werden. Natürlich hätte er wie jedes andere Gesetz auch dieses missachten können, aber darum ging es nicht. Es ging doch, wenn auch nur zum Schein, um Selbstbehauptung. Auch die Angst behält ihre Würde.

Es gibt eine Szene, die alles auf den Kopf stellt, Strategie, Verhältnismäßigkeit, Machtverteilung. Der Vernehmer verliert die Beherrschung, die Ich-Erzählerin rechnet damit, geschlagen zu werden, aber er nimmt ihr ein Haar von der Schulter und will es fallen lassen. Darauf sagt sie: »Legen Sie das Haar zurück, das gehört mir.«

So einen Satz kann man sich nicht vorher ausdenken, der kommt plötzlich, wenn man innerlich fix und fertig ist. Es hat mich so verwirrt, er kam auf mich zugeschossen, schrie, ich war auf eine Ohrfeige gefasst oder dass er mich am Haar zieht. Dann stand er vor meinem kleinen Tisch, verzog das Gesicht zu einem Lächeln und nahm mir mit spitzen Fingern ein Haar von der Schulter. Ich sagte schneller, als ich denken konnte: »Bitte legen Sie das Haar zurück, es gehört mir.« Er legte das Haar wirklich auf die Schulter zurück und ging quer durchs Büro zum Fenster. Er schaute hinaus und lachte hysterisch über seine Blamage.

Sie sprechen von einer »dummen Genugtuung«.

Er hätte sich für diesen Satz auch rächen können. Aber dafür war er zu sehr aus dem Konzept geraten. Der Satz war mutiger als ich, er war mir rausgerutscht. Genugtuung spürte ich erst, als er bereits am Fenster stand, als ich sah, er hat jetzt keine Lust, mich für den Zwischenfall zu bestrafen. Und ich hatte doch bitte gesagt, bitte legen Sie das Haar zurück. Mein bisschen Mut war schrecklich, es war eine Bitte.

Wenn Sie den Mann oder die Männer charakterisieren müssten, die Ihnen so zugesetzt haben, wie würden Sie sie beschreiben?

In ihrem Habitus und mental waren alle Repräsentanten des Regimes, die ich kennenlernte, gleich. Nach oben bedingungslos servil, nach unten brutal. Und sie waren spießig, plump, skrupellos, zynisch, launisch, erschreckend ungebildet. Die mussten gar nichts wissen, auch nichts über den Kommunismus. Aber umso besser, wie man profitiert. In den fünfziger Jahren wurden sie als junge Kerle aus den ärmsten Gegenden rekrutiert, Halbanalphabeten, von den Sowjets stalinistisch instruiert. Rückständigkeit, Prüderie, Nationalismus, bäuerliche Tölpelhaftigkeit mit Neigung zu Brutalität wurden mit einer parteiideologischen Glasur überzogen. Damals waren sie noch nicht materielle, aber politische Parvenüs, die Neigung zur Brutalität war das beste Kapital für ihren Aufstieg. Alle Behörden wurden nach sowjetischem Muster aufgebaut, die Kader in Moskau geschult. Diese erste Generation von Funktionären gab es bis zuletzt, bis 1989. Auch als der direkte Einfluss Moskaus in den siebziger Jahren nachließ, haben sich die Apparate nicht geändert. Die nächste Funktionärsgeneration wurde zu neuen Kadern mit alten Eigenschaften ausgebildet. Auch sie hatten nichts Urbanes, Kosmopolitisches. Sie blieben Bauern mit poliertem Schreibtisch, trugen Anzug mit Krawatte. Im Winter die Karakulpelzkappen mit der gekräuselten Wolle. Und für die heißen Sommer mit über dreißig Grad im Schatten hatten die Funktionäre seit Jahrzehnten die senfgrünen Anzüge mit großen Brusttaschen und kurzärmligem Jackett. Sie waren peinlich, eine steife sozialistische »Sommereleganz«. Außer dieser städtischen Mode haben sich die Genossen eine gewisse Verschlagenheit angeeignet, den schrägen Blick, die breiten Gesten, das schmierige Lächeln, das impertinente Reden und vulgäre Prahlen der Ganoven. Der sozialistische Repräsentant des Autoritären ist sich auch nach dem Kollaps der Regime bis heute im Habitus und mental treu geblieben. Schauen wir uns doch Putin an, vom Scheitel bis zur Schuhsohle ist das alles zu erkennen.

Der Geheimdienstler, der für mich »zuständig« war, kam aus dieser ersten Kadergeneration. Er war auf jeden Fall über fünfzig Jahre alt, also bestimmt schon in den finsteren Stalinjahren beim Geheimdienst. Als seine Karriere begonnen hat, waren die Lager und Gefängnisse voll, die Verhöre gnadenlos, es wurde gefoltert, gemordet. Ich hab mich oft gefragt, wie viel Tonnen Angst er schon für das Regime produziert hat und wie viele Menschen bereits durch seine Hände gegangen sind. Und wie gnädig er sich wähnt, wenn er sich zwischen Pförtnerloge und seinem Büro anschickt, mich zu warnen. Das Geheimdienstgebäude war ein langer schmaler Betonblock. An einem Ende der Eingang zum Geheimdienst, am andern das Passamt. Und innen lief eins ins andere. Zu seinem Büro führte ein langer Gang mit Fenstern und im Hof eine eigene Tankstelle. Und auf dem Gang sagte er, ich solle nicht mehr so weitermachen, sonst müssten sie mich umbringen. Dagegen könne er nichts tun, die Anweisungen kämen aus Bukarest. Ich hab gesagt: »Wollen Sie mich schützen? Sie bestellen mich doch, um mich zu quälen. Das ist doch Ihr Beruf.« Es war mir unangenehm, dass ich ihn so forsch abfertigen musste. Es hat mir fast leid getan um ihn. Vielleicht hat er mich wirklich gewarnt oder war auch das nur eine Falle? Hatte er außer Verachtung, Rache und Hass doch noch andere Gefühle, die er nicht zeigen durfte? Was er mir sagte, war auf jeden Fall riskant.

Wäre es denkbar, dass dieser Mann zu Ihnen eine Beziehung entwickelte, die nicht nur von der Lust an Macht und Gewalt gelenkt wurde? Oder war die Warnung ein Trick und gehörte zum Repertoire, um eine gewisse Kooperation zu erreichen?

Ich glaube nicht, der erwartete nichts anderes von mir als das, was er kannte. Vielleicht kam er sich in seinem Beruf doch manchmal schäbig vor. Gefühle hat jeder. Sie sind wechselhaft und springen. In jeder Phase des Verhörs gab es Gefühle. Denken und Fühlen kann man nicht trennen. Der fertig ausgedachte Plan der Zerrüttung musste doch umgesetzt werden, also angewendet an Menschen. Verachtung, Demütigung, Rache, Gewalt – angewendet wird aus jedem dieser Wörter ein Geschehen. Und dieses Geschehen wird so, wie die Gefühle in dem Augenblick sind. Die Inhalte des Verhörs standen fest, aber nicht die Nuancen der Gefühle. Ich glaube, sie entschieden, ob es beim Geschrei bleibt oder zu einer Ohrfeige kommt. Sie spielten eine große Rolle.

Zwischen dem Vernehmer und mir war alles voller kalter Gefühle. So ein einzelnes warmes Mitleid brachte doch seinen kalten Plan der Zerrüttung nicht durcheinander. Diese Warnung, wenn es überhaupt eine war, hat mich berührt. Aber mit dem Vernehmer kam nicht einmal der Hauch einer Komplizenschaft infrage.

Dieses Gespräch kam sehr spät, 1984 oder 1985. In Deutschland war schon »Niederungen« erschienen und ich hatte völlig überraschend Literaturpreise bekommen. Bestimmt spielte auch das eine Rolle.

Hätten Sie nach dem Sturz des Regimes eine Konfrontation mit ihm gewollt?

Nein. Was soll ich mit einem Geheimdienstmann und was heißt Konfrontation? Davon hatte ich mehr als genug. Dafür brauchte man eine Institution, die das herbeiführt. Entweder eine Staatsanwaltschaft, die die Verbrechen der Diktatur ermittelt, oder eine Wahrheitskommission wie in Südafrika.

Aber mein Vernehmer, so habe ich das von rumänischen Freunden gehört, ist als unschuldiger Rentner in seine Geburtsgegend zurückgekehrt. Er wurde niemals belangt. Er kam aus dem armen Süden, aus Oltenien. Sein Dienst im Banat war weit genug weg. Polizei, Militär und Geheimdienst wurden immer in entfernte Landstriche geschickt, damit die Repressalien nicht durch soziale Bindungen aufgeweicht werden können. Das garantierte dem Staat die tägliche Drecksarbeit ohne Skrupel.

Aber wenn die Institution weg ist, wenn die Macht weg ist … Hatten Sie gar kein Bedürfnis, das Machtverhältnis umzudrehen, wenigstens für die Dauer eines Gesprächs?

Was hätte ich im Nachhinein mit dem Vernehmer zu besprechen? Soll ich ihn fragen, wer Roland Kirsch erhängt hat und warum? Will er, darf er überhaupt darauf antworten? Die Securitate war eine kriminelle Organisation. Für ihre Verbrechen musste sich bis heute kein Geheimdienstler rechtfertigen, kein junger und kein alter. Und die Macht der Institution ist nicht weg, denn sehr viele junge Securisten wurden in den neuen Geheimdienst übernommen. Die ausrangierten Alten kriegen heute überdurchschnittlich hohe Renten. Meine Nerven sind mir zu schade für ein freiwilliges Zusammentreffen mit gewesenen oder jetzigen Geheimdienstleuten. Soll ich mir heute anhören, dass sie mich nicht ruiniert, sondern geschützt haben, weil ich im Unterschied zu anderen nicht tot bin? Ich habe tote Freunde und kenne genug ruinierte Menschen, kaputtgemachte Lebensläufe durch Verleumdung, Verfolgung und Gefängnis. Ich kann heute meine Akte lesen, aber das Geheimdienstpersonal ist aus der Akte getilgt. Auch die drei Jahre in der Fabrik kommen in meiner Akte überhaupt nicht vor.

Ich habe einen dicken Stapel Abhörprotokolle, darunter sind alle möglichen Leute, die nur einmal im Leben in meiner Wohnung waren. Aber von Roland Kirsch, der mich jeden Tag besuchte, ist kein einziges Blatt dabei. Wieso nicht? Sein Name wurde aus der Akte getilgt, als hätte er nie gelebt. Das muss doch mit dem Erhängen zu tun haben, oder?

Das bedeutet, die Akten wurden nachträglich systematisch bearbeitet?

Akten wurden nicht nur gesäubert, sie wurden in der wilden Zeit des Umsturzes, als der Geheimdienst die Tragweite der Ereignisse noch nicht abschätzen konnte, auch vernichtet. Eine ganze LKW-Ladung Dossiers wurde, nur ein Beispiel von vielen, in eine Gebirgsschlucht in den Karpaten gekippt.

Als ich 1990 in Rumänien war, gab es keine Securitate mehr. Man hatte den Geheimdienst angeblich aufgelöst. Heute weiß man, dass die Securisten in dieser Zeit trotzdem weiter ihr Gehalt bekommen haben und dann bruchlos in den neugegründeten SRI – Rumänischen Informationsdienst – übernommen wurden. Damals bin ich in Temeswar einfach unbehelligt durch das Geheimdienstgebäude gestiefelt. Ich bin in den Keller gegangen, um die Gefängniszellen zu sehen, in denen meine Freunde eingesperrt waren. Auch um mich zu überzeugen, dass die Securitate wirklich nicht mehr existiert, auch nicht im Keller unten. Ich habe den Raum gefunden, in dem die Häftlinge fotografiert wurden. Da standen noch Stative und große Kartonschachteln mit genau sortierten Fotos herum. Dasselbe Gesicht immer dreimal, einmal von vorn mit aufgerissenen Augen und zweimal von links und rechts im Profil für die Nasenkante, die Kinnspitze und die Ohren. Immer dasselbe Unglück und immer ein anderes Gesicht. Und zwischen den Fotos waren die Karteikarten mit den Personalien und Fingerabdrücken der Häftlinge. Ich schaute Fotos und Karteikarten durch, dann polterte es hinter mir. Ich zuckte zusammen, meine Handtasche war vom Regal auf den Boden gefallen. Mir klopfte das Herz im Kopf, ich schnappte nach Luft und redete mir ein, dass ich hier doch keine Angst mehr habe, keine wirkliche, höchstens eingebildete. Früher hatte ich in diesem Gebäude die Zahnbürste in der Handtasche, weil ich dachte, ich muss in den Keller, wenn das Verhör zu Ende ist. Jetzt gab es hier unten kein Gefängnis, aber mich und eine Angst ohne Grund. Ohne Grund, aber so wirklich wie im Hals ein Riegel aus Eisen. Meine jetzige Handtasche war nicht dieselbe wie damals, sie kannte den Geheimdienst nicht und sie schien mir in diesem Keller lebendiger als ich. Mir war, als würde alle Angst von damals mich mit meiner Handtasche von jetzt betrügen.

Alles stand herrenlos herum, die vielen Fotos, ich hätte mich bedienen können, aber welches Gesicht hätte ich mir nehmen sollen? Und wozu? Ich weiß nicht warum, ich hab es nicht übers Herz gebracht. Mir war es mulmig, die Zellen fand ich nicht, denn ich wollte den einen geraden Gang nicht verlassen, nicht vielleicht in ein Labyrinth geraten. Ich war auch nicht sicher, ob mich nicht doch jemand gesehen hat und hinter mir herkommt. Dann kam ich in einen Raum, der zur Hälfte ein riesiger in die Ecke gemauerter Ofen war. Ein Ofen mit dicken Wänden aus Lehm, wie auf dem Dorf unser Ofen zum Brotbacken. Nur viel größer, die Ofentür wie eine Zimmertür. Sie stand offen, mehrere lange Schürhaken lagen da. Und der Ofen war bis oben hin voll mit verkohltem, gewelltem Papier, verbrannten Akten. Ich dachte an meine Großmutter, unser Backofen muss genauso voll gewesen sein, als die Russen ins Dorf kamen. Als sie aus Angst vor den Nazibüchern ihres Sohns drei Tage lang seine Bibliothek verbrannte.

In Rumänien kann ein Ex-Securist heute jeden Beruf ausüben. Diese Leute sind nie verschwunden, haben sich durch Einfluss und Funktionen am Staatseigentum bedient, wurden reiche arrogante »Demokraten«. Bisher hab ich noch von keinem ein Wort des Bedauerns über sein früheres Leben gehört. Es gibt keine öffentliche Diskussion über die Securitate, Polizei oder Grenztruppen. Die Zivilgesellschaft fragt sie nichts, nicht einmal nach den Morden.

Nach dem Sturz Ceauşescus war ich im Frühjahr 1990 zum ersten Mal wieder in Rumänien, in Temeswar. Ich traf den Vernehmer zufällig im Stadtzentrum. Es war noch kalt, er trug eine Karakulmütze auf dem Kopf und ich hätte ihn gar nicht erkannt, wenn er nicht so erschrocken wäre. Ich hatte ihn im Büro immer nur barhäuptig gesehen. Er aber hat mich sofort erkannt und sich so schnell es ging am nächsten Haus in eine Eier-Schlange gedrängt. Er wusste, dass es damals riskant war, von Passanten als Geheimdienstler erkannt zu werden. Die Leute waren noch wütend, beteiligten sich, wenn jemand »seinen« Geheimdienstler auf dem Boulevard erwischte, es kam zu Lynchszenen.

Ich ging ihm nach, stopfte die Hände in den Mantel, dass sie nicht zittern, und stellte mich neben ihn in die Schlange. Er drehte das Gesicht von mir weg. Ich wollte schreien, aber es wurde mir bitter im Mund, ich konnte nicht mehr denken. »Wofür war das gut? Sehen Sie, jetzt müssen Sie Angst vor mir haben«, sagte ich viel zu leise. Es ging nicht lauter, der Ekel war so leise. Dann bin ich weggegangen. Gibt es eine Wut, die einen leise und leer und feige macht? Aber das Schlimmste nach all den Jahren war, sogar noch in dieser Eier-Schlange hab ich ihn reflexartig gesiezt.

Das Regime begräbt seine Verbrechen

Neben den Freunden, die sich aufeinander verlassen bis an die äußerste Grenze, taucht in Ihrem Werk mehrmals eine Freundin auf. Von der harten Zeit in der Fabrik an war sie Ihre Verbündete und Sie vertrauten ihr.

Meine Freundin Jenny war Rumänin, sie sprach kein Wort Deutsch. Und sie interessierte sich nicht für Literatur. Auch nicht für Politik. Sie war Ingenieurin für Schweißtechnologie, aber ich habe an ihr auch nie ein Interesse für Schweißtechnologie festgestellt. Sie war sehr klug, sie hätte alles studieren können. Wie diese Schweißtechnologie zu ihr gekommen war, weiß ich nicht. Ich habe sie nie danach gefragt, ihr Beruf ist mir nie eingefallen, wenn wir zusammen waren, sie hat nie ein Wort darüber verloren. Er passte gar nicht zu ihr und nicht in die Fabrik, ich glaube, da gab es gar nichts zu schweißen. Sie saß in einem großen Büro voller Reißbretter und technischer Zeichner. Sie selbst hatte kein Reißbrett, sondern einen ziemlich leeren Schreibtisch.

Jenny war eine aparte Erscheinung in dieser Fabrik – sie redete viel und schnell. Und was sie sagte, war eigenwillig, sehr frech und spontan. Sie horchte nicht wie ich den Wörtern hinterher, aber sie hatte eine sinnliche, frivole Sprache, die wurde nie ordinär. Ihre Sätze waren ohne es zu wollen schön, instinktiv voller Bilder, egal was sie erzählte. Sie glaubte von sich selbst, sie sei unpolitisch, aber das war nicht so. Sie machte keine Theorien, hatte aber, weil sie so spontan war, eine Art angeborene Kompromisslosigkeit. Durch ihre Sinnlichkeit war sie unbestechlich. Für die blecherne Parteisprache, Sitzungsrituale, Heuchelei und Beschränktheit der Chefs hatte sie nur Spott übrig. In den Sitzungen riss ihr die Geduld, sie hielt das stundenlange »Blödsitzen, bis der Arsch viereckig ist« – wie sie diese totgeschlagene Zeit nannte – nicht aus. Ohne sich vorher durch Handheben fürs Reden anzumelden, stand sie auf und sagte dem Präsidium ganz laut ohne jeden Zusammenhang etwas Ungehöriges: »Ich hab seit Stunden Hunger.« Oder sie sprach den Redner mit Genosse und seinem Namen an und fragte ihn nach der Uhrzeit. Das war nicht direkt politisch, aber vieldeutig – witzig böse und traurig ironisch. Weil ihr alter Vater in der Fabrik früher mal ein hoher Parteibonze war, ließen die Chefs sich das gefallen. Ich hatte immer im Hinterkopf, dass Jenny aus der Nomenklatura kam. Aber warum sollte ich ihr das vorwerfen, so wie ich für meinen SS-Vater nichts konnte, konnte auch sie für ihren Kommunisten-Vater nichts. Und mental gehörte sie nicht zur Nomenklatura, im Unterschied zu den beiden Damen aus dem Protokollbüro.

Jenny und ich hatten überhaupt nichts gemeinsam. Es kann ja sein, dass Sympathie ganz anders entsteht. Vielleicht langsamer, weil man einander großäugig anschaut und sich dabei, gerade weil man so verschieden ist, übereinander wundert. Ich hatte auch in all den Jahren nie den Eindruck, dass wir uns ähnlicher werden. Die Unterschiede blieben gleich, die Nähe wurde nach und nach größer. Ich glaube, dass es zu dieser großen Freundschaft kam, weil die Unterschiede genau das waren, was wir brauchten. Für mich war Jenny ein notwendiges Ausscheren aus dem Freundeskreis – nicht über Literatur, nicht über Politik reden, sondern über andere Themen. Über kleine, triviale Dinge. Sie waren nicht zwingend, ich suchte sie mir selber aus. Schon allein deshalb waren sie wichtig. Sie hatten, und das war das Schönste daran, nichts mit der Diktatur zu tun. Sie wurden nie dominant und dunkel wie die Angst. Aber in der Gruppe waren wir uns gegenseitig schon so verpflichtet und verhärtet, dass man der Leichtigkeit nicht begegnen konnte. Auch wenn wir in langen Lachorgien Unfug machten, war das Amüsement schneidig und blieb politisch. Ich war so gerne mit den Freunden und wollte so sein wie sie. Und in der Gruppe war ich auch so. Aber ich musste auch anders sein und das ging nur durchs Ausscheren. Um die Aussichtslosigkeit, das Seriöse auszuhalten, brauchte ich das vermeintlich Triviale. Sogenannte Frauensachen.

Ich war fixiert auf Kleider. Mit Jenny saß ich halbe Tage in der Vorstadt bei der Schneiderin. Erst wurden Modelle besprochen, Schnittmuster entworfen, gezeichnet. Dann musste man zwei-, dreimal zur Anprobe erscheinen. Ich dachte oft an meine Tante, an die ausgestopfte Schleiereule und ihren Vater. Und wie ich in der ganzen Werkstatt mit dem Magnet die Stecknadeln fangen durfte. Und sonntags ging ich mit Jenny auf den Flohmarkt, alte Perlmutt-, Bakelit-, Horn- oder Zwirnknöpfe suchen.

Und wir machten Touren durch Parks und an den Stadtrand, wo das Unkraut blühte. Blumen stehlen, große Sträuße binden. Die weißen Kugelblüten vom Wasserklee pflücken und Kränze flechten, so dass die Blütendichte immer gleich bleibt. So dass die Blütenstiele sich biegen und nicht abbrechen und auf der Unterseite so fein verknotet werden, dass man die Knoten nicht sieht. Jennys Hände waren ungeschickt, sie war ein flottes Stadtkind. Man könnte von der Erinnerung der Finger sprechen, denn meine Hände gehörten dann wieder dem Dorfkind im Flusstal. Am Stadtrand blühten die Gräser zwar grell und schwankend, aber der Gedanke, dass die Erde uns frisst, kam mir beim Pflücken nicht in den

Sinn. Mir scheint, wir konnten mit gepflücktem Unkraut den Staat von uns wegscheuchen.

Wie genau kannte Jenny Ihren Hintergrund, was wusste sie von Ihrer Haltung, Ihrer Literatur, Ihren Freunden?

Jenny wusste, dass ich auf Deutsch und angeblich Literatur schrieb. Aber das kümmerte sie nicht. Wir haben nie übers Schreiben gesprochen. Aber sie wusste von Anfang an, noch bevor die Schikanen in der Fabrik anfingen, dass ich mit einer Gruppe von Literaten sehr eng befreundet bin. Dass meine Freunde alle als Staatsfeinde gelten, Hausdurchsuchungen und Verhöre kennen, einige von ihnen sogar schon unter Hausarrest oder im Gefängnis waren. Am Anfang musste ich ihr nur klarmachen, wo ich hingehöre. Dann aber immer mehr davon erzählen, je größer in der Fabrik die tägliche Bedrohung wurde.

Bevor sie mich kannte, war sie behütet, hineingeboren in die Nomenklatura. Sie hatte sich dafür nicht verbiegen, aber auch keinen Gedanken machen müssen, wie es anderen ergeht. Repressalien gab es vom Hörensagen, politische Verfolgung passierte ganz anderen Leuten, das hat sie nicht gekümmert. Aber auch dass sie zur Nomenklatura gehörte, hat sie nicht gekümmert. Es war ihr eher unangenehm. Ich glaube, was mir in der Fabrik zustieß, hat sie politisiert. Diese Verleumdung, Ohnmacht und Absurdität, das tägliche falsche Spiel, dem ich ausgeliefert war – dass der Staat so was machte, war für sie unfassbar. Sie reagierte nie durch politische Sprüche, hat sich immer aufs Körperliche verlassen. Ihre Flüche waren die schönsten, weil die drastischen Wörter mit feinen Gesten und traurigen Augen zusammenkamen.

Auf diese körperliche Empörung war Verlass. Jenny ließ mich nicht allein. Alle anderen gingen mir aus dem Weg. Es war öffentlich gezeigte Nähe, wie sie sich neben mich auf die Treppe setzte und mit mir aß. Darin war vielleicht keine Dissidenz, aber elementare moralische Werte, die sich der Umgebung widersetzten. Dafür brauchte es viel Selbstbewusstsein.

Mit nach Hause bringen durfte ich Jenny nie, sie war dem Freundeskreis suspekt. Ihr Vater sei ein Parteibonze, sie habe mit Literatur, Politik und all unseren Problemen nichts zu tun, ihr Verhalten sei unbedarft und oberflächlich, sagten sie. Ich sei fahrlässig, lasse mich womöglich aushorchen und das betreffe schließlich nicht nur mich. Ich habe mit dieser Person ein Stück Unsicherheit in unseren Kreis geschleppt. Ich spürte, dass es nicht stimmt, dass es Vorurteile sind. Ich spürte, dass ich nichts riskiere, beweisen konnte ich es nicht.

Auf Verlangen der Gruppe hielt ich Jenny aus dem Freundeskreis heraus. Ob sie geahnt hat, weshalb, weiß ich nicht. Obwohl ich viel von unserer Gruppe erzählte, hat sie es nie darauf angelegt, sie näher kennenzulernen. Mir aber fiel es schwer, sie von den Freunden fernzuhalten. Es war mir nie egal, sowohl der Gruppe als auch Jenny gegenüber fühlte ich mich unehrlich. Der Gruppe konnte ich nicht sagen, wie sehr ich die Leichtigkeit mit Jenny brauchte, und Jenny konnte ich nicht sagen, dass die Gruppe sie meidet. Die Nähe zur Gruppe war unabänderlich und die Nähe zu Jenny auch. Jeden Tag gehörte beides zusammen und war gleichzeitig voneinander getrennt. Ich glaube, in diesen Gefühlsnestern hockt das Herztier.

Sie verloren sich auch nach Ihrer Entlassung aus der Fabrik nicht aus den Augen, Jenny blieb an Ihrer Seite, obwohl diese Freundschaft einigen suspekt war?

Jenny wohnte bei ihren Eltern. Auch nach meiner Entlassung aus der Fabrik sahen wir uns fast jeden Tag. Meist trafen wir uns in der Stadt, ihr Vater wollte nicht, dass ich in sein Haus komme. Er hat es mir ins Gesicht gesagt, dass ich gefährlich, schlechteste Gesellschaft für seine Tochter bin. Es war nicht das letzte Haus, das ich nicht mehr betreten sollte.

Nach dem Rausschmiss aus der Fabrik brauchte ich dringend Geld. Jenny besorgte mir Privatstunden bei verschiedenen Familien. Ich brachte die Kinder zur Schule, holte sie ab, machte mit ihnen Hausaufgaben oder Deutschunterricht. Aber es ging nicht lange, überall tauchte die Securitate auf und drohte den Leuten, dass der Umgang mit mir Folgen haben werde. Alle gehorchten und sagten, ich solle nicht mehr kommen. Es war normal, es wunderte mich schon, wenn sie mir die wirklichen Gründe nannten: »Sie schaden unserer Familie, wissen Sie, wir machen keine Politik.« Oder: »Wir können unserem Kind die Zukunft nicht verderben.« Die meisten erfanden Gehaltskürzungen, Ballett- oder Klavierstunden, die für das Kind wichtiger seien.

Am längsten, an die drei Monate, ging ich in ein Pelzhaus. Der Flur war hüfthoch mit Pelz verkleidet, die Fußböden mit Pelzteppichen bedeckt. Auf der Kommode, auf dem Spiegeltisch lagen Pelzdeckchen in allen Farben: silbergrau, blauschwarz, kupferrot und blass wie alter Schnee. Lang- oder kurzhaarig, glatt oder gekräuselt. Genauso im Zimmer in den Vitrinen, auf den Möbeln. Die Mutter und beide Söhne trugen Hausschlappen aus Pelz. Auf Geheiß zog ich im Flur die Schuhe aus und schlüpfte in meine Gästeschlappen aus

Pelz. Auch die Sitzbank in der Küche war mit Pelz verkleidet, sogar die Topflappen waren aus Pelz.

Der Hausherr war Abteilungsleiter in der Pelzfabrik, Pelzmeister, sagte seine Frau. Ich half den Söhnen bei den Hausaufgaben. Die erste Zeit bezahlte mich der Pelzmeister wie abgesprochen mit Geld. Dann weniger Geld und Pelzhandschuhe. Dann aber nur noch eine Tüte mit Pelzkappen. So ging das nicht weiter. Ich sagte: »Pelz kann man nicht essen, ich brauche das Geld.« Sollte ich Pelzkappen zu Geld machen? Die Securitate hätte es gefreut, es wäre endlich Schwarzhandel gewesen. Außerdem war es Frühjahr und danach kam der Sommer. Auch wenn es Winter gewesen wäre, hätte man Pelz nicht essen können. Im Haus des Pelzmeisters roch es immer nach frischem Kuchen, nach Vanillezucker und Mottenpulver. Einmal habe ich geträumt, dass ich auf dem Heimweg war und zwischen den Zehen und in den Kniekehlen und an den Ellbogen Pelz spürte. Dass ich mich auf eine Bank setzte und den Pelz abreiben wollte. Dass es nicht ging, weil der Pelz an der Haut angewachsen war. Der Traum wunderte mich nicht, ich hielt mich bei den Kindern jedesmal drei bis vier Stunden auf. Mir kam die Wohnung vor wie ein riesiges Tier aus gestohlenem Pelz. Ich weiß, es gibt keinerlei Zusammenhang, aber dieses Pelzhaus war wie die Ouvertüre für meinen zerschnittenen Fuchs. Als gäbe es zwei Pelzzeiten, erst die gestohlene, dann die zerschnittene.

Und es kamen auch unabhängig voneinander zwei Arten der Todesangst. Meine Todesangst war vom Geheimdienst. Und als ich das Land verließ, nahm ich meine Todesangst mit, weil die Bedrohung auch in Deutschland nicht aufhörte. Als meine Todesangst mit mir ausgereist war, kam diese andere Art Todesangst zu Jenny, die war vom Todkranksein – sie hatte Krebs. Und das war Todesangst im engsten Sinne des Wortes, oder wie soll man sagen, ohne Pardon. Es war das schreckliche Wissen, dass ihr Körper selbst den Tod beschlossen hat, dass es daraus keinen Ausweg gibt, nicht einmal einen Umweg.

Jenny durfte zu Ihnen nach Berlin fahren, allerdings mit dem Auftrag, Sie auszuspionieren. Ihre Krankheit hatte sie erpressbar gemacht. Sie beschreiben den Besuch der Freundin und ihr Geständnis, dass sie im Auftrag des Geheimdienstes unterwegs sei. Als Sie eine Kopie Ihres Hausschlüssels im Koffer der Freundin finden, setzten Sie sie vor die Tür.

Sie hatte Krebs im letzten Stadium und schon alles hinter sich, Brust amputiert, Chemotherapie. Sie war so jung, erst Mitte dreißig, und wusste, dass ihr nicht mehr viel Zeit blieb. Sie wollte mich noch einmal sehen, aber nicht nur das. Es war nicht nur die Sehnsucht nach mir, es war ein größeres Stück Lebenshunger. Und dann kam der Verrat.

Ich habe mich so gefreut, als sie anrief und sagte, dass sie den Pass hat, dass sie mich besuchen darf.

Und dann saß sie wirklich mit mir am Tisch in Berlin, in meiner Küche. Und ich war wie von Sinnen, hob beide Arme über den Kopf und ließ sie in der Luft schaukeln, als ich rief: »Zeig mir deinen Pass!« Und sie kramte umständlich in ihrer Handtasche. Und ich sah hinein, weil sie weit offen auf dem Fußboden stand, und sagte: »Da ist er doch« und streckte die Hand danach aus. Und dann sah ich die Visa für alle möglichen Länder, Frankreich, Italien, und ich blätterte weiter, Spanien, Griechenland. So einen rumänischen Pass gab es nicht. Ich musste ja fragen: »Was hast du dafür getan?«

Lügen wär zwecklos gewesen, sie hatte ja einen Auftrag zu erfüllen. Sie sollte mir mitteilen, dass ich auf die Todesliste komme, wenn ich nicht aufhöre, Ceaușescu zu beleidigen.

Dass die Sache schon in Bukarest geplant ist und das Ministerium nicht zögern wird, wenn ich weitermache. Ich hatte in einem Spiegel-Interview gleich nach meiner Ankunft in Deutschland auch gesagt, dass Ceaușescu nur vier Schulklassen hat, Analphabet ist, dass er stottert und seine Reden voller grammatikalischer Fehler sind. Aber sie sollte mich nicht nur warnen. Was sie mir damals nicht sagte: Sie sollte auch meine Gewohnheiten auskundschaften, herausfinden, welche Kosmetika und Lebensmittel ich benutze, und einen Nachschlüssel besorgen. Und das war nichts anderes als Vorbereitungen für den Mordplan, vor dem sie mich angeblich warnte. Sie versprach mir damals, dass sie der Securitate irgendwas erzählen wird, was wir beide miteinander absprechen können, bevor sie zurückkehrt. Dass sie nie etwas tun könnte, was mir schadet. Ich war völlig verstört, habe ihr aber jedes Wort geglaubt. Ich war überzeugt, dass wir alles besprechen und sie sich nach ihrer Rückkehr daran hält. Dass sie schlau genug ist, den Geheimdienst zu betrügen. Als ich dann aber den Nachschlüssel in ihrem Koffer fand, stürzte alles ein.

Ich schrie mit dem Schlüssel in der Hand, dass sie mich betrügt. Sie konnte mir nicht widersprechen, sie hat es auch gar nicht versucht. Sie selbst war wie zugesperrt, wortlos und stur. Ruhig und selbstsicher packte sie den Koffer, kein Wort des Bedauerns, als wäre alles, was zwischen uns passiert war, normal.

Nach ihrer Abreise konnte ich ganze Tage an nichts anderes denken, als wie sehr ich sie mochte und wie sehr ich sie loswerden musste. Kam ihre kalte Selbstbehauptung, ihre Gleichgültigkeit im Verrat von der Todeskrankheit? Lebte sie nur noch in dem, was noch zu haben ist und was nicht? War in ihr schon der geteilte Blick, diesseits und jenseits des Lebens?

Es wurde noch schlimmer: Ich erfuhr, dass Jenny mit dem zweithöchsten Offizier der Temeswarer Securitate liiert ist.

Sie hatte mich angelogen und gesagt, ihr Freund sei Anwalt, er habe einen Karrieresprung gemacht und es dürfe niemand wissen, dass sie mit ihm liiert sei, weil er verheiratet sei. Ich kannte diesen Kerl. Es gab kurz vor meiner Ausreise nach Deutschland eine letzte Hausdurchsuchung, die wieder mal als Einbruch getarnt war. Die Tür war aufgebrochen, und als ich nach Hause kam, waren wie immer schon Polizei und Nachbarn da, es wurde ein Protokoll aufgenommen und es fehlte ein Radio oder so was, irgendein Gegenstand, damit der Einbruch plausibel erscheint. Ich hatte schon den Pass und hab gesagt: »Ich dachte, die Rechnungen sind beglichen.« Der Polizist war ein junger, attraktiver Typ, gut gekleidet, also nicht der Bilderbuch-Geheimdienstler in Ledermantel, Plastiksocken und Karakulmütze. Er hat gesagt, sie hätten jetzt Fingerabdrücke genommen – an der Tür war ein giftgrünes Pulver, überall hingetupft – und ich solle schauen, was in der Wohnung fehle. Und da hab ich gesagt: »Gar nichts fehlt, so wie gewöhnlich. Sie inszenieren wieder einen Diebstahl. Sie sind vom Geheimdienst, gehen Sie in Ihr Büro und nehmen Sie Fingerabdrücke von Ihren Kollegen«, hab ich gesagt, »denn was hier gespielt wird, das kenne ich seit zehn Jahren, ich dachte nur, das ist jetzt vorbei. Ich warte nur auf die Ausreise, in zehn Tagen oder zwei Wochen sind wir weg aus dem Land, ich dachte, es ist geklärt, was zu klären war.« Und dann hat er mir den Ausweis gezeigt, Kriminalpolizei, und ich hab gesagt: »Hören Sie doch auf, Sie haben doch jeden Ausweis der Welt, wenn Sie ihn brauchen. Wenn Sie Bäcker sein wollen oder Ingenieur oder Apotheker, haben Sie diese Ausweise, ich glaube Ihrem Ausweis überhaupt nichts.«

Kriminalpolizei hat nicht gestimmt, aber der Name im Ausweis hat gestimmt. Es war der spätere Geliebte von Jenny.

Und nach dem Sturz der Diktatur, als ich zum ersten Mal wieder nach Rumänien kam, wurde es ungeheuerlich. Ich entschloss mich, Jenny zu besuchen, über alles zu sprechen. Stattdessen erfuhr ich, dass der Securitate-Offizier immer noch ihr Geliebter ist. Dass er wegen Massenerschießungen während der Revolution im Gefängnis sitzt. Dass sie ihn besucht und zu ihm hält. Jenny sagte mir, er sei der sensibelste Mensch, den sie je kennengelernt habe. Es war wie Gehirnwäsche, ich schlug die Tür zu und irrte durch Straßen, in denen noch die verdorrten Kränze für die Toten lagen. Es war das zweite Mal, dass wir im Streit auseinandergegangen waren. Und das letzte Mal, dass wir uns gesehen haben. Kurz darauf ist Jenny gestorben.

Zwanzig Jahre später hat auch Jennys Securist wie so viele andere eine zweite Karriere gemacht – er wurde Bezirksdirektor einer österreichischen Versicherung. In einem Interview hat er sich selbst dafür gelobt, die Wanzen in meiner Wohnung installiert zu haben. Und er meinte, dass die Hälfte des Nobelpreises der Securitate zustehe, da ich ihr ja meine Themen zu verdanken habe.

Haben Sie sich nicht fragen müssen, ob die Freundschaft mit Jenny von vornherein eine Auftragsfreundschaft war?

Davor habe ich große Angst gehabt. Aber als ich dann endlich meine Securitate-Akte lesen konnte, stellte sich heraus, dass die Securitate sich damals für Jenny überhaupt nicht interessiert hat.

Sie wurde, obwohl sie mit mir befreundet war, bis zu meiner Ausreise nicht behelligt. Vielleicht weil sie Schweißtechnologie studiert hatte, sich für Literatur nicht interessierte und gar nicht wissen konnte, was ich lese oder schreibe, weil sie kein Wort Deutsch sprach. Oder sie stand im Schutz ihres Vaters.

Der Geheimdienst war ein zackiger, selbstherrlicher, spießiger Männerverein. Frauen galten als schwach, dümmlich und sentimental. Unsere Freundschaft wurde unterschätzt, wahrscheinlich als harmlose Frauensache eingestuft. Wenigstens damit hatten wir Glück.

Sie schreiben von einem Knäuel aus Liebe und Verrat, dem nicht beizukommen ist.

Wenn Jenny vor ihrem Tod gesagt hätte, ich soll noch mal zu ihr kommen, hätte ich sie noch mal besucht. Aber sie hat es nicht gewollt. Und gegen ihren Willen konnte ich es nicht tun. Ich hätte die Ungleichheit zwischen uns nicht ausgehalten. Ich, eine Gesunde, und sie liegt im Sterben. Ihr größtes Unglück, ihre Krankheit wurde vom Geheimdienst missbraucht, das quält einen ja so. Man kann nicht beschließen gegen sich selbst, dass man einen so infam missbrauchten Menschen nicht mehr mag. Und trotzdem musste ich mir diese Freundschaft verbieten, um mich zu schützen. Nach Jennys Satz »Ich könnte doch nichts tun, was dir schadet«, habe ich mir immer dieselben Fragen gestellt. Hat sie wirklich geglaubt, dass sie mir nicht schadet, indem sie den Nachschlüssel für den Geheimdienst besorgt? War der Besuch für sie ein Allesaufeinmal, die Lebensgier der letzten Gegenwart? Hat sie die Tragweite ihres Auftrags ausgeblendet? Oder war ihr klar, dass sie aus der Freundschaft in ein anderes Gelände reist, in den Verrat? War es nicht anstrengend zu verraten? Hat sie die Reise für sich selbst gemacht, als letzte Gegenwart im viel zu kurzen Leben? Oder war sie ein Liebesbeweis für den Geheimdienstmann, zu dem sie nie auf Abstand ging, nicht mal, als er wegen Massenmord im Gefängnis saß? Hat sie nichts mehr zu Ende gedacht? Man kann auch umgekehrt fragen: Hat sie alles zu Ende gedacht, sogar mich?

Als ich nach ihrem Tod wieder in Rumänien war, bin ich auf den Friedhof gegangen. Ich hab mich gefragt, ob ihr Geliebter das Grab manchmal besucht. Er war wie alle Securisten aus dem Gefängnis längst wieder freigekommen, angeblich aus Mangel an Beweisen. Ich habe eine Zigarette geraucht und bin wieder weggegangen. Es ist die Hilflosigkeit an Gräbern. Ich habe nie verstanden, dass Leute auf Friedhöfe gehen, als wäre das ein Park. Sie gehen spazieren oder sitzen auf der Bank und lesen und bewundern die Schönheit der Grabsteine. Jeder Friedhof ist für mich gespenstisch, weil ich mir immer die Toten vorstelle, die unter der Erde sind. Ich kann das nicht wegdenken, ich bin nicht in einem Garten oder einem Park. Ich weiß, ich gehe über Leichen, und zwar eins zu eins, nicht in der Redewendung, sondern in der Realität.

Der Friedhof war für Sie schon früh kein stiller Ort, sondern ein beängstigend belebter.

Schon als Kind war der Friedhof für mich unheimlich. Ich musste die Blumen gießen, alleine oder mit anderen Kindern in den Abendstunden. Kinder haben dunkle Phantasien und Kinder ohne Märchenbücher machen sich die Märchen selbst. Oft war es sehr heiß während des Tages, so vierzig Grad in der Sonne, und der Friedhof war kahl. Es gab keinen einzigen Baum auf dem Friedhof, nur Gräber in Reih und Glied wie ein Dorf, alles symmetrisch. Und wenn dann in der Dämmerung der Rauch aus dem Grab kam … Du hörst als Kind, den Spiegel hängt man zu, damit der Teufel die Seele nicht holt, also hat der Tote seine Seele mitgenommen, sie war im

Sarg, und abends kam sie heraus. Manche Tote kannte man ja, dann hat man besonders genau gewusst, was diese Seele ist. Da habe ich dann alles Mögliche gesehen, Tiere, Gegenstände ... Hinten war der Teich mit den Fröschen, sie haben einen unterirdischen Gesang gemacht, sie plumpsten aus dem Gras ins Wasser, weil sie erschrocken sind, wenn man mit der Kanne kam und an den Pflanzen gerüttelt hat, an diesem Schilf, das schaukelte einem schwarzgrün um den Kopf. Oder Allerheiligen mit diesem Kerzengeruch und den Tropfknoten, Nasen und Schnüren, so wie das Wachs halt monströs an den Kerzen entlangrinnt, das waren weiße Schreckensgestalten.

Friedhof hatte für mich immer etwas Gefährliches. So wie die Landschaft aus hohem Gras, dass du nicht mehr siehst, was unter dir ist. Auf den katholischen Friedhöfen sind ja auch noch Fotos auf den Grabsteinen, das ist besonders makaber, sie schauen dich an, diese runden Grabsteinbilder. Ich kann nie einen Friedhof mit einer inneren Leichtigkeit verlassen. Oder sagen: die schönen Blumen. Oft habe ich gedacht, die Toten blühen, die Wurzeln nehmen sich die Toten, es ist eine ungeheuerliche Welt. Und ich weiß von einem anderen Dorf, in dem man den Friedhofsbrunnen »Schnauzelwasser« nennt, weil das Grundwasser durch den Schnurrbart der Toten rinnt. Auf dem Dorffriedhof wurde niemand eingeäschert. Der ganze Mensch wurde im Sarg in die Erde gelegt, ich wusste doch, dass der da unten liegt und mich durch die Fußsohlen anschaut.

Auf Friedhöfen habe ich auch Angst vor dem Tod, dass er einen erwischt, weil man ihm zu nahe kommt. Dass er das merkt und überlegt, ob er es nicht doch einmal probieren sollte. Und wenn du jemanden hast auf dem Friedhof, dem du nahe bist, befindest du dich ja auch in der Nähe seines Todes.

Das hohe Gras, die hungrigen Gräser tauchten später noch einmal auf, im Zusammenhang mit dem »Armenfriedhof«, der aber nicht nur der Friedhof für die Armen war, sondern auch der für die Opfer des Geheimdienstes. Sie wollten zunächst nicht darüber reden, weil Sie befürchteten, dass es im Westen niemand glauben würde.

Auf dem Armenfriedhof in Temeswar war das Staatsverbrechen beerdigt, einerseits beerdigt und andererseits ausgestellt. Dort hat das Regime seine Verbrechen begraben. Bei vielen Toten weiß man wahrscheinlich gar nicht, wer sie sind. Manche Gräber hatten Holzkreuze, die meisten gar nichts. Man ahnte unter dem hohen Gras nur den Umriss der einzelnen Gräber. Die Toten kamen wahrscheinlich alle ohne Sarg in die Erde, der Staat hat sich ja nicht noch Auslagen gemacht, sondern er hat sie verscharrt, das kostete nichts.

Der Armenfriedhof war in einem gewöhnlichen Neubauviertel und sah aus wie ein Stück Brachland hinter einem sehr hohen Betonzaun mitten in der Stadt. Man konnte rein und raus, wie man wollte, der Eingang war eine verbogene Blechtür. Der Friedhof war ziemlich groß, eine wilde blumige Graslandschaft. Von den Etagen der Wohnblocks sah man hinein.

Und mittendrin stand dieses Betonhäuschen und mitten in dem Häuschen ein hüfthoher Betontisch. Auf diesem Betontisch lag damals eine Wasserleiche, eine nackte junge Frau mit Schlamm im Haar. Aber nicht ertrunken, sondern ertränkt, an den Händen und Füßen gefesselt mit Draht. Vor diesem Betontisch stieg mir das Herz in den Hals, mir fiel der »blonde Besuch« in der Fabrik ein. Und zwischen den Schläfen tobten zwei Sätze: »Wir stecken dich in den Fluss« und »Wer sich sauber anzieht, kann nicht dreckig in den Himmel kommen«. An diesem Ort sah ich meine fertige Zukunft.

Das Häuschen war ein kleiner monströser Raum mit nur einem schmalen Spalt als Türöffnung, aber keine Tür. Und an der Wand ein Wasserhahn. Auf die Außenwand hatte jemand mit roter Ölfarbe »vampiraş« geschrieben – Vampirchen.

Wir haben auf diesem Friedhof das Grab des Mannes gesucht, der angeblich einen der inszenierten Einbrüche bei uns in der Wohnung verübt hatte. Er war bereits, wer weiß weshalb, im Gefängnis und man hat ihm auch noch diesen Einbruch angehängt. Uns hat man mitgeteilt, es komme zu keinem Prozess, der Einbrecher sei im Gefängnis gestorben. Sein Name sei »Seracu« – auf Rumänisch heißt das »der Arme«. Und weil wir uns nach seinen Angehörigen erkundigten, hieß es, er habe niemanden. Dieser Name hat uns auf den Armenfriedhof geführt. Dort haben wir tatsächlich ein Grab mit einem Holzkreuz gefunden, auf dem dieser Name stand. Auf dem Grab lagen damals, an einem heißen Tag, frische Blumen.

Was macht man mit solch einem Ort nach dem Fall der Diktatur? In Rumänien gar nichts. Das Betonhäuschen steht heute noch genauso da wie damals, sogar das Wort »Vampirchen« steht noch drauf.

Zweimal aufatmen

Nach dem Sturz der Diktatur haben Sie Ihre Geheimdienstakte beantragt, aber sehr lange nicht bekommen.

Ich hab sie erst 2008 bekommen, also zehn Jahre nach der Gründung der rumänischen Behörde zur Erforschung der Securitate-Akten, die wiederum erst zehn Jahre nach dem Sturz der Diktatur gegründet wurde. Und in diesen zwei Jahrzehnten blieben die Akten beim neugegründeten Geheimdienst SRI, dem Informationsdienst. Wenn die Behörde eine Akte einsehen wollte, musste sie sie beim Geheimdienst erst anfordern, und dort saßen zum großen Teil die alten Securisten, die natürlich genau in eine Akte schauten, bevor sie sie herausgaben. Oder sie sagten, die Akte sei »noch in Bearbeitung«.

Wie schon gesagt sind die jüngeren Securisten aus dem alten Geheimdienst bruchlos in den SRI übernommen worden. In ihrem neuen alten Amt haben sich die neuen alten Securisten zehn Jahre Zeit gelassen, um die Akten, die sie selber angelegt, also durch und durch gekannt haben, zu säubern.

Zuerst hat die Behörde mir mitgeteilt, es gebe keine Akten mehr, denn bei der Revolution habe die Bevölkerung das Geheimdienstgebäude gestürmt und die Akten vernichtet. Irgendwann später hat man mir dann zwanzig Seiten geschickt. Auf diesen zwanzig Seiten war jedoch kein einziger konkreter Vorgang, der etwas mit mir zu tun hatte. Das war nicht mal eine Täuschung, sondern eine sturzdumme Lüge, eine Arroganz, wie ich sie von früher kannte, die es nicht nötig hatte, einen plausibleren Grund zu erfinden.

Viele Jahre später hab ich schließlich meine Akte bekommen, zeitversetzt in zwei großen Tranchen. Aber nichts daran ist vollständig. Es fehlen ganze Jahre, die Fabrik kommt überhaupt nicht vor. Das Karussell der Spitzel, Decknamen kann man nachlesen. Auch die Orte, Gespräche, Einschätzungen, Vorschläge für Verleumdungspläne. Aber die Auftraggeber fehlen. In der Akte ist kein einziger hauptamtlicher Securist erwähnt. Ich habe gehofft, dass aus meiner Akte hervorgeht, welcher Securist Roland Kirsch zuletzt beaufsichtigt hat, dass seine Briefe an mich, die letzte Karte vor seinem Tod in meiner Akte sind, als Kopie mit Kommentaren. Zwischen der letzten Karte und seinem Tod war nur eine knappe Zeit. Es gab keine Zufälle in der »Postverteilung«. Der Geheimdienst hat sich jedesmal genau überlegt, welche Post einem wann und warum zugestellt oder unterschlagen wird. Aber die Akten schweigen sogar über die Toten im Zwielicht von Suizid oder Mord. Wenn die Securitate nichts zu vertuschen hätte, könnte das ja aus den Akten hervorgehen. Sie könnte, wenn sie unschuldig ist, anhand der Akten ihre Unschuld beweisen. Warum tut sie es nicht?

Aber alle Täter, große oder kleine, sollen geschützt werden und bleiben deshalb ungenannt. Ein Beispiel ist der Besuch des Journalisten Rolf Michaelis aus Hamburg. Als ich noch nicht reisen durfte, wollte er mich gleich nach dem Erscheinen von »Niederungen« in Temeswar besuchen. Er schickte mir ein Telegramm und flog nach Rumänien. Ich war nicht zu Hause, weil mich sein Telegramm nicht erreicht hat. Erst in Deutschland hat er mir erzählt, wie sein Besuch verlief. Es war Winter und der öffentliche Verkehr war eingestellt, um Treibstoff zu sparen. Ein »hilfsbereiter« Mann im Hotel bot sich an, ihn zu meinem Wohnblock zu fahren. Es gab auch keinen Strom, der Fahrstuhl fuhr nicht, das Treppenhaus war dunkel und er ging zu Fuß zu meiner Wohnung in den fünften Stock. Als er an der Tür läutete, kamen aus der Kammer des Müllschluckers drei Gestalten und schlugen ihn zusammen. Sie brachen ihm an beiden Füßen die Zehen und ließen ihn vor der Tür liegen. Er schleppte sich hinunter auf die Straße, wo der »hilfsbereite« Fahrer zu seinem Erstaunen noch wartete. Im Hotel packte Michaelis seine Sachen und flog so schnell wie möglich zurück.

Auch das abgefangene Telegramm fehlt in meiner Akte und natürlich steht kein Wort von seinem Besuch und dem Überfall drin. Man wird aus den Akten allein niemanden verantwortlich machen können.

Außerdem ist es offiziell, dass die Auslandsakten, die die weitere Verfolgung der Emigranten im Westen betreffen, gesperrt sind. Im heutigen Rumänien sind sie immer noch als Staatsgeheimnis eingestuft. Warum will Rumänien seine ehemaligen Securitate-Agenten im Ausland nicht enttarnen? Braucht es sie noch, sind sie immer noch zugange, vielleicht für andere Dinge, ich hoffe, nicht für dieselben. Es gibt etliche ermordete rumänische Emigranten, aber keine verurteilten Täter. Wieso fühlt sich das heutige Rumänien verpflichtet, die Mörder zu schützen? Womöglich mussten sie gar nicht ein- und ausreisen, sondern leben bis heute unbehelligt zwischen uns im Westen.

Bisher hat keine rumänische Regierung etwas unternommen, die Verbrechen der Securitate aufzuklären. Ich habe auch einmal eine Vorladung des Staatsschutzes in Berlin bekommen, weil ein rumänischer Agent verhaftet wurde, der im Verdacht stand, mit Mordaufträgen in Deutschland unterwegs zu sein. In seinen Notizen hat die Polizei meine Adresse gefunden. Ich kannte sein Gesicht von irgendwoher. Der Polizei habe ich aber gesagt, ich hätte ihn noch nie gesehen, weil ich nach den gemeinen Verdächtigungen im Aufnahmelager in Nürnberg mit den Diensten nie wieder etwas zu tun haben wollte, weil ich ihnen nicht mehr vertrauen konnte, selbst wenn es zu meinen Gunsten gewesen wäre. Nur die Akten des rumänischen Geheimdienstes könnten diesen Verdacht aufklären und ohne diese Aufklärung bleibt immer ein mieses Gefühl zurück.

Gab es denn überraschende Funde in den Akten? Waren Freunde und Vertraute Zuträger der Securitate? Die Anwerbung von Freunden oder gar von Ehepartnern war ja für den Geheimdienst ein wichtiges Instrument.

Das war wahrscheinlich die Absicht beim Anwerbungsversuch in der Fabrik. Man rechnete nicht damit, dass ich mich weigere, wenn man mir mit der Entlassung droht. Ich sollte wahrscheinlich auch in der Fabrik spitzeln. Aber hauptsächlich im Künstlermilieu der Stadt und vor allem im Freundeskreis. Nur so kann ich mir erklären, dass der »blonde Besuch«, wie ich damals schon von rumänischen Schriftstellern hörte, gar nicht für die Fabrik, also für Industrie, zuständig war, sondern für die Literatur. Ich konnte mir seinerzeit nicht vorstellen, dass der Geheimdienst gerade die sehr engen, intimen Beziehungen unterwandert durch Vertrauenspersonen. Und das ging ja nur durch die Vergiftung der engsten Nähe. Die Stasi nannte das »Zersetzung«, ein makabres Wort und fester Begriff in ihrem täglichen Geschäft. Zersetzen klingt wie verwesen, wie total zugrunde richten. Und dieser Begriff ist nicht einmal übertrieben, er entspricht dem Unheil, das durch die Vergiftung der Nähe angerichtet wurde.

Nach dem Studium meiner Akte konnte ich zweimal aufatmen.

Erstens: Die Freundschaft mit Jenny war echt, der Geheimdienst kam erst ganz zuletzt ins Spiel.

Zweitens: In unserem Freundeskreis gab es keinen Spitzel.

Der Securitate ist es nicht gelungen, auch nur einen von uns umzudrehen, unsere Freundschaft zu vergiften. Sowohl einzeln als auch als Gruppe wurden wir alle rundum bespitzelt, aber nur von außen, von Nachbarn, Kollegen, Bekannten, Journalisten. Das in der Akte wiederzufinden war keine Überraschung. Aber tief erschreckt hat mich die völlige Verwanzung der Wohnung, dass wir in allen Räumen und bei allem, was zu Hause geschah, Tag und Nacht abgehört wurden. Wahrscheinlich hat sich der Geheimdienst dazu entschlossen, weil er den Freundeskreis nicht infiltrieren konnte, denn die dafür aufgewandte Mühe ist erstaunlich. Es wurden ja nicht nur Wanzen versteckt. Um sie einzubauen, hat man unter uns die Wohnungsdecke und bei uns den Fußboden durchbohrt. Die Wanzen bei uns waren mit der unter uns liegenden Wohnung verdrahtet. Wir waren oft verblüfft, was der Geheimdienst beim Verhör alles wusste und fragte. Wir hatten kein Telefon, also konnte man es auch nicht abhören. Aber wir dachten, die Informationen kämen von Richtmikrophonen. Die wären gelegentlich auf der Straße draußen zugange, könnten uns durchs geschlossene Fenster abhören aus geparkten Autos oder von gleich hohen Etagen der Wohnblocks aus der Nachbarschaft. So erklärten wir uns das unerklärliche Wissen der Securitate. Trotz der ständigen Schikanen dachte niemand von uns, dass wir auf der Liste der Staatsfeinde so weit oben rangieren. Technisch waren wir alle ahnungslos und so haben wir auch die Ausstattung der Securitate unterschätzt. Wir glaubten, die sind mit ihrer Technik in der Steinzeit, so wie alles in diesem verelendeten Land.

Und der zweite große Schrecken beim Lesen meiner Akte war die Infamie, mit der die Securitate meine Diskreditierung in Deutschland betrieben hat. Die Verleumdungen in der Fabrik waren erst der Anfang. Nach meiner Entlassung hat die Securitate Dutzende Pläne und Methoden mit »Maßnahmen zur Desinformation« ausgearbeitet und für meine Verleumdung angewendet.

Wenn Sie im Westen als Spitzel gelten, wird alles, was Sie über die Diktatur sagen oder schreiben, unglaubwürdig. Das war der Plan?

Bevor ich meine Akte hatte, dachte ich, man ließ mich in den Westen reisen, um die Literaturpreise abzuholen, um zu zeigen, dass Rumänien nicht so restriktiv ist, wie der Westen behauptet. Aber diese Meinung war naiv. Die Literaturpreise spielten eine untergeordnete Rolle. Der Hauptgrund für die Reisen war ein ganz anderer: Mich als Oppositionelle und als politisch Verfolgte dauerhaft im Westen zu diskreditieren und implizit auch die Inhalte meiner Bücher und meine öffentliche Kritik am Regime. Der Geheimdienst hat gehofft, sogar damit gerechnet, dass ich in Deutschland bleibe. Aus Rumänien wollte er mich weghaben. Und in Deutschland sollte ich so kompromittiert sein, dass mir niemand mehr glaubt, egal, was ich über die Diktatur sage oder schreibe. Der Plan war wirklich gemein, klug, er war diabolisch. Er lautete: Das Gerücht, dass ich eine Agentin bin, wird zweifelsfrei glaubhaft, wenn ich parallel mit seiner Verbreitung auch noch selber im Westen auftauche, weil ja außer den Profiteuren des Regimes niemand reisen durfte. Und zur Verbreitung der Gerüchte wurden Briefe, die mich als Agentin denunzierten, an deutsche Redaktionen von Fernsehen, Rundfunk, Zeitungen geschickt. Entworfen wurden die Briefe von der Securitate. Dann bekamen Rumänen, die ins Ausland geschickt wurden, zum Beispiel mit einem Folkloreensemble, den Auftrag, die Briefe in ihrer eigenen Handschrift im Westen in die Briefkästen zu werfen.

Dazu kamen noch die Aktionen der Banater Schwaben, die mir vorwarfen, »Niederungen« im Auftrag der Securitate geschrieben zu haben, um das »Deutschtum« der Minderheit zu verunglimpfen. Und dafür sei ich mit Westreisen belohnt worden. In Süddeutschland kam mehrmals ein Trupp dieser »Landsleute« mit dem Auftrag, die Lesungen zu stören. Sie trampelten mit den Füßen, johlten und schrien. So musste manche Lesung abgebrochen werden. Aber wie direkt der Zorn dieser »Schwabendelegation« mit der Securitate verknüpft war, ahnte ich damals nicht. Erst in meiner Akte konnte ich sehen, dass sich auch in den Führungsgremien der Landsmannschaft Securitate-Agenten befanden. Und dass die Landsmannschaft ihren Einfluss in Rundfunkräten nutzte, um Redakteure zu schikanieren, die Interviews mit mir geführt hatten.

Ich habe es bis heute nicht verstanden, wieso der Landsmannschaft die Diktatur in Rumänien all die Jahre egal bleiben konnte. Als wär diese Heimat in einem Bilderbuch und nicht in einem Unterdrückungsstaat. Dorf und Klatschmohn, Volksmusik und Festtagstracht, Brauchtum und Tradition waren die Inhalte ihrer Heimat. Aber genau das hat die Diktatur doch kaputtgemacht. Die Dörfer blieben leer, jeder wollte aus den dreihundert Jahren Heimatgeschichte nur noch auswandern. In den vom Sozialismus gequälten Dörfern hat sich das Heimatgefühl in einen Koffer verwandelt. Was nützt eine Heimat, in der man nicht leben kann? Darüber hat die Landsmannschaft nie ein Wort verloren.

2009 entdeckte ein Wissenschaftler bei Recherchen die Securitate-Akte von Oskar Pastior. Pastior wurde, kurz nachdem er aus dem Arbeitslager kam, gezwungen, für den Geheimdienst zu arbeiten. Bei seiner Einreise hat er das den deutschen Behörden gesagt, dann aber jahrzehntelang geschwiegen, es kam erst nach seinem Tod heraus. Würde er jetzt noch leben, hätten Sie gesagt, er solle darüber schreiben. Welche Fragen hätten Sie gehabt?

Ich hätte genau wissen wollen, wie die Anwerbung passiert ist. Auf einem Zettel, den wir gefunden haben, als Pastior tot war, steht unter der Überschrift »Versuchte Rekonstruktion« das Wort »Kidnapping«. Mich erschreckt dieses Wort. Pastior hat sich nicht nur im Schreiben, auch im Gespräch immer jedes Wort sehr genau überlegt. Er hat nie übertrieben, er war beim Formulieren ausnahmslos zurückhaltend. Auf diesem Zettel steht aber »Kidnapping«. Darunter muss ich mir ja etwas Schlimmes vorstellen. Haben sie ihn in ein Auto gesetzt? Draußen in der Landschaft bedroht oder in einem Zimmer eingesperrt? Man weiß, dass es viele klandestine Orte gab, erpresste Wohnungen in Privathäusern, Hotelzimmer, Schuppen, abgelegene Gebäude jeder Art, ein Angstlabyrinth, in dem die Securitate ungehindert erpresst und gefoltert hat. Ich habe doch schon erwähnt, wie sie mit Rolf Bossert im Auto in ein Waldstück gefahren sind. Pastiors Kidnapping war jedoch fünfundzwanzig Jahre früher, damals waren die Methoden der Securitate noch brutaler.

Aus Pastiors Akte wissen wir, dass er gezwungen wurde, sich zwischen Mitarbeit und Gefängnis zu entscheiden. Nach fünf Jahren Arbeitslager, wo er so viele Internierte verhungern und erfrieren sah, hat er die Verpflichtung unterschrieben, weil er, kaum frei geworden, nicht wieder für Jahre ins Gefängnis wollte. Und in dieser Zeit war kein Urteil unter zehn Jahren denkbar. Aus dieser Unterschrift ist er zehn Jahre nicht mehr herausgekommen, sie hat ihn gequält, bis er Rumänien verlassen konnte. Auf dem Zettel schreibt er auch, er habe regelmäßig Migräne gehabt. Wenn man weiß, wie skrupulös Pastior war, kann man sich denken, wie tief dieser Einschnitt gewesen sein muss. Verlust der Selbstachtung und Schuldgefühle gegenüber anderen. Er nennt die erzwungene Mitarbeit »Ekelkomplex«.

Nachdem er das Lager überlebt hatte, kam er wegen ein paar Lagergedichten ins Visier der Securitate. Sie galten als »antisowjetische Hetze«. Man hatte ihn fünf Jahre ins sowjetische Lager gesperrt und wollte ihn dann wegen sieben Lagergedichten wieder ins Gefängnis sperren – ist das nicht tragisch, wenn einem dann auch noch das Überleben konfisziert wird?

Pastior kam aus der Verpflichtung nicht mehr heraus, konnte aus dieser Unterschrift nicht mehr ausscheren, aber er hat versucht, sich zu verweigern. Er hat ganz selten Berichte geschrieben, nicht einmal einen Bericht pro Jahr. Und seine Berichte sind belanglos. Ich glaube, kein einziger dieser seltenen Berichte ist aus eigenem Antrieb entstanden. Ich kenne viele andere Akten und wundere mich, dass die Securitate Pastiors Nachlässigkeit geduldet hat. Sie grenzt an Untauglichkeit. Und ich frage mich, was diese Passivität ihn gekostet hat.

Dazu kommt noch Pastiors Homosexualität. Auch dafür gab es Gefängnis, er musste auch sein Intimleben verstecken. Er konnte auch damit erpresst werden. Auch die Familie hat nichts davon erfahren dürfen. Wie der Staat und die Leute in der Kleinstadt hätte auch Pastiors Familie kein Verständnis dafür gehabt. Er hatte Angst, sie könnte ihn verstoßen. Die Mutter und Großmutter fragten ihn nach der Heimkehr aus dem Arbeitslager oft: »Hast du kein Mädchen?« Sowohl staatlich als auch familiär war alles andere undenkbar. Darüber und über die versteckte Homosexualität und zusätzliche Einsamkeit im Arbeitslager hat Oskar Pastior ausführlich mit mir gesprochen. Über die Homosexuellentreffen in der Kleinstadt und dann in Bukarest. Und wie eine schreckliche Angst umging, wenn Bekannte geschnappt und verhaftet wurden. Und dass man damit rechnen musste, der Nächste zu sein, weil der Verhaftete beim Verhör vielleicht alles ausgeplaudert hat.

Oskar Pastior war bis 1968, bis er bei seinem ersten Besuch im Ausland im Westen bleiben konnte, in den Krallen des Regimes – ein sich selbst weggenommener Mensch, Freiwild für den Staat und durch Gewaltandrohung zum Spitzel gezwungen. Ein zur Mitarbeit Gezwungener, also wieder Zwangsarbeiter der Securitate. Auf seinem Zettel »Versuchte Rekonstruktion« beschreibt er sich als »unschuldig schuldig geworden«. Und das sehe ich genauso, nicht weil er es von sich sagt, sondern weil ich seine sieben Berichte in den Akten gelesen habe.

Bevor Sie Pastiors Akte kannten, reagierten Sie – auch wegen der engen persönlichen Verbindung zu ihm – sehr heftig.

Als ich nach seinem Tod von seiner Mitarbeit hörte, war ich entsetzt. Ich konnte mir in ihm keinen agilen Spitzel vorstellen. Die Geschichte mit der Securitate war über vierzig Jahre her, und ich dachte, vielleicht war er früher als junger Mensch und ständig umzingelt von Angst ein ganz anderer. Vor Pastiors Tod bekam man in Rumänien noch keine Akteneinsicht.

In meiner ersten Wut war ich empört, dass mir Pastior trotz der engen Beziehung, trotz all der langen Gespräche über innere Zustände aus dem Lager, über Zwang und das

Ende jeder Eitelkeit und jeder Würde, dass ihm trotz dieser Themen das Wort Securitate nie über die Lippen kam.

Ich hab mich dauernd gefragt, wie geht das Schweigen, wenn man so eng befreundet ist? Wie, weiß ich nicht. Aber es geht. Ich glaube, zum einen hatte er große Angst vor meiner Erfahrung mit dem Geheimdienst. Und zum anderen noch größere Angst um uns beide, um unsere Freundschaft. Und in dieser Freundschaft mehr Angst um sich selbst als um mich. Und darin hatte er recht. Egal wie er mir seine Verpflichtung und die zehn Jahre geschildert hätte, ich wäre nicht bereit gewesen, ihm zu glauben, wie unschuldig er schuldig geworden ist. Und wie wenig er in den zehn Jahren berichtet hatte.

Ich hätte auf seine mündlichen Erklärungen abweisend reagiert und geglaubt, er verharmlost, er will sich doch nur herausreden.

Um sich zu schützen, musste Pastior das Verstecken zu seiner zweiten Natur machen. Aus der Ohnmacht hat er jahrelang nicht nur das Draufzahlen gelernt, sondern auch das Schweigen. Und er hatte ein feines Sensorium und ein trauriges Gespür für Zumutungen aller Art. Er hielt dieses Geheimnis für unzumutbar und er hatte recht. Ich hätte ihm nach so einem Geständnis ganz bestimmt die Freundschaft gekündigt. Und er wäre daran noch einmal zerbrochen. Und ich würde mir heute Vorwürfe machen, aber es wäre zu spät, denn er ist tot.

Nach Oskar Pastiors Tod kam es mir vor, als hätte er sein Leben auf Zehenspitzen gelebt. Es ist immer eine Rücksichtnahme in ihm drin gewesen, die so groß war, dass er sich dadurch als Person fast selbst relativierte. Er ist so vorsichtig mit jedem und allem umgegangen. Nicht zufällig nennt er seine Notiz »Versuchte Rekonstruktion«. Er fasste am konkreten Alltag das meiste als Versuch auf. Nach dem Überleben blieb bei ihm die ganze Lebenszeit ein Versuch, ins Zentrum der Person Oskar Pastior war eine Scheu eingebaut. Die Freiheit lag bei ihm in der Gewichtung des Zwangs, zum Beispiel, wo immer er sich befand, mit dem rechten Fuß über die Türschwelle treten, ins Auto einsteigen, aus dem Lift aussteigen. Das waren keine Spielereien, sondern Notwendigkeiten, innere Prinzipien, auf die es ankam. Freiheit war für ihn dieses Umdefinieren des Zwangs, Pastior hatte seine eigene undurchschaubare Sicht auf die Möglichkeiten des Gelingens. Er sprach vom »Gnadenzwinger« im Leben wie im Schreiben.

Das Leben war für Pastior ein Unikat, aber die Bestandteile des Unikats waren Wiederholungen aus Ketten und Serien von Dingen. Und die hatten ihre Gesetze. Ich glaube, Freiheit hieß bei Pastior nie, ein Gesetz zu brechen, sondern es zu überfordern, bis es sich selbst nicht mehr bestimmen, nicht mehr beachten – also ihm nichts mehr vorschreiben konnte.

Die Schönheiten meines Vaterlands

1984 war ein wichtiges Jahr für Sie. »Niederungen« erscheinen im Berliner Rotbuch Verlag, Sie bekommen den aspekte-Literaturpreis für das beste literarische Debüt des Jahres, dazu noch den Rauriser Literaturpreis, und plötzlich dürfen Sie nach Deutschland reisen, nachdem Sie vorher nicht einmal als Touristin nach Bulgarien oder nach Ungarn fahren durften.

Ich durfte dreimal in den Westen reisen, als ich Literaturpreise bekommen habe. Davor durfte ich nicht reisen. Ich wollte nach Klagenfurt, durfte aber nicht. Ich hatte den Text für den Ingeborg-Bachmann-Preis damals über jemanden vom Goethe-Institut in den Westen schmuggeln lassen. Damals konnte ich die Reise gar nicht beantragen. Um sie zu beantragen, musste entweder die Arbeitsstelle oder der Ehepartner eine Garantie abgeben, dass man wiederkommt. Ich hatte aber, nachdem ich aus der Fabrik rausgeflogen war, keine Arbeitsstelle und, da ich geschieden war, auch keinen Ehemann. Mein Reisegesuch wurde damals gar nicht erst angenommen. 1984 ist »Niederungen« in Deutschland erschienen. Dann hat der Geheimdienst entschieden, mich reisen zu lassen – und ich bekam kurzerhand eine Stelle als Lehrerin und vom Schuldirektor, obwohl er mich nicht kannte, die notwendige Bescheinigung der Arbeitsstelle. Ich wusste gar nicht, wie mir geschah.

Ich fuhr zur Frankfurter Buchmesse. Und kehrte, wie ich es mir vorgenommen hatte, wieder zurück. Da war meine

Stelle als Lehrerin schon wieder neu besetzt, weil sie dachten, ich bleibe in Deutschland. Das war für den Schuldirektor unangenehm, er musste die neu eingestellte Lehrerin wieder entlassen. Dafür hat er sich unter vier Augen beklagt, er verstehe nicht, wie man nur so blöd sein kann. Viele riskieren ihr Leben, um abzuhauen, und ich komme einfach so zurück, das könne er sich nicht erklären.

Sie waren nicht nur einige Tage im Westen, sondern Wochen. Mit welchen Bildern sind Sie in Ihr Land zurückgekommen?

Nach der Rückkehr bin ich wieder in die Schule gegangen. Die armen Kinder saßen in Mänteln und Handschuhen in der Klasse, es war Winter und es wurde im ganzen Land nicht geheizt. Aber es gab jeden Morgen am Schultor die absurden Kontrollen der Haarlänge und der Schuluniformen. Und es gab jede Woche »vormilitärischen Unterricht« in diesen grotesken Kinderuniformen mit Quasten und Schärpen und Sternchen und mit militärischen Rängen. Und es gab das Kahlscheren wegen Krätze, wegen Läusen. Und es gab als Strafe für jedes kleine Vergehen das Kahlscheren. Und es gab wieder die unerträglichen verlogenen Sitzungen, das Heucheln und den Opportunismus der Kollegen. Das kannte ich ja alles, aber ich hatte jetzt einen Vergleich, was es bedeutet, wenn man frei reden darf. Wenn man nicht zwei Gesichter und ständig zwei Rechnungen haben muss, die äußere und die innere Rechnung. Denn wenn man in dieser Schule nur einen Moment öffentlich gesagt hätte, was man denkt, wäre man sofort ins Gefängnis gekommen.

Im Westen habe ich kapiert, wieviel Leben uns in Rumänien gestohlen wird, dass man uns nicht nur den Mund verbietet, sondern auch das Leben stiehlt. Wir haben schlechte Kleider, wir haben schlechte oder keine Zähne, keine Medikamente. Die Leute sterben an Kleinigkeiten und halten das für normal. Sie sind dem Staat nichts wert. Wir hatten kein Aspirin und keine Watte, es gab keine Tampons, Binden, nichts. Die Frauen sind mit Fetzen in den Hosen rumgelaufen.

Korruption und Bestechung, das kam ja alles noch dazu. Und dass man die Leute noch mehr entwürdigen und zähmen kann, indem man ihnen mitten im Winter die Heizung abdreht und die Grundnahrungsmittel vorenthält. Indem man sie zwingt, einen ganzen Tag für ein Brot und eine Flasche Milch Schlange zu stehen.

Für diesen Staat hat es den einzelnen Menschen ja nur gegeben, wenn er ihm verdächtig war und er in ihm einen Feind sah.

Unser ganzes Leben wurde zensiert. Zensur ist nicht nur, wenn ein Satz zensiert wird in einem Buch, Zensur war alles. All das wurde mir in Deutschland vor Augen geführt. Ich habe mir im Westen immer gedacht, dass sich der Respekt für den einzelnen Menschen auch in den kleinsten Dingen zeigt. Wundpflaster, Hühneraugenpflaster, Tampons, Wattestäbchen – alles so banale Dinge. Aber sie sind eben nicht banal und sie sind nicht nur eine Ware. Kommt man wie ich aus einer verelendeten Gesellschaft, haben sie auch einen ganz anderen Wert.

Ich hab in der U-Bahn die Leute angeschaut wie ein Kind, die hatten so saubere Hände. Da ist so viel auf mich niedergeprasselt, die Welt war grell, meine Augen taten weh, es war hell und die Farben waren unruhig. Aber ich kam aus der grauen Stille der Diktatur und der Armut. Die Werbung schaute mich an jeder Ecke an, sie war frech und lebendig. Ich dachte mir, so sieht also das Leben aus, wenn man denken und reden darf, wie man will. Und das war überwältigend und fast nicht mehr auszuhalten. Das hat mich gefreut und es hat auch weh getan. Ich hab mich nicht getraut, glücklich zu sein, ich war nur verstört.

Als ich in Frankfurt das erste Mal abends in ein Restaurant kam und die Servietten, Blumen und Kerzen auf den Tischen gesehen und die Speisekarte durchgesehen hatte, habe ich zuallererst geweint, ehe ich etwas bestellen konnte.

Die Unterschiede zwischen Ost und West kommen in Ihren Essays häufig vor. Einerseits sehen Sie im Vergleich noch deutlicher, in wie vielen Spielarten eine Diktatur Menschen zurichten kann, andererseits birgt das glatt dahinlaufende Leben auch die Gefahr der Gedankenlosigkeit. »Sie haben den Kopf voller Bücher, keines hat ihnen auch nur ein Detail der Unfreiheit begreiflich gemacht«, ist die schärfste Formulierung in diesem Zusammenhang. Dagegen setzen Sie den »fremden Blick«.

Man hat mir oft den fremden Blick bescheinigt, meinte aber, er sei durch die Auswanderung aus Rumänien nach Deutschland, durch den Wechsel aus dem einen Land in ein anderes entstanden.

Man deutet den fremden Blick geographisch, aber er ist nicht geographisch, sondern biographisch oder psychisch. Der fremde Blick ist eine innere Sache, nicht der Wechsel von einem Land in ein anderes, sondern der Verlust der Selbstgewissheit. Und diesen Verlust habe ich in Rumänien erlebt, ich war schon jahrelang völlig verunsichert, innerlich ausgeraubt, zugerichtet, als ich noch gar nicht an die Ausreise dachte. Schon als mir im Kühlschrank des Studentenheims die Innereien der Tiere, von der Glühbirne beleuchtet, zum Herztier wurden oder das Taschentuch mein Treppenbüro in der Fabrik oder Leichenzucker aus den Linden die Straße bedeckte oder der Vernehmer Fingernägel wie Kürbiskerne hatte oder das zerschnittene Fell im Zimmer vom Fuchs zum Jäger mutierte.

Der fremde Blick ist für mich der bedrohte Blick, das Schauen in der Angst. Angst haben vor allem, auch vor sich selbst. Vielleicht ist es nicht nur Angst, sondern Verlorenheit, weil nichts mehr selbstverständlich ist. Weil man zu tief in die Dinge hineinschauen muss, so dass man nicht mehr darüber hinwegkommt. Weil nichts mehr am Tag glatt läuft. Man hängt in allen Sachen zu tief drin, immer ein Stückchen zu weit unten. Und das alles hab ich aus Rumänien mitgebracht.

Dem entkommt man nicht, es ist die Beschädigung, die man mit sich herumträgt. Dazu kommt die neue Umgebung. Sie selber ist nicht unberechenbar, aber man selber ist unberechenbar. Und dann entstehen Verbindungen, die Willkür der Erinnerung, die das Harmlose bedrohlich macht: Du steigst in einen Zug und siehst im Abteil eine Werbung für Schlafwagen, eine blonde Frau im weißen Nachthemd, und über dem Bild steht: Inge Wenzel auf dem Weg nach Rimini. Und dieses weiße Nachthemd katapultiert dich zurück nach Rumänien. Du warst mal im Schlafwagen auf dem Weg nach Bukarest, und es war eine Frau im weißen Nachthemd mit dir im Abteil im oberen Bett, und du hast die Befürchtung gehabt, der Geheimdienst schmeißt dich auf dieser Nachtfahrt aus dem Zug.

Warum hat Inge Wenzel auf dem Bild dasselbe Nachthemd an wie die Frau damals im oberen Bett? Es springt etwas aus der Zeit heraus. Die Gegenwart verwandelt sich in das, was du im Kopf trägst, du hast es längst vergessen, aber unerwartet ist es wieder da und du wirst dann so hilflos. Sichtbar oder unsichtbar ist dieses Mitgebrachte immer wieder präsent. Ohne das Nachthemd im Abteil wäre die Willkür der Erinnerung vielleicht in einen anderen Gegenstand gesprungen.

In Rumänien mussten Sie sich ständig in Acht nehmen, konnten nur Ihren Freunden vertrauen, und plötzlich standen Sie als Schriftstellerin im Rampenlicht, traten öffentlich auf, lasen vor großem Publikum. Wie empfanden Sie diesen Rollenwechsel?

Eine der Einladungen war die zum Rauriser Literaturpreis. Der kleine Ort im Hochgebirge, diese Welt aus Steinen. Der Großglockner am Himmel. Mir schien, dass der Berg nicht von unten nach oben wächst, dass er keine Höhe hat, sondern eine Tiefe. Dass er wie ein Trichter aus Stein von oben nach unten hängt und den ganzen Ort aufsaugen könnte. Und es roch überall aus den Nebenstraßen nach Kuhmist – das hat mich an die Dorftrauer von zu Hause erinnert. Trotz des Geruchs habe ich aber keine Kuh gesehen. Und ich dachte, vielleicht ist der Geruch extra für die Touristen gemacht, wahrscheinlich mit einem Spray, einem Raumspray, aber nicht für Zimmer, sondern für große, offene Räume. Ich stellte mir vor, in Österreich gibt es Dorfsprays mit Gebirgsaromen, die Almkühe und blühende Wiesen suggerieren. Sprays waren für mich sowieso etwas ganz Neues, besonders Raumsprays.

Lesungen vor Hunderten Leuten machten mich innerlich einsam. Ich wurde mehr auf mich selbst zurückgeworfen, als wenn ich allein gewesen wäre. Ich kannte aus Rumänien nur die Einsamkeit des Schreibens, die Angst vor Hausdurchsuchungen, das Verstecken der Texte bei unverdächtigen Personen oder bei Jenny im Garten. Die festgebissene Angst aller Verhöre tat mir unerklärlicherweise und gegen meinen Willen weh, wenn ich vor Publikum stand. Mir pochte der Kopf, weil ich wusste, wo meine Texte herkommen und wo ich sie jetzt vorlese und dass dies ein unerlaubtes Zusammentreffen ist. Dass ich das niemandem sagen kann, weil ich mich nicht beklagen will. Und dass ich froh sein muss, wenn die Leute mich anschauen und nicht sehen, dass ich mich von Kopf bis Fuß fühle, als wär ich als Ganzes unerlaubt.

Auch wenn ich dauernd beeindruckt war, verwundert, sogar begeistert von den vielen neuen Dingen, ich traute mich nicht, mich zu freuen. Ich war nicht frei im Kopf, ich dachte, Glück steht mir nicht zu.

Sie haben im Fernsehen und in Zeitungsinterviews offen und sehr direkt über die Diktatur gesprochen, die Vergehen und Verbrechen des Regimes benannt, obwohl Sie davon ausgehen konnten, dass man das in Rumänien verfolgt?

Ich wollte nicht um den Preis des Schweigens reisen. Es war mir sehr wichtig, dass man erfährt, was in Rumänien passiert. Wenn ich hätte schweigen wollen, hätte ich auch zu Hause bleiben können. Ich wollte reisen, aber vom Regime benutzen lassen wollte ich mich nicht. Auch wenn ich wusste, dass ich neue Probleme bekommen werde, wenn ich zurück nach Hause komme. Es gab viele Leute hier in Deutschland, die mich überzeugen wollten, im Westen zu bleiben. Aber die Rückkehr war für mich eine Selbstverständlichkeit. Ich hatte es den Freunden versprochen, eigentlich hatte ich es mir selbst versprochen. Es kam gar nicht infrage, hier zu bleiben. Ich wollte niemanden im Stich lassen und ich hätte den Gedanken nicht ertragen, dass man sich dafür an meinen Freunden rächt. Ganz banal gesagt, ich hätte hier im Westen keine Ruhe gefunden. Ich hätte mich schuldig gefühlt, dass andere für mich bezahlen. Und das hätte ich nicht verhindern können.

Also bin ich jedesmal zurückgekehrt. Ich musste innerhalb von vierundzwanzig Stunden den Pass wieder abgeben. Im Passamt telefonierte der Schalterbeamte, und dann wusste ich schon, was nun passiert. Die Gänge zwischen Passamt und Geheimdienst waren ja miteinander verbunden, und eine Minute später stand der Vernehmer schon da. Und dann begann die »Analyse« meiner Reise. Sie hatten alles gesammelt, jede Sendung, jeden Zeitungsartikel, auch die Buchbesprechungen, und ich wurde damit konfrontiert und gefragt, ob ich das wirklich alles gesagt hätte. Ich habe nichts geleugnet, aus Prinzip. Ich habe gesagt, alles ist von mir, sogar das Komma ist von mir. Und das war eine seltsame Taktik, ich glaube, das haben sie nicht erwartet, so wie sie die Resonanz von »Niederungen« überrascht hat und dass ich dafür mit Preisen ausgezeichnet wurde. Ich war plötzlich nicht mehr anonym, nicht mehr die Schwachstelle in der Gruppe. Da war ihnen etwas über den Kopf gewachsen. Auch weil ihre Verleumdungskampagne nicht funktioniert hatte, von der ich ja damals keine Ahnung hatte. Vor allem die Preise, die haben mich geschützt. Womöglich auch die Freunde.

Der Vernehmer hat immer gefragt, wer mich im Westen protegiert und wie es zu dieser Öffentlichkeit kommt. Das hat er nicht verstanden. Er ist davon ausgegangen, dass ich mit dem Bundesnachrichtendienst zusammenarbeite. Er konnte sich nicht vorstellen, dass mich zum Beispiel eine Buchhandlung oder eine Universität ohne staatlichen Auftrag zu einer Lesung einladen kann. Das war richtig erschreckend, wie vernagelt dieser Geheimdienst war. Freiheit konnte der Vernehmer sich nicht vorstellen, das passte nicht in seine Denkmuster. Alles was außerhalb staatlicher Kontrolle war, ging ihm nicht in den Kopf. Während ich ihm beibringen wollte, dass es im Westen unabhängige Institutionen gibt, hat sich bei ihm immer mehr der Verdacht erhärtet, dass ich ganz bestimmt für den BND arbeite und nur Propaganda für den Westen verbreite. Er war überzeugt, dass auch im Westen in jeder Institution der Geheimdienst sitzt und Leute aus dem Osten durch Erpressung anwirbt – so wie er es aus seiner langjährigen Arbeit kannte.

Nach der dritten Reise sagte der Vernehmer, mein sozialistisches Vaterland habe mir eine Chance gegeben, aber ich sei zu dumm gewesen, um sie zu nutzen. Ich hätte mich verräterisch und undankbar benommen und mit dem Reisen sei es jetzt vorbei. Die nächsten zwanzig Jahre hätte ich Zeit, die Schönheiten meines Vaterlandes zu besuchen. Danach hat man mich auch aus der Schule entlassen und ich war wieder arbeitslos wie vor den Reisen. Die Schikanen verschärften sich. Ich hatte überhaupt kein Geld. Sogar das Honorar für die deutsche Ausgabe von »Niederungen« ging an den staatlichen Schriftstellerverband, der Devisen brauchte, um die Reisen der Staatsschriftsteller und der Literaturfunktionäre zu finanzieren. Ich bekam einen Gutschein für den Einkauf im Intershop. Dort konnte man jedoch keine Lebensmittel kaufen, sondern »Luxusprodukte« wie Seifen und Deodorants, die in Deutschland in jedem Supermarkt liegen. Meine Mutter brachte mir jede Woche Fleisch und Gemüse vom Dorf, ohne sie hätte ich hungern müssen.

Haben Sie in dieser Zeit den Entschluss gefasst, die Ausreise zu beantragen? War es überhaupt ein Entschluss oder trieb alles darauf zu, so dass der Schritt schließlich fast zwangsläufig folgte?

Es war ein Entschluss, aber ein ganz später. Denn davor habe ich jahrelang gesagt, es können nicht alle gehen. Es müsse nur einer gehen und dann könnten die anderen bleiben. Ich wollte nicht einsehen, dass Ceauşescu und sein Clan das ganze Land besetzen. Die Gemeinheit, mit der sich dieses Regime über uns hergemacht hat, war ungeheuerlich. Die stillere Ideologie, die keinen Personenkult braucht, ist schon schrecklich genug. Aber dieses Rumänien mit seinem Personenkult, der alles auf Ceauşescu fokussierte, das war obszön. Ich hielt es nicht mehr aus. Ich hab den Fernseher eingeschaltet und das Gesicht von diesem Diktator gesehen, es schüttelte mich und ich fing jedesmal an zu weinen. Ich stand an der Bushaltestelle und hatte das Gefühl, ich muss jetzt laut schreien. Ich stieg in den Bus und dachte, ich muss die Leute jetzt laut fragen, wie sie das alles noch aushalten. Ich hab mich zwingen müssen, es nicht zu tun. Ich wusste, ich bin an einem Punkt, das wird nicht mehr lange gehen, die Nerven sind so blank, dass ich das bald tun werde. Und dafür ins Gefängnis?

Also weg von hier, solang es noch an der Zeit ist. Ich war gewarnt, Bossert war zu spät ausgewandert. Die Verfolgung blieb in seinem Kopf, er fürchtete sich vor jedem Polizeiauto in Deutschland, quälte sich mit Halluzinationen. Er fand nicht mehr ins Leben hinein. Noch in Rumänien hatte er sich mit der Schere den Bart zerschnitten, zum ersten Mal Hand an sich gelegt, dieses Bild hatte ich vor Augen.

Mal habe ich gedacht, dieser Irrsinn wird sowieso bald zusammenbrechen, und mal, dieser Irrsinn ist für immer und ewig installiert und wird länger dauern als mein Leben. Ich habe jetzt »mal und mal« gesagt, aber gedacht habe ich das gleichzeitig. Vielleicht in jeder Schläfe etwas anderes und es kam mir gar nicht wie ein Gegensatz vor. Und ich hab mich gefragt, was nützt mir die Freiheit, wenn ich auf sie warten muss, bis ich den Verstand verloren hab.

Fast alle aus dem Freundeskreis haben nach und nach die Ausreise beantragt. Rumänien mit seinen unzähligen und unseligen Fluchtgeschichten, alle wollten das Land verlassen. Aber für die deutsche Minderheit gab es dieses Zauberwort »Familienzusammenführung«. Unter diesem Namen hat der Staat die Rumäniendeutschen jeweils für ein Kopfgeld verkauft und hohe Deviseneinnahmen erzielt. Und im Land selbst ließen sich die Beamten die Pässe mit hohen Bestechungssummen bezahlen. Es entstand eine informelle Auswanderungsindustrie, ein System aus ganz verdeckten und halblegalen Anlaufstellen, wo man für viel Geld auf der Auswanderungsliste weiter nach vorne rücken konnte. Denn es gab keine zuverlässigen Regeln, für manche Familien hat das Warten auf die Pässe auch fünfzehn und zwanzig Jahre gedauert. Manche hatten kein Schmiergeld, andere hatten bezahlt und sich hoch verschuldet und es hat trotzdem nichts genützt. Aber es ging nicht nur um Geld, das größte Haus im Dorf war meist die größte Garantie, dass man den Pass schnell bekam. Das Haus nahm sich der Staat und das hieß, der Polizist oder der Parteisekretär hatte längst ein Auge auf das Haus geworfen und wartete genauso ungeduldig auf die Ausreise.

Wie alle in der Freundesgruppe wollte ich keine Familienzusammenführung, die Rubriken in den Formularen hatten mit unseren Auswanderungsgründen nichts zu tun. Es ging ausschließlich um die Verwandten, um die Tanten und Onkel in Deutschland. Und im Kleingedruckten stand, dass der Antrag ungültig ist, wenn die Fragen nicht genau und wahrheitsgemäß beantwortet werden. Wir haben die Fragen durchgestrichen und statt der Antworten hat jeder seine ganz anderen, eigenen Gründe für die Auswanderung eingetragen: Verfolgung durch den Geheimdienst, Verhöre, Hausdurchsuchungen, Rausschmiss aus der Fabrik, Entlassungen aus mehreren Schulen wegen Individualismus und fehlendem sozialistischen Bewusstsein, Zensur und Publikationsverbot und so weiter. Dann haben wir die Formulare abgegeben. Wir haben mit allem gerechnet, dass die Formulare als ungültig erklärt werden oder aber dass sie als Provokation aufgefasst werden und man uns dafür vor Gericht zerrt, oder es ist ihnen egal und wir können trotzdem ausreisen, weil man uns loswerden will, wie ich es aus den Verhören kannte: »Geh doch in den kapitalistischen Sumpf, dort gehörst du hin.«

Es kam keine empörte Reaktion auf die Formulare, es gab gar keine Reaktion. Die Schikanen gingen weiter. Um mich im Ungewissen zu halten, wurde mein Ausreisegesuch erst einmal ignoriert. Nach ein paar Monaten stellte sich dann heraus, dass die Formulare akzeptiert worden sind. Und schon nach anderthalb Jahren bekamen Richard Wagner, mit dem ich inzwischen verheiratet war, und ich die Benachrichtigung, dass wir ausreisen dürfen. Und danach auch die anderen Freunde. Sie wollten uns alle loswerden, die ganze Gruppe. Nur Roland Kirsch, er war der jüngste unter uns, hat gesagt, er wolle noch eine Weile bleiben, er komme später. Das Ende kennt man. Zwei Jahre später wurde er erhängt gefunden. Auf seiner letzten Karte stand: »Ich muss mir manchmal auf den Finger beißen, um zu spüren, dass es mich noch gibt.«

Anderthalb Jahre des Wartens, das muss nochmals an den Nerven zerren. Wie lebt man in dieser »stehenden Zeit«?

Dieses Warten schien endlos, weil das Ergebnis offen war. Keine Arbeit, kein Geld, Schikanen wie bisher, keine Sicherheit, ob der Pass überhaupt jemals kommt. Mit dünnen Nerven und der Lust, öffentlich zu schreien, streunte ich durch die Stadt. Ich sagte mir ganze und halbe Gedichte und alte bittere Reime in den eigenen Mund und machte neue dazu. Das zähmte die Schritte beim Gehen. Ich versuchte mich zu überreden, dass ich normal bleibe im Kopf, auch wenn ich den Pass nicht bekomme und weiter hier leben muss. Ich dachte, vielleicht ist diese Stadt nur eine Landkarte, wenn ich an der richtigen Stelle die Straßenseite wechsle, bin ich vielleicht wieder in West-Berlin. Ich spielte mit mir, wechselte die Straßenseite und blieb weiter in der Hundehitze und lachte mich aus. Es war fast wie damals als Kind, als ich dachte, nachts laufen die Möbel im Zimmer herum, ich muss nur im richtigen Moment das Licht anknipsen, um sie zu ertappen.

Nach dem Entschluss auszureisen hatte ich im Kopf mit dem Land abgeschlossen. Aber die Füße waren noch hier. Ich konnte keine Romane mehr lesen, die erzählte Zeit widersprach meiner Unruhe. Und ich konnte erst recht keine Texte mehr schreiben, die etwas erzählten. Erzählen hieß bleiben und ich wollte weg. Ein bisschen hatte ich auch Angst, dass ich dann nach der Ausreise plötzlich nicht mehr hier bin. Und nie mehr ins Land darf. Ich machte mir Sorgen um meine Mutter, die nicht ausreisen wollte. Und vor einigen Trennungen hatte ich Angst, am meisten vor dem Abschied von Jenny.

Und mit der Nachricht, dass man ausreisen darf, hatte man noch lange keinen Pass. Man musste sich einen Laufzettel besorgen und von einer Behörde zur anderen rennen, von einem Stempel zum nächsten. Überall Schlange stehen und warten und abgewiesen werden und am nächsten Tag wieder antreten. Das Stempelbedürfnis war irre. Vom Amt für nationales Kulturerbe bis hin zum Amt für Schornsteine. Von einem Stempel zum nächsten durften nur zwei Tage vergehen. Wenn man es in dieser Zeit nicht schaffte, egal aus welchem Grund, wurden alle Stempel ungültig und man musste von vorne beginnen. Es war Willkür und die konnte man nur durch Bestechung bändigen. Richtig zu schmieren war eine Kunst. Den Geldschein flach gefaltet, nicht zu klein, nicht zu groß, und die richtige Summe, in den Laufzettel an die richtige Stelle legen, damit er nicht zu früh herausrutscht, aber doch rechtzeitig entdeckt wird. Wenn der Beamte ihn nicht rechtzeitig gesehen hatte, war man schon angeschnauzt und abgewiesen. Die Beamten waren von der Bestechung verwöhnt und fühlten sich schlecht behandelt, wenn man die Kniffe des Schmierens nicht kannte. Es gab total verrückte Sachen. Ich wohnte im fünften Stock in einem zehnstöckigen Wohnblock. Ich hatte keinen Schornstein, aber ich brauchte den Stempel vom Schornsteinamt, dass ich keinen Schornstein habe.

Wann waren Sie sicher, dass alles gutgehen wird? Als Sie den Pass endlich bekommen haben, als Sie in den Zug gestiegen sind, als Sie über der Grenze waren?

Als wir den Pass hatten, waren wir sicher, dass wir ausreisen können. Wir fuhren bis zum Grenzbahnhof Curtici. Aber als wir mit dem Koffer dort im Wartesaal saßen, wurden wir wieder unsicher. Wir warteten auf den Nachtzug nach Wien. Im Wartesaal waren an die zehn Personen. Der ganze Bahnhof galt als Grenzgebiet, niemand durfte den Wartesaal verlassen. Und im Wartsaal gingen drei Grenzpolizisten hin und her und schauten ins Leere, als wären wir nicht da. Wir saßen still nebeneinander, es wurde nur leise gesprochen. Dann gab es für alle eine Leibesvisitation. Es war nach Mitternacht, draußen hörte man den Zug rauschen. Und einer der Polizisten forderte uns auf, ihm auf den Bahnsteig zu folgen. Als wir aufstanden, sagte ein anderer Polizist: »Ihr drei bleibt da.«

Ja, wir waren zu dritt, meine Mutter war auch dabei. Sie war bereits zweiundsechzig Jahre alt und sagte, sie sei zu alt zum Auswandern. Sie wollte ihr Haus und das Dorf nicht verlassen. Dann aber hat man dafür gesorgt, dass ihr das Dorf unheimlich wurde. Man hat ihr gezeigt, was kommen wird, wenn ich außer Landes bin. Eines Morgens wurde sie vom Dorfpolizisten zu Hause abgeholt und zur Polizeiwache mitgenommen. Der Polizist tobte, doch sie sprach nicht gut genug Rumänisch, um seine Beschimpfungen und Drohungen zu verstehen. Als sein Wutanfall vorbei war, verließ er das Büro und schloss hinter sich die Tür ab. Meine Mutter blieb den ganzen Tag bis am späten Abend in diesem Büro eingesperrt. Sie klopfte an die Tür, sie weinte, es war alles umsonst. Aus Verzweiflung und damit die Zeit nicht so lang ist, fing sie erst mit ihrem Taschentuch an, den Staub zu wischen. Aber die Zeit stand noch immer still, und am Waschbecken hing ein Handtuch. Und mit dem Handtuch wischte sie dann den Fußboden. Als sie mir das erzählte, war ich entsetzt über den eingesperrten Tag und wütend über ihre Selbsterniedrigung.

Nach dieser Drangsalierung hat sie sich vor dem Polizisten buchstäblich gefürchtet und wollte weg aus dem Dorf. Und das sollte sie auch. Sie hat ihre Formulare, dann den Pass in so kurzer Zeit und ohne Schmiergeld bekommen, dass sie mit mir zusammen ausreisen konnte. Für Bestechung blieb keine Zeit und es wollte auch niemand etwas. Ich weiß nicht, ob nur der Geheimdienst sie loswerden wollte oder auch der Dorfpolizist. Sie wohnte in einem sehr großen Haus.

Also saßen wir jetzt nur noch zu dritt im Warteraum und wurden nochmals durchsucht. Die Polizisten ließen sich Zeit. Durchs Fenster schien die Bahnhofslaterne, der Wind trieb den Schnee schräg durchs Licht. Die Angst, dass der Zug ohne uns wegfährt, wurde immer größer.

Nach den ganzen Schikanen, die noch kurz vor der Ausreise passiert waren, nach dem vorgetäuschten Einbruch und der Hausdurchsuchung, war ich nicht mehr sicher, ob das, was wir in der Hand hatten, wirklich ein Pass war. Ich hielt schon wieder alles für möglich. Sind die jetzt wirklich wahnsinnig und lassen uns nicht aus dem Wartesaal und sagen hinterher, wir hätten aus eigener Schuld den Zug verpasst und das Ganze war gar keine Ausreise und sie schicken uns ins Land zurück? Sie konnten ja mit einem machen, was sie wollten, auch das Spiel bis in den krassen Irrsinn treiben. Dann kommen wir zurück und haben kein Dach mehr überm Kopf. Und dann sagen sie, du brauchst keine Wohnung mehr, du gehst ja ins Gefängnis.

Aber wir hatten doch einen Pass in der Hand. Im Galopp wurden wir zum Zug getrieben. Wir standen noch im Gang, als der Zug schon anfuhr. Auf der Waggontreppe sagte ein Polizist, so viel Zeit blieb noch: »Wir kriegen dich überall.«

In den Pass haben sie uns auch noch eine Abschiedsschikane gestempelt. Wir reisten am 28. Februar aus und im Stempel stand der 29. Februar. Diesen Tag gab es 1987 nicht. Es war kein Schaltjahr. Und dieser Stempel hat mir bei jeder deutschen Behörde unnötigen Ärger gemacht.

Gab es einen Moment beim Abschied, der besonders schmerzlich war, wo Sie spürten, jetzt reißt etwas ab?

Am schwersten war der Abschied von Jenny. Wir konnten uns nicht voneinander losreißen. Sie ging weinend und ich schloss die Tür. Und sie klopfte und ich öffnete wieder. Und wir weinten eine Weile und sie ging und ich schloss wieder die Tür. Und sie klopfte wieder und ich öffnete wieder. Und dann ging ich mit ihr bis auf die Straße und schaute ihr lange nach. Die Straße lief schnurgerade und auf ebener Erde. Es war Ende Februar, über der Stadt eine gefrorene Sonne. Und mir schien, als laufe die Straße an diesem Tag bergab. Und je weiter sich Jenny entfernte, umso heller glänzte ihre Windjacke oder das Weinen in meinen Augen oder beides. Ich dachte an einen Silberlöffel, und das war es auch. Dieses Wort hatte mit dem Abschied nichts zu tun, aber kein anderes Wort konnte den Abschied besser beschreiben.

Als Sie in Deutschland ankamen, im Übergangsheim in Nürnberg, wurden Sie von den deutschen Geheimdiensten, die jeden Aussiedler befragten, als Agentin der Securitate verdächtigt und tagelang verhört, während die Befragung Ihrer Mutter nach einer Minute abgeschlossen war. Ihre Mutter bekam auch nach kurzer Zeit die deutsche Staatsbürgerschaft, Sie dagegen mussten fast zwei Jahre darauf warten. Was hat diese geradezu absurde Wiederholung bei Ihnen ausgelöst?

Ich dachte damals, ich werde verrückt, die Welt ist jetzt entgleist. In Rumänien hat mich die Securitate verdächtigt, für den BND zu arbeiten, und jetzt sitze ich in Nürnberg und der BND verdächtigt mich, für die Securitate zu arbeiten. Hitlers Reichsparteitagsgelände in Sichtweite und in diesem Übergangsheim hängt hinter manchem Schreibtisch die Deutschlandkarte von 1939.

Lange vor meiner Ausreise hatte ich von sogenannten »Landsleuten« aus Deutschland Briefe bekommen, in denen stand, ich sei in Deutschland unerwünscht. Das schien auch eine organisierte Kampagne zu sein und es passte zu den Verleumdungskampagnen aus den Landsmannschaftsblättern. Diese liefen schon seit einigen Jahren, seitdem »Niederungen« in Rumänien erschienen war. Aber dass mich in Nürnberg, in diesem Übergangsheim auch der BND als Agentin verdächtigte, das war für mich ein Schock. Diesen Dialog zwischen mir und dem BND-Vernehmer werde ich nie mehr vergessen. Es ist wie mit dem Satz der Großmutter: Denk nicht dorthin, wo du nicht sollst.

Hatten Sie mit dem dortigen Geheimdienst zu tun?

Er mit mir, das ist ein Unterschied.

Lassen Sie die Unterscheidung mal meine Sache sein, dafür werde ich schließlich bezahlt.

Und dann die Faltbögen mit den Mustergesichtern, mit deren Hilfe ich die rumänischen Securisten beschreiben sollte. Ich widersprach und korrigierte, wo ich konnte. Ich fragte den Vernehmer, wieso er sich nicht über mein Leben informiert, bevor er mich verdächtigt. Wieso er nicht wissen will, wie ich in Rumänien gelebt hab und was ich von der Diktatur halte. Er blieb stur bei seiner Meinung, ich redete mit den Wänden. Nach dem ersten, nächsten, übernächsten und bis zum letzten Verhör verabschiedete er mich ungerührt mit demselben Satz:

»Wenn Sie dennoch einen Auftrag haben, jetzt könnten Sie es noch sagen.«

In den Pausen zwischen den Verhören ging ich auf die Straße. Es waren frühdunkle Nachmittage, das nackte Geweih der Bäume, dünner Schnee wie Mehl. Und das Übergangsheim hieß »Langwasser«, ein viel zu schöner Name für einen Betonblock. Und schräg über der Straße stand Hitlers Parteitagsgelände. Hie und da brannte eine Laterne. Ich dachte, diese Gegend schluckt mich. Ich war so verzweifelt, ich hätte nichts dagegen gehabt, wenn sie es getan hätte. Am liebsten hätte ich Deutschland sofort verlassen, weil man mich spüren ließ, dass man mich hier nicht haben will. Aber wo sollte ich hin?

Ich konnte mir die Verdächtigungen des BND nur als Einfluss der Landsmannschaft erklären. Man kannte sich gut, die Büros waren auf dem gleichen Flur im Übergangsheim. Und die Landsmannschaft, dachte ich, wird beeinflusst von der Securitate. Und es machte mich fassungslos, dass der deutsche Geheimdienst meine Biographie nicht selbst recherchiert, nicht überprüft, was ihm die Landsmannschaft erzählt. Dass er sich von einer Landsmannschaft »beraten« lässt, die noch nie ein kritisches Wort über die beiden Diktaturen gesagt hat, mit denen sie verstrickt ist. Gegründet wurde sie von Nazifunktionären nach dem Weltkrieg und unter ihrem heutigen Führungspersonal waren aus der Ceauşescu-Diktatur ausgewanderte, brave Bürokraten. Die Überschneidung dieser beiden Diktaturen zeigte sich auch in der Sprache der Schmähartikel der Landsmannschaftsblätter. Mir wurde »krankhafte Ablehnung« und »Hass« gegenüber »meinem schwäbischen Volksstamm« vorgeworfen. Ich sei eine der »wertvollsten Mitarbeiterinnen der Bukarester ZK-Propagandaabteilung« und schädige »das Image des Auslandsdeutschen im Mutterland«. Man nannte mich Asphaltliteratin, der Begriff, mit dem Goebbels jene Autoren beschimpfte, die nicht aus dem deutschen »Volkstum hervorgegangen sind«. Ein anderer Artikel endete mit dem Zitat »Jedem das Seine«, der Torinschrift am KZ Buchenwald.

Wie vor der Ausreise in Rumänien hatte man auch im Übergangsheim einen Laufzettel. Auch von der Landsmannschaft brauchte man einen Stempel, ich musste ihr Büro als Bittstellerin betreten und wurde mit Häme empfangen. Man sehe mir an, sagte der Beamte, dass die deutsche Luft mir nicht guttue.

Der BND hatte gar kein Interesse an dem, was Sie von der Diktatur erzählen konnten?

Politisch an den Verhören war nur der Verdacht, ich sei eine Agentin, die Wirklichkeit der Diktatur kam überhaupt nicht vor. Über mein Leben wollte der BND gar nichts wissen, sonst hätte er seinen Verdacht nicht aufrechterhalten können. Diese Taktik erinnerte mich an die Taktik der Securitate, wo man mich auch nur mit Erfindungen konfrontiert hat, damit die Wirklichkeit nicht vorkommt. Wie ist das möglich, fragte ich mich, ohne Absprache haben beide Geheimdienste das gleiche Drehbuch. Vor dem BND hatte ich keine körperliche Angst, aber ich war zutiefst deprimiert. Und dass ich sowohl bei der Securitate als auch beim BND, egal was ich sagte, an ihrem erfundenen Verdacht nichts ändern konnte, diese Einsicht war fatal.

Die Behörden wollten mich dauernd auf die Familienzusammenführung festlegen. Und man hat mir gesagt, ich muss mich entscheiden, ob ich Deutsche bin oder politisch verfolgt. Und ich habe gesagt: beides. Beides, haben sie gesagt, geht nicht, dafür haben wir kein Formular.

Mein Freund Oskar

Sie haben das Schreiben vorhin als Mischung von Faszination und Überdruss beschrieben. Es kommt dazu, dass die Vergangenheit, wenn sie in die Gegenwart funkt, schmerzend lebendig wird. Die Ängste, die Willkür, der Sie ausgeliefert waren, der Schmerz über die toten Freunde, die Wut über die gestohlene Existenz, nichts ist vorbei.

Ja, das Schreiben ist eine innere Notwendigkeit gegen einen inneren Widerstand. Ich schreibe immer für und gegen mich selbst. Mit dem Aufschreiben warte ich jedesmal, bis es unausweichlich ist. Ich zögere es hinaus, weil ich weiß, dass es mich, wenn ich damit anfange, so in Besitz nimmt, dass ich Angst davor habe. Wenn ich dann im Schreiben bin, schluckt es mich ganz. Die Sprache hebt die Zeit auf, sie zieht das Erlebte in eine besessene Suche nach Wort, Takt, Klang. Diese Genauigkeit hat ihre Rücksichtslosigkeit, aber auch ihren Sog, aus dem ich nicht mehr herausfinde. Aber ich bin dann auch darin eingepackt. Ich glaube, dass mich das auch schont. Den Magnetismus beim Schreiben gibt es, sonst würde ich es nicht seit Jahren tun. Ich glaube, dieser Magnetismus besteht aus Rücksichtslosigkeit und Schonung. Vielleicht muss ich auch von Rücksichtslosigkeit sprechen, weil ich mir meine Themen nicht selbst ausgesucht habe, weil darin fremde Willkür und gestohlenes Leben sitzen. Und vielleicht muss ich auch von Schonung sprechen, weil ich nicht weiß, ob ich dem Erlebten nicht erbarmungsloser ausgeliefert wäre, wenn mir die Wörter, die so schwer zu finden sind, nicht doch zu Hilfe kämen. Aus den Wörtern heraus entsteht so ein Worthunger. Es bilden sich neue Wörter, die mir etwas zeigen, was ich ohne sie nicht gesehen habe.

Das Erlebte schaut mich im Schreiben noch einmal an, mit einem anderen Blick. Mit einem glasigen, unnatürlichen Blick. Als würde es sich einerseits unerlaubt gut kennen und andererseits gar nicht. Das Geschehene geschieht auch noch einmal beim Schreiben. Darum ist nichts Erlebtes fertig. Es hängt ganz von der Sprache ab, ob es gutgeht oder ob es misslingt. Aus diesem Zwiespalt kommt das Zögern und die Angst, dass ich diesem glasigen, unnatürlichen Blick nicht gewachsen bin. Auch wenn ich zögere, es läuft dennoch immer darauf hinaus, dass ich irgendwann beginne und schreibe. Ich glaube, ich verlasse mich seit Jahren aufs Schreiben. Dadurch ist im Laufe der Zeit eine äußere Gewohnheit entstanden, es mit Sprache zu versuchen, das Leben noch einmal anzuschauen. Das heißt dann aber, es auch noch einmal auszuhalten. Aber in der Gewohnheit ist immer die Angst, dass ich beides nicht schaffe – es noch einmal anzuschauen und es noch einmal auszuhalten. Dieser doppelte Zweifel gehört dazu, sonst hat man im Grunde genommen schon verloren.

Gibt es auch Entwürfe, die Sie weggeworfen haben?

Vielleicht nicht weggeworfen, aber vorläufig aufgegeben. Später bin ich noch mal drangegangen. Fast immer ist der Anfang unbrauchbar. Ich bin auch oft die Ich-Person satt. Aber wenn ich dann im zweiten, dritten oder vierten Kapitel sehe, dass der Satz eine ganz andere Sinnlichkeit bekommt, wenn da »Ich« steht, dann kann ich das »Ich« zwar satt sein, aber der Text besteht darauf. Und wenn ein Manuskript fertig scheint, lese ich es noch zwanzigmal. Jedes Lesen ergibt eine neue Variante. Das sind dann oft Umwege und ich komme auf die allererste Variante zurück. Aber umsonst ist es nicht, dass diese allererste Variante gültig ist, das sehe ich erst, wenn ich zwanzigmal neue Möglichkeiten probiert habe.

Genauso ist es, wenn ich einen meiner früheren Texte lese. Inhaltlich könnte ich daran nichts ändern, aber den Atem der Sätze.

Was wissen Sie als erstes, wenn Sie ein neues Buch beginnen, die Zeitspanne, über die Sie schreiben wollen, einzelne Situationen, welche Personen vorkommen – wo ist so etwas wie die Keimzelle?

Es war oftmals nur eine einzige Situation, eine Ausgangssituation, die dann, wie sich beim Schreiben herausstellte, schon das Ganze ungefähr kannte. Ungefähr ist aber das Gegenteil von genau, und beim Schreiben muss es übergenau werden. Ungefähr heißt, dass einem die ganze Arbeit am Geflecht, an der Struktur, an der Reihenfolge der Details noch bevorsteht. Es geht ums Erwähnen und Auslassen, Andeuten und Insistieren, Dehnen und Kürzen, Aufreizen und Abkühlen, Verdeutlichen und Zurücknehmen – und das alles gleichzeitig. Man spürt, wie sehr die Gewichte sich verschieben, dass die Logik der Realität sich der Sprache unterwirft. Anders kann man nicht erzählen. Es ist nicht voraussagbar, nicht einmal absehbar, wie die Sprache mein Wissen über das Gelebte zerlegt, es auseinandernimmt und anders zusammenbaut, bis eine Wortfolge ihm einigermaßen entspricht. Eine Wortfolge wird zur erfundenen Wahrheit. Dabei ist doch alles künstlich gemacht, das Unwirkliche wird im Text gültig durch seine passende Sprache. Gerade wenn oder weil das Thema bedrohlich ist, muss es treffend schön sein in der Sprache. Ich würde das Schreiben nicht aushalten, wenn die Hauptsache an den Texten nicht die erfundene Wahrheit der Sprache wäre, in der das Schöne weh tut.

Alle meine Texte sind aus solchen Ausgangssituationen entstanden. Eine Ausnahme ist »Atemschaukel«. Denn darin geht es nicht um mein eigenes Leben, sondern um die Deportation meiner Mutter. Schon als Kind habe ich gespürt, dass meine Mutter eine Last im Nacken trägt. Ich habe das Dorfwort für Deportation, »Verschleppung«, oft gehört. Aber als Kind habe ich nicht verstanden, was es bedeutet. Als Kind hatte ich immer den Eindruck, dass meine Mutter sehr alt ist, aber sie war kaum dreißig. Und es war mir unheimlich, allein mit ihr zu essen. Die Unruhe und die Gier haben sich beim Essen auf mich übertragen, es war wie eine Jagd aufs Sattwerden. Dabei war der Mund ganz für sich, gehörte keiner Person, er schien völlig allein. Diese verbissene Art zu essen machte sehr einsam. Die Kartoffel war das Grundnahrungsmittel im Lager und für meine Mutter ist sie bis heute heilig. Ich musste Kartoffeln schälen lernen. Meine Mutter verlangte, dass die Schale hautdünn und kreisförmig in einem Stück ist, wie ein geschlungenes Band. Sie schrie mich an, wenn das Messer zu tief in die Kartoffel rutschte und wenn ich die Drehung des Messers absetzen musste und das Band zerriss. Sie war imstande, mich zu verprügeln, wenn die Kartoffelscheiben beim Schneiden ungleich und die Schnittflächen krumm ausfielen. Aus ihrem chronischen Hunger entstand nach der Heimkehr aus dem Lager ihre lebenslange Komplizenschaft mit der Kartoffel und meine Distanz zur Kartoffel. Als wäre es die Kartoffel selbst, die hohe Ansprüche stellt, denen man kaum gerecht werden kann, die diesen strengen Kartoffelrespekt fordert. Falls es außerhalb von einem selbst für jeden Menschen einen Gegenstand gibt, der ihm zeigt, wie er sein Leben zu machen hat, ist es für meine

Mutter die Kartoffel. Sie ist es umstandslos und ohne darüber jemals ein Wort zu verlieren.

Sie kamen nur drei Jahre nach der Rückkehr Ihrer Mutter zur Welt, die Deportation steckte noch in ihr. Den damit verbundenen Schrecken haben Sie als Kind gespürt, aber es war ein Schrecken ohne Inhalt.

Ich verstand das Wort »Verschleppung« nicht und verstand das Wort »Lager« nicht. Und weil es staatlich verboten war, über die Deportation zu sprechen, waren diese Wörter immer nur Heimlichkeiten und Geflüster. Umso mehr haben sich diese Wörter, durch die Art, wie sie zwischen uns existierten, aufgeladen. Von lauter Vermeiden, Schweigen und knappem Andeuten wurden diese Wörter für mich als Kind riesiggroß, wie alle Verbote, denen man im Kopf ständig nachhängt. Ich habe mich vor diesen Wörtern fast gefürchtet. Meine Mutter hat das Kahlscheren im Lager oft erwähnt, während sie mich kämmte. Und das ist mir nicht nur in den Kopf, sondern direkt in den ganzen Körper gegangen und es hat mich gegruselt. Ich weiß nicht, ob sie das wollte. Ich habe von Deportation nichts verstanden, aber darunter gelitten.

Deportation war die Summe der gestreuten Ungeheuerlichkeiten und fand schon in mein allererstes Buch, »Niederungen«, als Hunger und Grassuppe und Frieren und Kahlscheren. Und ich dachte schon damals, als Randgeschichte reicht es nicht. Über die Deportation müsste man ein ganzes Buch schreiben. Fünfundzwanzig Jahre habe ich das gedacht, und dann bin ich immer davor zurückgewichen und habe ein anderes Buch geschrieben. Denn in meinem Kopf hat die Bedrohlichkeit bei dem Thema Deportation nie aufgehört.

Die Gespräche mit Oskar Pastior über seine Zeit im Arbeitslager wurden zentral für die »Atemschaukel«. Waren sie auch der Auslöser, sich endlich an dieses Thema zu wagen?

Nein, ich habe jahrelang recherchiert. Immer wieder hat mir meine Mutter gesagt, wer von ihren engen Bekannten aus dem Dorf gerade gestorben ist. Es waren immer Deportierte. Und ich habe mir immer öfter denken müssen, mir läuft die Zeit davon, bald werden alle gestorben sein und es wird keiner mehr etwas erzählen. Um ein Buch zu schreiben, dachte ich, müssen mir viele etwas erzählen. Um die Zeit einzuholen, hab ich mich mit Deportierten getroffen. Die Gespräche verliefen ähnlich, weil die Leute nicht gewohnt waren, über sich selber zu sprechen. Die Gespräche blieben im Allgemeinen stecken. Es gab weder das Alltägliche des Lagers noch das Persönliche an dieser Katastrophe. Die Einzelheiten, die das Lager beschreiben könnten, waren verschüttet. Auch in den veröffentlichten Erfahrungsberichten fand ich verständlicherweise viele Klagen über das Leiden, und das immer im kollektiven Erleben. Es gab nur das Wir, aber ich brauchte Einzelpersonen, um dieses kollektive Erleben zu erzählen.

Dann kam ein Zufall ins Spiel. Ich war mit Oskar Pastior unterwegs zu einer Lesung in Südtirol. Wir fuhren durchs Gebirge. Ich habe gesagt, die faulsten Bäume sind die Tannen, die tun gar nichts, stehen immer gleich grün. Laubbäume haben Knospen, Blüten, Früchte, färben sich bunt, werfen die Blätter ab, sie arbeiten. Ich weiß nicht, warum wir zu Weihnachten ausgerechnet Tannen ins Zimmer stellen mit Lametta drüber, als ob Eingeweide daran hingen. Und Oskar Pastior wurde zornig, fing an, die Tanne zu verteidigen, im Lager sei die Tanne die letzte Berührung mit der Zivilisation gewesen. Er erzählte mir von dieser Tanne, die er sich aus seinen aufgetrennten grünen Wollhandschuhen gemacht hatte, wie die Wollfäden dicht geknotet an einem Drahtgestell wie Tannennadeln aussahen. Und was für ein Glück in der Baracke war mit diesem handhohen Weihnachtsbaum. Und zum Schluss sagte Pastior noch: »Um an die Tanne zu glauben, muss man nicht an Weihnachten glauben.« Na ja, da hab ich schon geschluckt. Ich hab auch gedacht, er ist ein Gebirgsmensch und ich bin eine aus der Ebene. Er mit seinem Gebirge und den Tannen und Wald, dass er alles immer mochte. Und es nicht nur mochte, sondern es als Heimat akzeptierte. Ich mit meiner Ebene und dem Maisfeld und dem Flusstal habe die Heimat immer von mir gewiesen. Aber Pastior hat die Heimat, damit sie bei ihm bleibt, immer auf sich selbst zugeschnitten, wie ein Hemd, das nie fertig wird. Der hat seinen Tannenwald gemocht, der hat seine Gebirgsketten gemocht, und ich habe mein Maisfeld und mein Flusstal immer abgelehnt.

Das ist ja das Großartige, diese äußere Akzeptanz hat Pastior mit der inneren Gebrochenheit der Sprache beantwortet. Er hat auch die kleinsten, kitschigsten Porzellanfigürchen von zu Hause gemocht. Er war ja, und das war das Verrückte, durch und durch konventionell. Der konventionellste Mensch mit den verrücktesten Ideen, das fand ich so schön. Er war auch der selbstverliebteste Mensch und der bescheidenste. Diese Gegensätze, die sonst nicht zusammenkommen, das fand ich so großartig bei ihm.

Mit seiner Verteidigung der Tanne hat Pastior mir en passant genau das über das Lager erzählt, wonach ich immer gesucht habe.

Ich wusste, wenn ich mit Pastior nur eine Viertelstunde über das Lager rede, erfahr ich mehr, als wenn ich mit anderen Leuten Monate rede. Aber das habe ich ihm nicht gesagt. Und ich habe mich auch nicht getraut, ihn zu fragen, ob er mir mehr über das Lager erzählen würde. Nach der Verteidigung der Tannen wusste ich, dass in seiner Erinnerung alles in dieser Genauigkeit aufbewahrt ist. Weil ich mir dachte, dass Erzählen über die Schrecken des Lagers in dieser Genauigkeit schmerzhaft ist, wollte ich ihm das nicht zumuten. Ich hatte Angst um ihn. Was mich noch zusätzlich scheu machte, war meine Bewunderung für seine Bücher. Wie oft hatte ich in der Maschinenfabrik in Rumänien seinen »Krimgotischen Fächer« in der halboffenen Schublade liegen und heimlich darin gelesen. Und wie die verrückten Höfe aus diesem Buch, die Höfe der Paraputen, die Höfe der Windältesten, auf dem verzweigten Fabrikgelände kein bisschen surreal waren. Als wäre Pastior lange vor mir in dieser Fabrik gewesen, so real waren die Höfe aus seinem Buch. »Der krimgotische Fächer« verstand durch seine verwunschenen Bilder besser als ich selbst, in welcher gefährlichen Umgebung ich lebte. Ich habe mir auch eine Art Zauberformel aus den Satzteilen von Pastiors Versen gemacht: »Minze Minze flaumiran Schpektrum.« Wenn das Leben wieder mal an keiner Stelle mehr zu ertragen war, ermutigte ich mich mit diesem Spruch. Was für etliche Literaturkritiker unsinnige Sprachakrobatik war, das war und ist für mich bis heute die Beschreibung einer entgleisten Welt. Mit »flaumiran Schpektrum« bat ich halb im Witz, aber traurig die Minze um eine Perspektive. Die Minze, weil im Rumänischen Minzereiben Zeitvergeuden bedeutet.

Die Geschichte von der Verteidigung der Tannen hab ich Ernest Wichner erzählt, der Pastior viel näher stand als ich und seine Werkausgabe betreute. Er wusste, dass ich mich schon längere Zeit mit Recherchen übers Lager herumschlug. Und er fragte Oskar Pastior, ob er mir für ein Buch von seinen fünf Lagerjahren erzählen würde. Oskar Pastior war nicht nur sofort einverstanden, er wollte, dass wir sofort damit beginnen. Drei Tage danach ging ich zum ersten Mal zu Pastior.

Welche Struktur hatten Ihre Gespräche?

Unsere Treffen blieben immer gleich: ich kam montags um drei Uhr und blieb immer länger, je mehr wir ins Erzählen und Aufschreiben kamen. Es wurde normal, dass ich bis Mitternacht und länger blieb. Und dann musste ich Pastior bremsen, weil er noch immer nicht müde wurde. Ich begriff, welche Dringlichkeit in diesem Erzählen steckte. Es war ja das allererste Mal und nach sechzig Jahren Schweigen, dass Pastior überhaupt vom Lager erzählte.

Ich wollte wieder mein Aufnahmegerät benutzen, aber Pastior hat sich geweigert, darauf zu sprechen. Das war ihm zu unpersönlich, und er war davon eingeschüchtert. Ich kaufte große Kladden zum Aufschreiben. Das Mitschreiben hat ihn nicht gestört. Und aufs Papier konnte er mir auch Gegenstände aus dem Lager zeichnen, die Kohleschaufeln, die Holzschuhe, die Kleidungsstücke, den Kühlturm, den Viehwaggon. Das hielt er für natürlich, und ich bin auch froh, dass es die Notizen mit seinen Zeichnungen gibt. Ein Aufnahmegerät hätte uns einen ganz anderen Rhythmus und ganz andere Methoden diktiert. Ob er das alles so überlegt hat, weiß ich nicht, aber selbst wenn es nur eine instinktive Abwehr war, hatte er recht. Mit einem Gerät muss man vorspulen, zurückspulen, man kann nicht korrigieren, man kann es nur noch einmal aufnehmen. Nachher kennt man sich womöglich selbst nicht mehr aus. Und wir hätten in dem Moment, in dem wir zusammensaßen, nichts gehabt, was schwarz auf weiß mit uns da ist. Das Geschriebene, das hat uns auch Halt gegeben.

An welchen Details waren Sie besonders interessiert, was haben Sie gefragt?

Es waren vor allem die vermeintlich unwichtigen, unscheinbaren Dinge, die mich interessiert haben. Nur anhand vom sogenannten banalen Alltag und an der Person des Einzelnen entlang wollte ich das Lager beschreiben. Und so stellte ich dann auch ganz einfache Fragen, zuerst nach den äußeren Dingen. Wie sah die Kleidung aus? Wie das Essgeschirr? Der Schlafraum, die Baracke, das Gelände, der Kühlturm? Also lauter Einzelheiten, aus denen sich die Lagerwelt zusammengesetzt hat. Und danach kamen immer mehr Fragen nach dem inneren Zustand der Zwangsarbeiter. Woher wusstet ihr die Uhrzeit? Hattest du einen Spiegel? Wie lange bleibt man eitel? Ist Eitelkeit und Würde dasselbe? Was heißt chronischer Hunger? Wie nimmt man sich selbst wahr, wenn man unterernährt und dystrophisch ist? Darauf gab es keine schnellen, einfachen Antworten. Das waren ja keine einfachen Fragen. Und über diese hat Pastior jetzt, wie er mir sagte, zum ersten Mal nachgedacht, denn im Lager hat er sich nicht ständig von außen gesehen. Das hätte er gar nicht ausgehalten.

Er hat zwar immer wieder erzählt, dass er seit sechzig Jahren vom Lager träumt und wie er immer wieder aus Berlin an andere Orte deportiert wird. Wie bei meiner Mutter ist auch bei ihm das Lager in Gewohnheiten versteckt geblieben. In den kleinsten Gewohnheiten, das ist das Schlimme. In der Art, wie er gegessen hat, ganz anders als meine Mutter, aber auf dieselbe Art unnatürlich. Bei meiner Mutter war es, als würde sie weglaufen von dem Essen, das sie gierig aß. Bei Pastior war es, als würde er in das Essen ganz hineinschlüpfen. Er aß langsam mit dem ganzen Körper, mit allen Poren, herzhaft, fast verzweifelt, glücklich verzweifelt. Aber auch abwesend wie meine Mutter. Da war man ausgeschlossen, man hatte in seinem Hunger nichts zu suchen.

Auf die Fragen hat mir Pastior genau geantwortet. Manchmal hat er eine Antwort, wenn ich wieder zu ihm kam, korrigiert. Und dann wusste ich, er hatte die ganze Woche über diese Frage nachgedacht. Meine Mutter kann mir nicht einmal sagen, ob sie fünfzehn Personen in der Baracke waren oder sechzig. Vielleicht wusste sie das schon kurz danach nicht mehr, hat es, weil sie es nicht ertragen konnte, verdrängt. Oder sie weiß es bis heute und kann es nicht sagen. Ich habe mich fragen müssen, ob die Erinnerung mehr mit dem Gedächtnis oder mit dem Naturell eines Menschen zu tun hat. Oder ob allein die Wahrnehmung während des Erlebens entscheidet, was man später weiß oder vergisst. Pastiors Gedächtnis hat mich beeindruckt, weil sein Blick alle Kleinigkeiten registriert hat. Alles was und wie Pastior es mir erzählte, war für ihn wie beiläufig. Für mich aber war alles hauptsächlich.

Sind durch diesen Prozess bei ihm auch Erinnerungen zurückgekommen oder vielleicht schärfer gestellt worden?

Ganz bestimmt. Er hat mir Arbeitsvorgänge gezeigt, das Kohleabladen mit der Herzschaufel, seiner Lieblingsschaufel. Oder wie man Schlackoblocksteine trägt in der Dunkelheit, von der Zementmaschine zur Presse und bis zum weiten Trockenareal. Das war wie Theater. Im ersten Moment war es lustig, weil er sich hinstellte und die Arme schwenkte, er hob und senkte seine Schaufel aus Luft. Er wechselte die Stellung der Beine, der Fersen, Zehen und Fußsohlen, je nachdem, ob er am Vorderrand des Waggons ablud oder in der Mitte oder den Kohlerest ganz hinten. Er sprach von den Schlauheiten des Kräftesparens, von der Fechtstellung, von der Grazie des Paarlaufs mit der Schaufel. Aber diese Szenen waren auch traurig, weil jede Bewegung noch so in den Körper eingeschrieben war. Ich musste zusehen, wie Oskar Pastior wieder ins Lager gezogen wurde und sich selbst von damals begegnete, wie er jetzt in seinem Zimmer auf dem Teppich an zwei Orten gleichzeitig war – einmal in seinem Kopf zurückgeholt ins Lager und einmal als Pantomime vor meinen Augen. Und ich merkte, er war dabei über sich selbst erstaunt, vielleicht sogar erschrocken. Er hat das nach sechzig Jahren zum ersten Mal vorgeführt und hatte sicher keine Ahnung, dass sein Körper sich seine eigene Erinnerung aufgehoben hat, von der sein Kopf nichts weiß.

Unsere Gespräche waren immer unberechenbar, dadurch sind wir auf neue Dinge gestoßen, und ich hab Fragen gestellt, die ich sonst nicht hätte stellen können.

Er hat erzählt, wie viele Arten von Sand er dort kennenlernte, welche Kohle ihm am liebsten war, er hat jedes Material, mit dem er arbeiten musste, Zement, Sand, Kohle, Schlacke, Steine, als gut oder böse betrachtet, er hat allem Material Absichten unterstellt, Anteilnahme oder Feindseligkeit. Und nicht nur dem Material, auch dem Schnee, dem Wind, dem Meldekraut, das bitter wurde, als es sich rot färbte und schmückte. Und man konnte es nicht mehr essen, es verweigerte sich, wenn es am schönsten war. Die komplizierteste Beziehung hatte er zum Hunger, der mal zum gewalttätigen, mal zum zärtlichen, mal zum schüchternen, mal zum frivolen Hungerengel wurde. Mit all diesen persönlichen Beziehungen hat Pastior versucht, seine Würde vor der Demütigung durch den Hunger zu schützen.

Wahrnehmung in dieser Genauigkeit ist gefährlich. Andererseits ist sie eine Rettung, denn man kann sich daran klammern. Sie ist Ersatz für die Privatheit, die einem konfisziert worden ist, sie ist ein Stück eigener Wille im System des Lagers, in dem es außer Willkür und Kommandos nichts gibt.

Demütigung durch Hunger, das heißt, er treibt einen zu Handlungen oder in Situationen, in denen man sich fremd wird?

Wo der Hungertod täglich gestorben wird, verwandelt sich das Verhältnis zum Essen in Gier und Rücksichtslosigkeit. Ein ausgemergelter, halbverhungerter Mensch kann nichts mehr außerhalb des Hungers denken, weil ihn der Hunger jede Sekunde quält. Sogar der Schlaf wird vom Hunger unterwandert, die Träume kreisen nur ums Essen.

Der Hunger löscht alle zivilisatorischen Vorgaben, und dadurch macht er seine eigenen Gesetze, das sind Verrohungen. Im Hunger wird man roh.

Ich habe im Laufe der Recherche Bücher über die Lager des Gulag gelesen. Es ist verblüffend: In allen Arten von russischen Lagern, ob unter militärischer oder ziviler Leitung, haben sich zwischen den Insassen die gleichen Hierarchien und Verhaltensmuster herausgebildet. Das Brotgericht aus dem Arbeitslager gab es in allen anderen Lagern genauso. Das Brotgericht bedeutet, dass man Brotdiebe mit dem Tod bestraft, man erschlägt sie im kollektiven Einverständnis. Und das Todesurteil für den Dieb rechtfertigt sich selbst, weil das fehlende Brot auch ein Todesurteil sein kann. Weil der Dieb sich retten will, indem er den Bestohlenen verhungern lässt. Die Gewalt des Brotgerichts ist mit hungerloser Gewalt nicht zu vergleichen. Eigentlich ist der Hunger der größte Dieb, er raubt allen anderen Gefühlen ihre Gültigkeit und ihre Wirkung. Auch wenn sie übrigbleiben, haben sie gegen den Hunger keine Chance, gegen diesen wilden körperlichen Überlebensgeiz, diese nackte Egomanie. Es ist vorgekommen im Lager, dass ein Ehepartner dem andern in der Kantine täglich das Essen wegnahm, ihn trotz aller Liebe sehenden Auges verhungern ließ. Dass gerade die Liebe ihm das Recht dazu gab. Denn was ist eine Ehe im Vergleich zu einem Hunger, der dich schon mehr als zur Hälfte aufgefressen hat? Im Lager kannte sich niemand mehr aus im Teilen, in der Liebe, der Ehe und sowieso nicht im Hunger. Die Liebe blieb vielleicht, aber es nützte ihr nichts, dass sie noch da war. Pastior sprach von der Hautundknochenzeit.

Sie haben am Anfang nur mitgeschrieben, was Oskar Pastior Ihnen erzählte, aber irgendwann tauchte die Idee auf, gemeinsam an diesem Buch zu arbeiten. Wie kam das?

Mitschreiben war der erste Schritt, er dauerte länger als das erste Jahr. Ich habe das Mitgeschriebene jedesmal, bevor ich nach Hause ging, laut vorgelesen. Und wenn ich eine Woche danach wiederkam, wurde das zuletzt Geschriebene wieder vorgelesen. Erst dann sind wir zu einer anderen Frage übergegangen. Aber oft waren Pastior neue Einzelheiten eingefallen, Winzigkeiten, die mich dann zu ganz anderen Fragen und ihn zu einem ganz anderen Einstieg in das Thema führten. So blieben wir dann den ganzen Tag, bis ich wieder nach Hause musste, an den Änderungen hängen. Manchmal ging es zwei-, dreimal um dieselbe Sache.

Ich hatte eine Liste mit Fragen auf den letzten Seiten im Heft. Alle Antworten ergaben wieder Fragen, denn umso mehr ich erfahren hatte, desto mehr konnte ich nachfragen. Ich vervollständigte die Liste immer sofort, wenn mir eine neue Frage einfiel. Als dann der Großteil meiner Fragenliste abgehandelt war, habe ich alles Aufgeschriebene noch mal laut vorgelesen. Und dann haben wir Stück für Stück den Impuls des mündlichen Erzählens umformuliert. Die ersten

Kapitelüberschriften haben sich aus dem mündlichen Erzählen ergeben. Sie spiegeln Pastiors Beziehung zum Lageralltag: »Von der Kohle«, »Von den Schlacken«, »Von den Tannen«, »Von den Langeweilen«, »Vom Hungerengel«. Diese Wiederholung im Formulieren gab der ersten Überarbeitung der Notizen eine Struktur, die eine Verbindung zwischen meinem Außenblick und seinem Innenblick zuließ. Denn Pastior musste immer aus dem Lager heraus und ich musste ins Lager hinein. Es trafen sich hier zwei verschiedene Richtungen an einer Schnittstelle. Was braucht man an Erinnerung von innen, also was braucht Pastior und was braucht später und zusätzlich ein literarischer Text? Wir wussten damals nicht, wieweit er dokumentarisch bleiben darf und wieweit er fiktiv werden muss. Für Pastior blieb er biographisch, also dokumentarisch, aber seine Realität war voller Poesie.

Ich habe mir schließlich zu Hause einzelne Kapitel ausgesucht und das Mitgeschriebene mit Erfundenem erweitert. Ich habe einzelne Szenen geschrieben und sie Oskar Pastior beim nächsten Treffen vorgelesen. Dadurch fühlte er sich zunächst betrogen, statt er selbst machte nun eine Ich-Person mit seiner Erinnerung, was sie wollte. Pastior wehrte sich zuerst dagegen, dass die Ich-Person an der brutalen Schlägerei des Brotgerichts beteiligt ist. Ich habe verstanden, wie schwer es ihm fiel, aus der Schmerznähe des Erlebten in die Fiktion zu gehen. Ich musste Oskar Pastior die Zeit geben, diese Ich-Person zu mögen. Er sollte sie mögen, aber mit ihr verwechseln sollte er sich nicht. Auch bei größter Nähe musste er wissen, dass sie nicht ein und derselbe sind.

Manchmal kam ich zu ihm und sagte: »Ich habe an einem Kapitel wieder was geändert.« Es sah so aus, als gehe es nur um einen Satz, und dann haben wir den ganzen Tag, von drei Uhr bis zwölf Uhr nachts, an einem Problem gesessen und ich hab wieder notiert. Tags darauf hat Pastior den veränderten Text mit seiner mechanischen Schreibmaschine abgetippt. Und er verzweifelte, wenn ich in der Woche darauf ankam und sagte: »Wir müssen noch etwas daran ändern.« Er sagte: »Ich hab das doch gerade getippt und jetzt willst du schon wieder ändern.« Er hat auch ernst und verbittert gesagt: »Ich wusste nicht, dass Prosa so schwer ist.« Und dann lachten wir.

Trotz aller persönlichen Nähe – als Autoren sind Sie beide ja sehr unterschiedlich, waren Sie sich über die wesentlichen Punkte schnell einig?

Wir waren uns nicht einig, aber wir haben uns nie gestritten. Ich habe oft schon beim Mitschreiben umformuliert. Pastior hat selbst gewusst, wann sein Erinnern sentimental wird, »zu süßlich« hat er gesagt. Das Sentimentale hab ich Oskar Pastior zugestanden, er musste sich im Lager der Nächste sein, um zu überleben. Und nach der Heimkehr musste er sich der Nächste bleiben, um all die Jahre mit der Erinnerung zu leben. Manchmal habe ich gesagt: »Für den Text ist das nicht gut« oder: »Willst du besser dastehen als die anderen?« Wollte er natürlich nicht.

Erst mit der Zeit habe ich gelernt, dass die Folgen der Deportation hinterhältig sind, grausam und intim wie der Hunger selbst. Die Beschädigung ist außer Qual für den Körper auch eine Droge für den Kopf. Außer der Lagerfurcht sitzt in der Beschädigung auch ein Lagerheimweh. Und dieses benutzt den Überlebenden, es demütigt ihn weiter, weil es ihn gegen seinen Willen verzückt. So hat sich im Text dann die Formulierung ergeben, der Hungerengel »betrügt mich mit meinem Fleisch«.

Mitten in dieser Arbeit starb Oskar Pastior ganz unerwartet. Sie mussten das Projekt allein weiter- bzw. zu Ende führen. Welche Konsequenzen hatte diese Zäsur für Sie, für das Buch?

Das Grundproblem ist ja die Verteilung zwischen Lagerfurcht und Lagerheimweh. In der Erinnerung ist Sentimentalität normal. Aber der Text durfte nicht ins Lagerheimweh entgleiten. Er durfte es aber auch nicht leugnen, er sollte es spiegeln. Nach Oskar Pastiors Tod musste ich diesen Spagat mit mir selber ausmachen. Vorher hätte ich das auch gar nicht gekonnt.

Wenn wir uns nicht einigen konnten, hat Pastior oft gesagt: »Ich geb es dir.« Das ganze schreckliche Thema meinte er mit »es«. Da hab ich gesagt: »Na, was glaubst du, so einfach ist das? Du sagst, ich geb es dir, so einfach kommst du da nicht raus.«

Ja, dann kam er doch raus – er ging davon, er ging sterben. Dieser plötzliche Tod war ein Schock. Und er blieb unwirklich. Er starb in Frankfurt, tot habe ich ihn nicht gesehen. Dann kam eine Urne und die wurde beerdigt, nicht er. Dieser Mensch hat mir so gefehlt. Und im Gewühl meiner Trauer schien es, als hätte er sich dem ganzen schrecklichen Thema dann doch entzogen. Ich hab ihn in Gedanken zurückgerufen, ihm versprochen, dass er nichts mehr mit dem Text zu tun haben muss, wenn er wiederkehrt. Ich hab ihn auch gescholten, dass er mich mit den vielen Notizen allein lässt. Ich hab es ihm vorgeworfen und sein Gesicht dabei gesehen.

Die Notizen konnte ich ein ganzes Jahr lang nicht mehr anrühren, schon der Anblick der Hefte tat mir weh. Das Datum, das jedesmal, wenn ich kam, eingetragen wurde. So haben wir die Zeit gemessen, es war bei ihm ein Aberglaube. Seine Zeichnungen, wenn etwas mit Worten nicht zu erklären war. Und aus jedem Satz, den ich jetzt las, hörte ich seine Stimme. Sie war mal euphorisch, mal schwer und leise.

In die Trauer kam immer mehr der Gedanke, dass unsere jahrelange Arbeit nicht umsonst gewesen sein darf und dass ich mir ja vorgenommen hatte, über die Deportation meiner Mutter zu schreiben, weil das Wort »Verschleppung« schon meine Kindheit begleitet hat. Und gerade weil die Verschleppung auch Oskar Pastior sein Leben lang begleitet hat, bin ich es ihm schuldig, dachte ich, es doch zu versuchen. Sowieso sagte er immer wieder, ich soll es alleine machen. Wenn die Verzagtheit überhandnahm, sagte er sogar, er wisse nicht, ob er sich selbst glauben soll, dass er wirklich im Lager war. Ich sagte dann: »Du musst doch nichts beweisen, außer dir selbst glaubt es doch jeder.« Er lächelte bitter und meinte: »Aber das hilft mir nichts.« Jetzt hatte er mir das ganze schreckliche Thema so gegeben, dass ich es trotz meiner Trauer nicht abweisen konnte, er hatte es mir hinterlassen.

Ich fing an zu arbeiten, ich wollte so wenig wie möglich ändern. Es funktionierte nicht, ich merkte, dass ich nicht zwei Personen, neben mir selbst auch noch Oskar Pastior, sein kann. Ich musste mich von der ersten Struktur des Textes trennen, vom Wir verabschieden und mir das Ich zugestehen, dass ich es nur auf meine, nicht auf unsere Art schreiben kann. Ich brauchte einen erfundenen Namen für die Ich-Person, so wie Pastior für alle realen Personen Namen erfunden hatte. Ich ärgerte mich, weil ich es versäumt hatte, ihn zu fragen, wie er im Buch als Ich-Person gerne heißen würde. Ich gab ihm den Namen Leo Auberg. Das Buch, wie wir es uns vorgestellt hatten, sollte eine poetische Dokumentation des Lagers werden.

Aber als ich dann mit den Notizbüchern allein war und sie wieder durchgelesen habe, ist mir klar geworden, dass ich ohne Pastior nur einen Roman schreiben kann und Leo

Auberg sein Protagonist sein muss. Herausgestellt hat sich das, weil die Notizen nur eine Phänomenologie des Lagers waren. Werkzeuge, Kleidung, Wachtürme, Baracken, die Fabrik mit den Koksbatterien und dem Kühlturm, das Essgeschirr – alles war detailliert beschrieben und von Pastior sogar gezeichnet. Ein starkes Fundament der leblosen Dinge. Aber kein Lagerleben, von den Personen und deren Geschichten wusste ich viel zuwenig. Auf dem Fundament der Notizen konnte, musste ich das Gerüst für den Roman bauen.

Ich hab zuerst Randbemerkungen als kleine Ausgangssituationen genommen. Zum Beispiel aus einer Bemerkung von Pastior, dass er mal zehn Rubel gefunden hatte, das Kapitel über den Bazar. Oder die geistig behinderte Planton-Kati, die nicht einmal wusste, wo sie ist. Aber wie ist deren Alltag, was tut sie und was sagt sie? Wie überlebt sie? Das alles musste ich erfinden. In den Notizen war sie ein Name und einige Sätze. Aber sie musste eine Person werden. Ich hab mich so in sie hineinversetzt, sie wurde eine meiner Lieblingspersonen im Roman.

Und Leo Auberg brauchte natürlich auch eine Familie, Erinnerungen. Wir waren so ins Lager vertieft, dass die Rückkehr und die Zeit danach nicht zur Sprache kamen, obwohl es ohne die Rückkehr keine Erzählung über das Lager hätte geben können. Die Ausgangssituation von »Atemschaukel« ist ja der Rückblick eines alten Architekten. Das ist im Nachhinein auch deshalb erstaunlich, weil Pastior so viel vom Heimweh erzählt hatte.

Im Roman gibt es für Leo Auberg irgendwann auch nichts mehr außerhalb des Lagers. Wenn er, ausgestopft mit Kartoffeln, in der Nacht zurückkehrt, nennt er den Weg ins Lager »Heimweg«. Da ist das Lager dann alles geworden.

Ich wusste aus den Notizen auch nur, dass Oskar Pastior auf eine Kolchose geschickt wurde und sich dort mit Kartoffeln so vollgestopft hat, dass er nur langsam gehen konnte und erst spätabends im Lager ankam.

Wie das geschah, darüber hatten wir nie gesprochen. Das musste ich dann erfinden. Den Weg allein durch die Nacht und die Gedanken an Flucht und die Möglichkeit zu fliehen. Aber wohin. In der flachen Steppe wurden alle, die es versucht hatten, eingefangen und halbtot zurück ins Lager gebracht. Und dann verschwanden sie für immer.

Ja, irgendwann waren die Deportierten so zugerichtet, dass es auch in ihren Köpfen außerhalb des Lagers nichts mehr gab. Es ging um nichts anderes mehr, als sich mit dem Lager zu arrangieren, sich mit dem Drill und der Verwahrlosung so weit abzufinden, dass man sich nicht aus Verzweiflung umbringen musste oder seinen Verstand verlor. Es ging ein Jahr ins andere, bis fünf Jahre vergangen waren. Und in dieser elendig langen Zeit hat man den Internierten nie gesagt, wann und ob sie überhaupt jemals wieder nach Hause dürfen. Ein Teil der Strafe war neben der Zwangsarbeit und dem Hunger diese Ungewissheit, wie lang man noch im Lager bleiben muss. Es war die längste Zeit der Welt und das Heimweh wurde zur Krankheit. Die chronische Sehnsucht nach dem Zuhause war, wie der chronische Hunger, immer da. Es war Heimweh, das mit der Zeit den konkreten Ort verlor und sich mit der Steppe arrangierte und dadurch noch größer wurde und noch besessener.

Und ich habe mir vorgestellt, wie sich Pastior in diesem

allgemeinen, schwelenden Heimweh auf dem Weg vom Kartoffelacker ins Lager gefühlt haben muss. Er ging mutterseelenallein durch die Weite der Steppe. Die Steppe war nichts für Menschen bei Nacht, sie war keine Unterkunft. Im Lager aber war seine Baracke, in der Baracke sein Bett und unterm Kissen sein gespartes Brot, also war er dort zu Hause. Es blieb ihm doch gar nichts anderes übrig, als den Weg zum Lager Heimweg zu nennen. Pastior hat mir oft gesagt, dass er kein Heimweh hatte, sondern an seiner Heimwehlosigkeit litt. Mir schien, dass er sich vor dem Wort Heimweh gehütet hat. Er hat das Wort abgewehrt, damit ihn das Gefühl nicht verschlingt. Denn vor dem Gefühl konnte sich niemand retten. Wie alle anderen hat auch er ständig an zu Hause gedacht, vor allem an den Satz der Großmutter: »Ich weiß, du kommst wieder.« In diesem Satz aber ist das pure Heimweh und der Satz hat ihn, wie er selbst sagte, gerettet. Also hat auch das Heimweh ihn gerettet. Das schwelende, allgemeine Heimweh, das er nur als Heimwehlosigkeit akzeptierte.

Das Heimweh und den Hungerengel, die nimmt er aus dem Lager mit, sie verlassen ihn auch zu Hause nicht mehr. An einer Stelle heißt es: »... meine Familie, werde ich sagen, und meinen werde ich damit die Lagerleute.«

Nach der Heimkehr ist Leo Auberg weder für sich noch für die Familie derselbe. Er ist ein Ausgewechselter und er kann nicht ankommen an dem Ort, den man Zuhause nennt, gerade weil der Ort derselbe geblieben ist. Und so ist er jetzt in einer durch und durch bekannten Fremde und es entsteht in seinem Kopf das Heimweh nach dem Lager. Trotz des Grauens, das ihn dort fast umgebracht hätte. Er ist und bleibt innen verwildert, unfähig für Beziehungen, er gibt sich nicht mehr aus der Hand. Im Roman heißt es auch: »An mich soll sich niemand mehr klammern, ich bin aus Demut unerreichbar, nicht aus Stolz.«

Durch Oskar Pastiors plötzlichen Tod bekam Ihre gemeinsame Reise in die Ukraine einen noch größeren Stellenwert, auch als Grundlage für Ergänzungen und Erfindungen.

Oskar Pastiors Landschaftsvokabular war ein Gebirgsvokabular. Er hat mir die Steppe als Berglandschaft beschrieben, er sprach von Schluchten und abschüssigem Gelände. Auf unserer Reise habe ich dann nur Flachland gesehen und die kleinen Erhebungen mittendrin waren Abraumhalden. Seine Beziehung zu Pflanzen war eine zu Pflanzennamen. Das Wort Lavendel gefiel ihm. Er sprach von Lavendel, aber was er mir dann in der Steppe zeigte, das war Vogelwicke. Das ist eine Pflanze mit indigoblauen Blüten und dünnen Ranken, die sich an anderen Pflanzen ankrallen. Ich konnte auch den Weg vom Bazar nach Hause oder den Weg zu dieser Kolchose an den Feldern vorbei oder den Weg in der Nacht vom Kartoffelacker nur nachvollziehen und beschreiben, weil ich die Reise in die Steppe gemacht hatte. Ich hatte die endlose Weite der Steppe gesehen. Und das Licht der Tageszeiten und die verschiedenen Farben des Himmels. Ich wusste vor der Reise nicht, wie sehr ich auf diese Eindrücke angewiesen sein werde, wie wichtig diese ganze Reise sein wird.

Ich habe mir die Gräser, die Sträucher und Bäume in der Steppe und in den Ortschaften genau angeschaut. Das Meldekraut, die Disteln und den wilden Dill. Weil ich als Kind so viel allein war in diesem pfeifend grünen Tal mit den Kühen, habe ich diese enge Beziehung zu Pflanzen. Und in der flachen Steppe der Ukraine bin ich den Pflanzen des Banats wieder begegnet. Pflanzen definieren für mich einen Ort, bis heute. Es ist ja nicht egal, was an einem Ort wächst. So wie es nicht egal ist, ob jemand aus einer Gebirgsgegend kommt oder aus dem Flachland oder ob er an einem Meer aufgewachsen ist. Die Landschaft ist das erste Bild, das uns – auch unbewusst – schon im Kindesalter existentiell infrage stellt. An diesem Bild prüfen wir, wer wir sind. Wir stellen das vergängliche Material unseres Körpers einer Landschaft zur Verfügung, einer Umgebung, die immer da ist. Auch wenn Pflanzen im Winter nicht da sind, kommen sie im Frühjahr wieder. Aber wir verschwinden einfach unter die Erde.

Je mehr Konkretes Pastior erzählte, umso weniger hat er geglaubt, dass er wirklich im Lager war. Er wollte unbedingt in die Ukraine fahren und mir die Steppe zeigen.

Was, glauben Sie, erwartete er für sich von dieser Reise, mit welchen Gefühlen machte er sich auf den Weg zurück?

Ich glaube, mehr als mir wollte er sich selbst das Lager noch einmal zeigen. Und ich glaube auch, er wollte dem Lager beweisen, dass er nicht nur überlebt hat, sondern immer noch lebt. Das haben wir erst dort verstanden. Ernest Wichner hat uns damals begleitet. Wir hatten Angst, dass Pastior dort zusammenbricht. Wir haben extra variable Flugtickets gekauft, damit wir jederzeit zurückfliegen können. Es kam anders, Pastior konnte sich nicht mehr losreißen.

Wir haben die beiden Lager gesucht, in denen er interniert war. Vom ersten war nichts mehr zu sehen. Das zweite Lager war eine Ruine und alles, was Pastior mir beschrieben hatte, war auf dem verlassenen Fabrikgelände stehen- und liegengeblieben wie in einer stillgestellten Zeit. Nur die Baracken waren weg, weil ein Gesetz aus den fünfziger Jahren der Sowjetunion anordnete, die Lagerreste verschwinden zu lassen, auch die Friedhöfe. Das Industriegelände war genauso kaputt wie damals, als die Zwangsarbeiter dort ankamen, um die Kriegsschäden zu beseitigen. Darum fühlte er sich sofort wieder zu Hause, er identifizierte sich mit allem, sagte »unser Kühlturm« und trauerte, weil der Sozialismus seine Fabrik wieder ruiniert hatte. Die jahrelange Aufbauarbeit kann doch nicht umsonst gewesen sein, sagte er.

Er wurde den ganzen Tag nicht müde, ist herumgegangen, hat sich an das Fenster gestellt, wo die Essensausgabe war, und einen Blechnapf aus Luft in die Hand genommen, hat uns seine Wege zwischen den Rohren gezeigt und wo welche Gerüche waren, wo und wie er sich auf den Boden gelegt hat, als der erste Frieden kam, wo er im Winter die Schwarzpappeln pflanzen musste. Die zeigten, wie viel Zeit vergangen ist, weil sie riesig groß dastanden.

Sogar der Zeppelin, dieses monströse Rohr, lag im hohen Gras und die Skelette der Koks-Batterien standen in einer Reihe. Und die Treppe war noch da, auf der Oskar Pastior hinunter in den Keller ging. Er hat uns gezeigt, woher die Kohle kam, die Schienen, die Jama, wo abgeladen wurde. Oskar Pastior war wie im Rausch. Am ersten Abend hat er zu mir gesagt: »Jetzt habe ich meine Seele gefüttert.« Er war glücklich. Diese Ausdrücke habe ich von ihm vorher nie gehört, das war gar nicht seine Sprache. Es war unerhört, ein tragisches Glück.

Am ersten Abend bin dann ich zusammengebrochen. Ich bin aufs Zimmer gegangen, habe die Tür geschlossen, fing an zu weinen und konnte nicht mehr aufhören. Ich habe das nicht ausgehalten, auch nicht das Glück von Oskar, das Zweischneidige an diesem Glück. Wir waren ja auch den ganzen Tag durch armselige Orte gefahren, haben diese alten Männer gesehen, die keine Schuhe und keine Zähne hatten, aber die Brust voller Orden aus dem Zweiten Weltkrieg an zerrissenen Kleidern. Und wir waren so fremd und sie waren so freundlich.

Es war für mich auch wichtig, wie ein Bazar aussieht, und dort hat Pastior sich eine Tüte mit Schokoladekeksen gekauft, innen hart wie Gips. Als Diabetiker sollte er die nicht essen. Er hat die Tüte gleich leergegessen. Das hätte er in Berlin nicht gemacht. Aber in der Ukraine hat er sich mit dem Essen beeilt. Er hat schon morgens zum Frühstück ungewöhnlich viel gegessen, gierig und schnell, bis ich einmal gesagt habe: »Oskar, du isst so unendlich viel, das wird mir unheimlich.« Und dann hat er einen unheimlichen Satz gesagt: »Ich muss diesem Essen die Ehre erweisen.« Auch das ist so ein Satz, den er sonst nirgendwo gesagt hätte. Das hat der Ort gesagt, das hat er aus der Zeit von damals gesagt.

Ich hab lange nach Pastiors Tod das Porträt von Harald Jung über Jorge Semprún gesehen: »Mein Leben / Ma vie«. In diesem Film besucht der alte Mann Jorge Semprún das KZ Buchenwald, wo er als junger Mann war. Und bei diesem Besuch läuft er über das Gelände und ist so gelöst, dass Jung sich über ihn wundert. Semprún sagt nur, er sei doch heimgekehrt. Es war wie bei Oskar Pastior. Es war ein Trauma. Etwas, was sich so tief in den Körper eingräbt, dass es zerstört und verzückt. Ich habe begriffen, dass Beschädigung eine intime Bindung ist.

Schubladen und Buchstaben

In Ihrem Arbeitszimmer liegen auf allen waagrechten Flächen ausgeschnittene Wörter in allen Farben, selbst auf dem Sofa, dem Schemel, der Fensterbank; Broschüren, Zeitschriften, Kataloge sind auf dem Fußboden verstreut, Ausgangsmaterial für Ihre Collagen. Das erinnert an das kleine Mädchen in Nitzkydorf, das im Holzfass mit den bunten Stoffresten bei der Tante in der Schneiderwerkstatt sitzt und daraus Puppen- und Katzenkleider näht.

Die schöne Tante mit der Porzellanhaut und den kupferroten Haaren und den Sommersprossen, die ich so gernhatte. Aber es gibt einen wichtigen Unterschied. Sie hatte keine extra Schneiderei, ihre Werkstatt war ihre Wohnung und abends wurde am Tisch gegessen. Sie musste jeden Tag aufräumen. Ich durfte mit dem Magneten durchs Zimmer kriechen und die Stecknadeln sprangen mir vom Fußboden auf den Magneten. Dann wurde gefegt und die Stoffreste kamen in ein großes Holzfass. Ich habe viel von der Tante gelernt, Kreuzstichnähen, Einsäumen, Knopflöcher nähen, Kunststopfen. Ich konnte nicht zeichnen, aber beim Nähen hatte ich geschickte Hände.

Ich kann meine Wörter nicht mehr aufräumen. Ich hab zwar auch noch ein kleines Zimmer mit Schubladenschränken für die Wörter, ich räume oft Wörter weg, aber nicht so oft und nicht so schnell, wie neue dazukommen. Ich schneide ständig neue Wörter aus. Manchmal habe ich so einen Überdruss von ihnen, weil sie überall liegen, ich kann sie nicht mehr sehen. Ich fühl mich vollgestopft, sie hängen mir zum Hals heraus. Dann kehr ich sie zusammen und werf sie einfach weg. Stunden und Stunden Arbeit habe ich dann weggeschmissen.

Wie meine Tante hatte ich am Anfang auch keine Werkstatt. Ich habe am Küchentisch mit den Collagen begonnen. Ich musste die Wörter auch abends auf ein Hackbrett sortieren, damit wir essen konnten.

Sind die Collagen nicht auf Reisen als Grußkarten an Freunde entstanden?

So fing es an. Wenn ich unterwegs war, habe ich Postkarten in Schwarzweiß gesucht, die zu den Freunden, denen ich sie schicke, oder zu mir, die ich sie schreibe, passen. Ich habe selten solche gefunden. Schon der plumpe hässlich blaue Himmel, immer derselbe kitschige Blick auf einen Ort. Einmal hab ich mir Karteikarten gekauft und im Zug oder im Flugzeug, als man noch die Nagelschere mitnehmen durfte, aus Zeitschriften Fotos ausgeschnitten und ein paar Wörter dazugeklebt: »Die Taschendiebin die bin ich« oder »Insofern und zunächst«. Spielereien. Aber die haben mir gezeigt, was einzelne Wörter hergeben. Das hat mich so fasziniert und ich habe angefangen, auch zu Hause Wörter auf Karten zu kleben. Überall haben Wörter gewartet, ich hab sie nur ausschneiden müssen. Sie waren außerhalb von mir, ich musste nicht wie beim Schreiben im Kopf nach ihnen suchen.

Wie entscheiden Sie, welche Wörter Sie ausschneiden?

Gar nicht, das ist intuitiv. Ich gehe bei jedem Wort, das ich ausschneide, davon aus, dass ich es einmal brauche, sonst würde ich es ja nicht ausschneiden. Aber woran ich das festmache, weiß ich nicht. Es gibt natürlich auch Wörter, die mir gefallen, zum Beispiel das Wort »Karussell«, das ich, egal wie oft ich es besitze, immer, wenn es mir begegnet, ausschneiden werde. Das hat mit dem Gegenstand zu tun, mit dem Kettenkarussell auf dem Marktplatz im Dorf, wo die Musik spielte. Die Sitze flogen fast waagerecht an ihren Ketten, die Fußspitzen waren ganz oben im Himmel und der Himmel flog mit. Wenn eine Runde zu Ende ging, hörte die Musik auf und man hörte den Motor knattern und er rauchte ein bisschen und es roch schön bitter nach Schmieröl. Ich bin gerne Karussell gefahren als Kind. Ich hab mir keine Süßigkeiten gekauft, sondern mein ganzes Geld auf dem Karussell verfahren. Die Karussellleute kampierten neben dem Dorfteich, das Fremde an ihnen war schön. Alles was ich auf dem Karussell erlebt habe, das schneide ich mit dem Wort aus.

Und Wörter, die ich wegen des Erlebten nicht ertragen kann, schneide ich nicht aus. »Mächtig« zum Beispiel. Das ist bei mir anders als etwa bei M. Blecher in »Aus der unmittelbaren Unwirklichkeit«, da kommt »mächtig« sehr oft vor. Aber Blecher ist ein so großer Autor und weiß so gut, wie man das einsetzt, damit sich, ohne es zu sagen, das Gegenteil spiegelt. Als brauche die Zerbrechlichkeit das Wort »mächtig«, so kommt es mir bei Blecher vor. Auch Diminutive sind bei ihm nicht zum Verkleinern da, sondern bedrohlich, im Zusammenhang mit ihnen verdunkelt sich immer etwas.

Beim Ausschneiden zeigen die Wörter mir ihre Bestandteile. In vielen deutschen Wörtern sitzt was Rumänisches drin, in Frankfurt ein rumänischer Diebstahl »furt«. Und in rumänischen Wörtern sitzt oft etwas Deutsches, pur in »iepure«, dem rumänischen Hasen. Ist es nicht seltsam, wie viele Wörter sich unauffällig in anderen Wörtern verstecken? Wenn ich das »t« am Ende abschneide, wird aus der Landschaft ein Landschaf, aus der Schirmherrschaft ein Schirmherrschaf. Das Wort Jahrhunderte schneide ich immer als Reserve aus, weil Hunde mit kleinem Anfangsbuchstaben drin sind. Die kleingeschriebenen Hunde brauche ich oft, daraus kann ich dann einen zusammengesetzten Hund machen, Sommerhunde oder Heimwehhunde. Und in Herzkrankheit ist ein fertiger Herzkran drin.

All das merkt man sich beim Ausschneiden, die Wörter werden mit der Zeit Konstruktionen, aus denen man Teile herauslösen kann.

Zu welchen Buchstaben haben Sie besonders viele Wörter?

Wenn ich in meine Schubladen schaue, denk ich mir, es gibt Wörter, die das Gedränge lieben, und solche, die solitär bleiben möchten. Das hängt von ihren Anfangsbuchstaben ab. Mit G, S, U, Z sind die Wörter so häufig, sie liegen fingerhoch bis zum oberen Rand der Schubladen. Für mich heißt das, sie sind frech und lieben das Gedränge. Mit anderen Buchstaben, H, I, L oder P, sind meine Wörter seltener, und mir scheint, sie sind scheu, lieber mit sich allein. Es hat mit der Anzahl in der Schublade zu tun, nicht mit dem Inhalt. Die Eigenschaften des Wortes widersprechen manchmal sogar dem Inhalt. Das Wort Herde zum Beispiel ist eher ein Solitär, ich glaube, es drängt sich nicht gerne.

Und wenn ich für einen Text ein Wort brauche, das ich noch nicht ausgeschnitten habe, muss ich es mir aus Buchstaben und Silben anderer Wörter zusammenkleben. Manches Ausschneiden hat eine lange Vorgeschichte. Zum Beispiel »pepita«. Das Wort ist selten, aber in Kleiderkatalogen kommt es hier und da vor. Ich habe das Wort »pepita« jahrelang nicht ausgeschnitten. Weil ich in meinen ersten Jahren in der Stadt einen peinlichen, vom Dorfschneider genähten Pepita-Anzug tragen musste. Der hatte auch noch mit Samt überzogene Knöpfe. Er schlabberte mir um die Füße, die Hosenbeine waren zu breit. Meine Mutter meinte auch sechs, sieben Jahre später, der Pepita-Anzug sei immer noch sehr schön. Und außerdem, meinte sie, kann man anders als auf dem Dorf in der Stadt alles anziehen, denn »in der Stadt kennt dich doch sowieso niemand«.

Und dann machte ich eine Collage, in der die Leute im Garten im Salat badeten, und als sie »herauskamen waren sie beinah …« so und jetzt klingelte mir als Reim im Kopf das Wort »pepita«: »waren sie beinah pepita besonders die Damen«. Es war ärgerlich, jetzt brauchte ich das Wort. Ich fing an zu suchen, blätterte nacheinander Kleiderkataloge durch, bis die Augen von der Eile müde waren. Dann gab ich auf, ich musste mir das Wort aus einzelnen Buchstaben zusammenkleben. Genauso ging es mir mit den Wörtern Partei und Diktator. Ich habe sie jahrelang nie ausgeschnitten. Ich dachte, das sind holzige trockene Begriffe, die haben in einer Collage sowieso nichts zu suchen. Und dann kam es anders. Eines Tages habe ich sie gerade ihrer Holzigkeit wegen gebraucht. Seither schneide ich »pepita« immer aus. Auch wenn ich das Wort schon zehnmal habe, lasse ich es nicht mehr weglaufen.

Die Notfälle, die Zufälle, die Glücksfälle sind mit den ausgeschnittenen Wörtern ganz anders als beim gewöhnlichen Schreiben. Sie bringen mich auch nach über zwanzig Jahren noch zum Staunen. Ich weiß bis heute nicht, in welchem Wort sich welches Naturell verbirgt. Das zeigt sich erst, wenn sich Wörter neu zusammenfinden.

So geht es mir auch mit dem Zusammenfügen der Bilder. Hier sind die Inhalte völlig rätselhaft und müssen auch so rätselhaft sein. Manchmal spiegelt das Bild den Text, manchmal darf es mit dem Text nichts zu tun haben. Die Bilder sind meist aus Fragmenten zusammengesetzt, Teile von Gegenständen werden mit anderen Teilen von Gegenständen kombiniert und es entsteht ein fiktiver Gegenstand, der mich überrascht. So fing das auch mit den Gesichtern an. Ich wollte ein Porträt für eine Collage verwenden, aber die Person auf dem Foto unkenntlich machen. Deshalb schnitt ich ein Kindergesicht in der Mitte durch und was sah ich – ein halbiertes Kindergesicht ist ein Erwachsenengesicht im Profil.

Die einzelnen Wörter sind in gewisser Weise ja auch Bilder.

Die ausgeschnittenen Wörter sind alle verschieden, jedes Wort ist ein anderer Gegenstand, vielleicht sogar ein Individuum. Das Aussehen, die unterschiedliche Größe, die Farbe, die Schrift sind für die Collage genauso wichtig wie die Bedeutung des Wortes. Im Grunde ist die Individualität der Wörter, die beim Tippen immer gleich aussehen, das Fesselnde an der Kleberei. Nehm ich ein gelbes Schachbrett oder ein grünes oder ein großes Wort, das den Text dominiert, oder ein kleines, das sich verstecken möchte? Das lässt sich nicht voraussehen. Es hängt vom Gesamtbild der Collage ab und von den Wörtern, denen ich begegne.

Es gibt auch rätselhafte Situationen. Ich schneide jahrelang immer »doch« aus, aber ich habe noch nie »noch« ausgeschnitten, das kann ich mir nicht erklären. Ich brauche plötzlich »noch« und schau in meine Schublade und hab es nicht. Da mach ich mir Gedanken über mich, gerade an so unauffälligen Wörtern. Warum ist »noch« so unauffällig, dass ich es nie ausgeschnitten habe?

Artikel und Präpositionen in verschiedensten Schriften und Farben hab ich natürlich auch, die braucht man immer, egal wie der Satz aussieht, damit jongliere ich. »Das« brauch ich manchmal ganz groß, um die Zeile zu dehnen, oder ich brauch es winzig klein, um die Zeile zu verkürzen, dass es auf der Karte, wenn ich's dann festklebe, gut aussieht. Ich werde richtig hungrig beim Ausschneiden, ich krieg so einen Worthunger beim Ausschneiden, eine Ungeduld, das geht dann immer schneller, als wolle mir jemand die Wörter stehlen, wenn ich sie nicht schnell genug ausschneide.

Wie fängt es an? Indem zwischen allen Wörtern plötzlich zwei herausleuchten, und Sie sagen: Ich mache jetzt was mit Fuchs und mit Wolke?

Das kann sein. Fuchs und Wolke kriegen es miteinander zu tun, aber es muss eine Situation entstehen, die beiden Substantive allein reichen nicht. Und das ist dann auch nur eine Ausgangssituation wie in der Prosa. Auch in den Collagen wird etwas erzählt. Dadurch kann diese Ausgangssituation in die Mitte rücken, ans Ende oder sie kann ganz aus der Collage gedrängt werden, wie das bei jedem Schreiben halt ist.

Und der Reim kommt noch dazu. Aber man darf ihn der Collage nicht ansehen, er darf sich nicht vordrängen. Obwohl er der Motor im Satz ist, müssen die Sätze so klingen, als ob sich der Reim von selbst ergeben hätte. Er hat für mich eine große Intimität und er hat ein Mitspracherecht. Er kann trauern, zwinkern oder er kann sich auch über den ganzen Text lustig machen. Er bestimmt Takt und Rhythmus, weil er Zeilen zusammenbindet, und er trägt den Klang. Er ist wie ein Wächter, aber er ist auch ein Schelm, einerseits diszipliniert er, andererseits katapultiert er den Text, wohin er will, und er kann völlig unberechenbar sein. Er verlangt von mir Sätze, von denen ich kurz davor noch nichts ahnte, und ich wundere mich oft, wie lange ein kleines Wort nachklingt. Es ist ein Echo im Kopf.

Und dann kommt ja immer noch das Bild dazu.

Bestimmt denn der Text das Bild oder ist es umgekehrt?

Meist reagiert das Bild auf den Text. Oft mache ich aber nur Bilder und darauf antwortet dann ein Text. Entweder fügt das Bild etwas zum Text hinzu, es mischt sich ein. Oder es lässt sich thematisch nicht mit dem Text verbinden, bleibt für sich neben dem Text stehen. Manche Geschichten machen sich das Bild zu eigen, andere wollen, dass es sich nicht erschließt, ob, was und wieviel es mit dem Text zu tun hat.

Aber gewöhnlich kann ich eines Bildes wegen am Text nicht rütteln. Der Text muss ganz auf die Karte drauf. Wegen des Ansichtskarten-Formats herrscht ja sowieso Platzmangel. Der Text kann ohnehin nur als Kürzestgeschichte auf die Karte passen. Es geht immer ums verkürzte Erzählen. Daher muss sich das Bild an die Textlänge anpassen. Und wenn beides nicht auf die Karte passt, muss ich, um den Text beizubehalten, für die Collage ein kleineres Bild machen.

Es gibt bildlose Tage und es gibt textlose Tage, Tage, an denen alle Bildversuche misslingen, und andere, an denen alle Texte misslingen. Dann hilft nichts, man muss loslassen und auf einen anderen Tag warten.

Legt man die Collagenbände nebeneinander, sieht man, wie unterschiedlich sie allein vom Optischen her sind: In »Im Haarknoten wohnt eine Dame« sind die Farben fein nuanciert, die Bilder sind oft größer als in den anderen Bänden, manchmal läuft der Text auch in sie hinein. Die Wörter in »Vater telefoniert mit den Fliegen« sind so exakt ausgeschnitten, da ist schon die Meisterhand am Werk. Und in »Die blassen Herren mit den Mokkatassen« gibt es viele leuchtende Farben, ein so grelles Grün. Ist das der Zufall der Zusammenstellung oder eine Entwicklung?

Wenn ich das wüsste. Was ich weiß, es liegt Zeit dazwischen. Wie das Schreiben verändern sich mit der Zeit auch die Collagen. Angefangen habe ich mit einer Schachtel »Der Wächter nimmt seinen Kamm«. In der Schachtel lagen die Collagen als einzelne Karten. Die hatten durchwegs schwarzweiße Bilder und Wörter aus Zeitungspapier und keine Reime. Das war Anfang der neunziger Jahre. Heute ist jede Collage wie ein Relief, weil ich unter jedes Wort zuerst zwei Schichten Karton klebe und es dann ausschneide. Mit zwei Kartonschichten unter sich ist jedes Wort so hart wie eine kleine Plakette. Um jedes Wort ist ein Schattenrand und der Text hebt sich von der Karte ab. Das ist schön. Manchmal kommt die leere Karte mir vor wie ein weißes Taschentuch. Und die Wörter setzen sich drauf.

Zeitungswörter verwenden Sie aber nicht mehr, oder? Sie arbeiten jetzt lieber mit dickerem, glatterem Papier?

Zeitungspapier wird sehr schnell alt. Wenn ich in der Schublade schaue, sehe ich sofort, welche Wörter aus Zeitungspapier sind. Weil ich sie schon lange habe, sind sie gelb. Sie schrumpeln auch ein bisschen. Ich hab ja jetzt von jedem Buchstaben schon zwei Schubladen voll. In dem einen Schrank müsste ich mehr als die Hälfte wegwerfen, weil das nur diese ganz kleinen alten Wörter sind. Aber ich kann das nicht.

Dann hab ich auch noch einen Schrank mit rumänischen Wörtern.

In diesen drei Bänden gibt es nur eine einzige rumänische Zeile: »Die Laus trinkt Blut in Lila / Ma cam doare bila.«

Das heißt: Mir tut der Schädel weh – das ist Alltagssprache, ironisch, »bila« ist nie ein gescheiter Kopf, »bila« heißt auf Rumänisch Kugel.

Sie mischen die Sprachen nur in Ausnahmefällen, streuen kaum ein fremdes Wort ein?

Das wäre dann eine ganz andere Art von Text. Ich habe aber zwei Jahre lang nur rumänische Collagen gemacht. Auf Rumänisch schreiben könnte ich nicht. Ich wollte ausprobieren, ob ich mit ausgeschnittenen Wörtern aus rumänischen Zeitschriften Collagen machen kann. Ich kam davon nicht mehr los. Nicht mehr los von der Sprache aus der Fabrik, vielleicht auch von der frivolen Sprache meiner Freundin Jenny, vielleicht auch von den über dreißig Jahren, die ich in Rumänien gelebt habe. Ohne es zu merken hatte ich schließlich an die zweihundert rumänische Collagen geklebt. Jetzt habe ich sogar ein rumänisches Collagenbuch. Und einen ganzen Schrank voll mit rumänischen Wörtern, die ich bestimmt nie mehr benutzen werde. Ich könnte sie jetzt wegwerfen und Platz schaffen für andere Wörter. Doch ich kann die rumänischen Wörter nicht wegwerfen, die sind hier zu Hause.

Diese Art, mit der Schere zu schreiben, ermöglicht sie den kurzen Texten nicht auch eine größere Leichtigkeit? Oft ist der Witz ganz deutlich.

Die Themen der Collage sind ja nicht andere als in den Romanen. Trotzdem entsteht eine Leichtigkeit, weil ich das Gefühl habe, ich bin es gar nicht, die den Text mit ausgeschnittenen Wörtern macht, das machen die Wörter selbst.

Dass ich Hunderttausende Wörter besitze, halte ich für ein Glück. Und wenn ich unterwegs bin, wo ich seinerzeit angefangen habe, die Collagen zu machen, also wenn ich unterwegs bin, denke ich oft daran, dass die Wörter zu Hause auf mich warten. Dass sie offen herumliegen dürfen, ist für mich ein Ausdruck von Privatheit, von Ungezwungenheit, sogar von persönlicher Freiheit. Denn Wortbesitz im Überfluss ist das Gegenteil von früher, von Zensur. Früher musste ich das Geschriebene heimlich von zu Hause wegtragen und bei unverdächtigen Bekannten verstecken, weil ich Angst vor Hausdurchsuchungen hatte.

Manchmal kommen mir die Schränke mit diesen vielen Schubladen wie ein Bahnhof vor, und ich frag mich, ob die Wörter lieber abreisen wollen in einen jetzigen Text, oder lieber weiter warten wollen auf irgendeinen nächsten, unabsehbaren Text. Ich weiß auch nicht, ob sie sich in den Schubladen eingesperrt fühlen oder geschützt.

Was die Collagen am meisten von gewöhnlichen Texten unterscheidet: der Platz ist begrenzt, der Rand der Karte ist das Ende der Geschichte. Und wenn die Wörter festgeklebt sind, kann man am Text nichts mehr ändern. Es ist wie im Leben. Etwas passiert und es lässt sich nicht mehr ungeschehen machen.

Und die Reime legen Spuren, man vergisst sie schwer, sie klingen nach, wiederholen sich von selbst, denn sie haben ihr eigenes Tempo und ein Echo im Kopf. Und ich geh auf dem Asphalt und das Echo lässt mir keine Ruhe und ich weiß, ich muss das Echo einfangen und mir den Reim so lang und so oft sagen, bis das Echo leer und müde ist.

Gehen und Reimen, das kenne ich von früher. Der Reim, den ich mir damals in den unsicheren Tagen beim Streunen in den eigenen Mund gesagt habe, fiel mir hier auf dem Berliner Gehsteig jahrelang immer wieder im Rhythmus der Schritte ein. Ich habe ihn zur Collage gemacht.

Mein Vaterland war
ein Apfelkern man
irrte umher zwischen
Sichel und Stern

Und das Bild dazu: eine zusammengesetzte Person. Dünne lange Beine auf Zehenspitzen, ihr Brustkorb ein dunkles Holzkästchen und drin im Brustkorb eingesperrt ist der Kopf.

Anmerkungen

Die Gespräche zu diesem Band wurden im Dezember 2013 und Januar 2014 in Berlin geführt; eingefügt sind, in überarbeiteter Form, zentrale Passagen zur »Atemschaukel« aus einem Gespräch, das im August 2009 in Berlin stattfand und unter dem Titel »Wie lange bleibt man eitel?« in »Volltext. Zeitschrift für Literatur« 4/2009 veröffentlicht wurde.

Anmerkungen

Eulen auf dem Dach

7 *schleicht sich in uns hinein:* »Gelber Mais und keine Zeit«. In: »Immer derselbe Schnee und immer derselbe Onkel«, S. 128

10 *den Pflanzen zu ähneln:* »In jeder Sprache sitzen andere Augen«. In: »Der König verneigt sich und tötet«, S. 11

11 *Kandidat fürs Panoptikum des Sterbens:* »In jeder Sprache sitzen andere Augen«. In: »Der König verneigt sich und tötet«, S. 13

13 *schönen Sommerkleidern:* »Niederungen«. In: »Niederungen«, S. 84

13 *Schmuck glitzern:* »In jeder Sprache sitzen andere Augen«. In: »Der König verneigt sich und tötet«, S. 11

15 *Trauer ertragen und einordnen lernen:* »Denk nicht dorthin, wo du nicht sollst«. In: »Immer derselbe Schnee und immer derselbe Onkel«, S. 27

16 *einen für das Gras:* »Niederungen«. In: »Niederungen«, S. 79

20 *eine Drahtspange fürs Haar:* »Wenn wir schweigen, werden wir unangenehm – wenn wir reden, werden wir lächerlich«. In: »Der König verneigt sich und tötet«, S. 84

21 *Himmelschlüssel:* »Wenn etwas in der Luft liegt, ist es meist nichts Gutes«. In: »Der König verneigt sich und tötet«, S. 191

21 *Rekruten beim Militär:* »Wenn etwas in der Luft liegt, ist es meist nichts Gutes«. In: »Der König verneigt sich und tötet«, S. 194
21 *Rücken an die Zäune:* »Niederungen«. In: »Niederungen«, S. 69
21 *sackdunkel und totenstill:* »Niederungen«. In: »Niederungen«, S. 51
24 *Hast du ein Taschentuch?:* »Jedes Wort weiß etwas vom Teufelskreis«. In: »Immer derselbe Schnee und immer derselbe Onkel«, S. 7
27 *Kindergarten:* »Die rote Blume und der Stock«. In: »Der König verneigt sich und tötet«, S. 152

Der Reim weiß Bescheid

40 *öffentlich versagen:* »Die Anwendung der dünnen Straßen«. In: »Immer derselbe Schnee und immer derselbe Onkel«, S. 118
46 *letzte, gültige Fassung:* »Niederungen«. München 2010
46 *in den Karpaten entstand:* »Niederungen«. Berlin 1984
51 *Takt und Klang:* »Wenn wir schweigen, werden wir unangenehm – wenn wir reden, werden wir lächerlich«. In: »Der König verneigt sich und tötet«, S. 86
56 *in den Schnee:* »Niederungen«. In: »Niederungen«, S. 33

Die Kleider des Sozialismus

63 *auf der Treppe:* »Jedes Wort weiß etwas vom Teufelskreis«. In: »Immer derselbe Schnee und immer derselbe Onkel«, S. 10
64 *nicht diesen Charakter:* »Jedes Wort weiß etwas vom Teufelskreis«. In: »Immer derselbe Schnee und immer derselbe Onkel«, S. 9
65 *Hexenkessel:* »Cristina und ihre Attrappe«. In: »Immer derselbe Schnee und immer derselbe Onkel«, S. 51
71 *Kleider:* »Heute wär ich mir lieber nicht begegnet«, S. 49
80 *voll zum Überlaufen:* »Wenn wir schweigen, werden wir unangenehm – wenn wir reden, werden wir lächerlich«. In: »Der König verneigt sich und tötet«, S. 95
81 *Wirrnissen beikommt:* »In jeder Sprache sitzen andere Augen«. In: »Der König verneigt sich und tötet«, S. 15

84 *überrumpelnd schön:* »In jeder Sprache sitzen andere Augen«. In: »Der König verneigt sich und tötet«, S. 24

87 *Grammatik der Gefühle:* »Welt, Welt, Schwester Welt«. In: »Immer derselbe Schnee und immer derselbe Onkel«, S. 237

89 *Verstand in die Trompete:* »Jedes Wort weiß etwas vom Teufelskreis«. In: »Immer derselbe Schnee und immer derselbe Onkel«, S. 17

Ein Mann mit Blumenstrauß

95 *aus der Partei ausgeschlossen:* »Herztier«, S. 32

100 *das zähle nicht mehr:* »Herztier«, S. 36

103 *Angst vertauscht mit dem Wahn:* »Herztier«, S. 49

104 *Zwergin mit dem struppigen Haar:* »Das Ticken der Norm«. In: »Hunger und Seide«, S. 94

106 *taubstumm:* »Herztier«, S. 48

108 *schnappen nach Liebe:* »Herztier«, S. 211

109 *dann fliegen wir:* »Herztier«, S. 221

111 *streunen:* »Herztier«, S. 46

113 *geplante Angst:* »Der König verneigt sich und tötet«. In: »Der König verneigt sich und tötet«, S. 51 »Die Anwendung der dünnen Straßen«. In: »Immer derselbe Schnee und immer derselbe Onkel«, S. 118

116 *hatte die Liebe Krallen:* »Herztier«, S. 84

118 *Rolf Bossert:* »Der König verneigt sich und tötet«. In: »Der König verneigt sich und tötet«, S. 69

Alles voll kalter Gefühle

124 *zerschnittene Fuchs:* »Der Fuchs war damals schon der Jäger«, S. 165

132 *Handkuss:* »Heute wär ich mir lieber nicht begegnet«, S. 9

134 *darf es nicht zeigen:* »Heute wär ich mir lieber nicht begegnet«, S. 30

136 *isst eine Nuss:* »Heute wär ich mir lieber nicht begegnet«, S. 22

136 *nicht ins Leere tickt:* »Der König verneigt sich und tötet«. In: »Der König verneigt sich und tötet«, S. 53

138 *das gehört mir:* »Heute wär ich mir lieber nicht begegnet«, S. 227

138 *dummen Genugtuung:* »Der König verneigt sich und tötet«. In: »Der König verneigt sich und tötet«, S. 68

Das Regime begräbt seine Verbrechen

147 *mehrmals eine Freundin:* »Herztier«. »Cristina und ihre Attrappe« und »Wenn wir schweigen, werden wir unangenehm – wenn wir reden, werden wir lächerlich«. In: »Der König verneigt sich und tötet«

154 *den Besuch der Freundin und ihr Geständnis:* »Herztier«, S. 157ff

158 *Knäuel aus Liebe und Verrat:* »Cristina und ihre Attrappe«. In: »Der König verneigt sich und tötet«, S. 62

159 *beängstigend belebter:* »Wenn wir schweigen, werden wir unangenehm – wenn wir reden, werden wir lächerlich«. In: »Der König verneigt sich und tötet«, S. 89

161 *hungrigen Gräser:* »Einmal anfassen – zweimal loslassen«. In: »Der König verneigt sich und tötet«, S. 103

161 *Opfer des Geheimdienstes:* »Lügen haben kurze Beine – die Wahrheit hat keine«. In: »Hunger und Seide«, S. 113

Zweimal aufatmen

163 *lange nicht bekommen:* »Cristina und ihre Attrappe«. In: »Immer derselbe Schnee und immer derselbe Onkel«, S. 47

170 *darüber schreiben:* »Aber immer geschwiegen«. In: »Immer derselbe Schnee und immer derselbe Onkel«, S. 171

178 *Unfreiheit begreiflich gemacht:* »Die Insel liegt innen – die Grenze liegt außen«. In: »Der König verneigt sich und tötet«, S. 175

178 *fremden Blick:* »Der Fremde Blick«. In: »Der König verneigt sich und tötet«, S. 130

186 *stehenden Zeit:* »Der Mensch ist ein großer Fasan auf der Welt«, S. 5

191 *Agentin der Securitate:* »Reisende auf einem Bein«, S. 27

Mein Freund Oskar

199 *Schrecken ohne Inhalt:* »Die Anwendung der dünnen Straßen«. In: »Immer derselbe Schnee und immer derselbe Onkel«, S. 120

214 *Heimweg:* »Atemschaukel«, S. 199

215 *die Lagerleute:* »Atemschaukel«, S. 260

Schubladen und Buchstaben

221 *bei der Tante:* »Schneiderin«. In: »Die Nacht ist aus Tinte gemacht«, CD 1, 12

221 *Katzenkleider:* »Niederungen«. In: »Niederungen«, S. 18

Verwendet wurden folgende Ausgaben

Atemschaukel: München 2009
Der Fuchs war damals schon der Jäger: München 2009
Der König verneigt sich und tötet: München 2003
Der Mensch ist ein großer Fasan auf der Welt: München 2009
Der Wächter nimmt seinen Kamm. Vom Weggehen und Ausscheren: Reinbek bei Hamburg 1993
Die blassen Herren mit den Mokkatassen: München 2005
Die Nacht ist aus Tinte gemacht. Herta Müller erzählt ihre Kindheit im Banat. 2 Audio-CDs: supposé 2009
Herztier: Reinbek bei Hamburg 1994
Heute wär ich mir lieber nicht begegnet: Reinbek bei Hamburg 2007
Hunger und Seide: Reinbek bei Hamburg 1995
Im Haarknoten wohnt eine Dame: Reinbek bei Hamburg 2000
Immer derselbe Schnee und immer derselbe Onkel: München 2011
Niederungen: München 2010
Reisende auf einem Bein: München 2010
Vater telefoniert mit den Fliegen: München 2012

Die Schönheiten meines Vaterlands

